KB209284

아그네스 그레이
Agnes Grey

아그네스 그레이

AGNES GREY

앤 브론테 지음 문희경 옮김

목차

1
목사관

모든 참된 역사에는 교훈이 담겨 있다. 그러나 보석처럼 값진 교훈을 얻기가 쉽지만은 않다. 설사 소중한 교훈을 얻었다 해도 단단한 껍질을 어렵사리 깨고 말라비틀어진 열매 부스러기를 얻는 격으로 그 양이 보잘것없다. 이런 비유가 내 개인사에도 해당되는지 나로서는 판단하기 어렵다. 어떤 이에게는 유용한 이야기가 되기도 하고 또 어떤 이에게는 오락거리가 되기도 하겠지만 세상이 알아서 판단할 일이다. 나는 흐릿해진 기억과 몇 년이나 지난 시간과 몇 개의 허구적인 이름을 방패삼아 용기를 내어 허물없이 친한 사이에도 털어놓지 않을 이야기를 독자들 앞에 솔직하게 밝히는 모험을 감행하려 한다.

우리 아버지는 잉글랜드 북부 지방에서 교구 목사를 지내며 사람들의 존경을 받는 분이었다. 젊은 시절에는 목사직 봉급과 당신 소유의 적지않은 재산 덕택에 꽤 넉넉하게 생활했었다.

일가친척의 반대를 무릅쓰고 가난한 목사와 결혼한 어머니는 지방 대지주의 따님으로 활기찬 분이었다. 가난한 목사와 결혼하면 마차와 하녀는 물론이요, 부유한 지위에서 누릴 수 있는 사치품과 귀중품을 모두 포기해야 한다는 설득도 소용이 없었다. 어머니에게 사치품은 여느 생필품과 조금도 다르지 않았다. 마차나 하녀가 있으면 아주 편리하겠지만 다행히 어머니에겐 성한 두 다리와 두 손이 있어서 마차 없이도 걸어다니고 하녀 없이도 생활할 수 있었다. 아름다운 저택과 널찍한 정원을 마다할 이유는 없었지만 궁궐 같은 저택에서 다른 남자와 사느니 비좁은 시골집이라도 리처드 그레이와 함께 살고 싶었다.

아무리 말려봤자 소용없음을 알게 된 외할아버지는 두 사람이 진정으로 원한다면 결혼을 허락하겠지만 대신 유산은 한 푼도 물려주지 않겠다고 으름장을 놓았다. 이렇게 하면 둘의 열정이 조금은 식을 줄 알았지만 오산이었다. 아버지는 어머니의 훌륭한 가치를 잘 알고 있어서 막대한 재산을 물려받게 되는 부유한 집안 자제라는 점은 안중에도 없었다. 어머니가 가난한 목사의 초라한 난로에 따뜻한 불을 지펴주겠다고만 하면 어떤 희생을 치르고서라도 기꺼이 데려오고 싶어했다.

한편 우리 어머니는 아무리 고되더라도 사랑하는 사람과 헤어지고 싶지 않았다. 아버지의 행복이 어머니의 기쁨이었다. 아버지는 이미 어머니의 마음과 영혼 속에 둥지를 틀었다. 어머니가 물려받을 재산은 세상물정에 밝아 대부호와 결혼한 큰 이모에게 돌아갔다. 어머니는 사람들의 의문과 동정 어린 탄식을 뒤로 한 채 아무개 언덕의 허름한 마을 목사관으로 들어가 세상을 잊고 살았다. 이처럼 구구절절한 사연은 물론이요, 어머니의 고매한 정신과 아버지의 변덕스런 기질에도 불구하고 잉글랜드를 다 뒤진다 해도 우리 부모님보다 행복한 한 쌍은 찾을 수 없으리라.

여섯 명의 자식들 중 언니 메리와 나만 영아 사망의 위험을 견디고 살아남았다. 동생인 나는 대여섯 살이 될 때까지도 항상 '우리 아기' 로 불리며 식구들의 사랑을 독차지했다. 아버지와 어머니와 언니까지 모두 나를 철부지로 키웠다. 그렇다고 해서 무턱대고 어리광을 받아줘서 까다롭고 극성스런 아이로 키우지는 않았다. 다만 한없는 사랑을 한몸에 받으며 여리고 의존적인 아이로 자란 덕택에 삶의 곤란이나 세파에 맞설 만큼 강인하지 않았다.

언니와 나는 세상과 동떨어진 환경에서 자랐다. 우리 어머니는 교양이 높고 학식이 풍부하며 직접 일하기를 즐기던 분이라 우리를 도맡아 가르쳤고 라틴어만 아버지에게 맡겼다. 덕분에 우리는 학교에 다닌 적도 없고 근처에 친하게 지낼 사람도 없어서, 가끔씩 열리는 티파티에서 근처에 사는 부유한 농부들이나 상인들과의 만남이 세상과 소통하는 유일한 통로였다. 그나마도 교만하게 이웃들과 어울리지 않는다는 소리를 듣지 않으려고 나간 모임이었다. 일 년에 한 번씩 친할아버지 댁을 방문했지만 여기서도 할아버지와 할머니, 결혼하지 않은 고모, 그리고 나이 든 부인과 신사 분 두세 명 정도를 만날 뿐이었다. 어머니는 이따금씩 재미삼아 어린시절 이야기를 들려줬는데, 그 이야기를 들으면 아주 신이 났지만 한편으로는 넓은 세상을 보고픈 아련하고 비밀스런 소망이 생겼다.

어머니는 더없이 행복해 보였다. 어머니가 지난 일을 후회하는 모습은 단 한 번도 본 적이 없었다. 그러나 천성이 차분하지도, 그렇다고 쾌활하지도 않은 분이었던 아버지는 소중한 아내가 당신 때문에 고생한다는 생각에 과도하게 자책하곤 했으며, 아내와 자식들을 위해 얼마 안 되는 재산을 늘릴 묘안을 짜내느라 골머리를 썩였다. 어머니가 자신은 전혀 불편하지 않을 뿐더러 아이들에게 재산을 많이 물려줄 생각만 아니라 당장은 물론 앞으로도 우리 가족이 쓸 돈이 충분하다고 설득했지만 소용이 없었다. 아버지는 절약하는 습관이 몸에 밴 분이 아니었다. 빚을 질 정도는 아니었지만(빚을 지지 않도록 어머니가 신경을 썼으니까) 돈이 생기면 써야 하는 분이었다. 집안이 편안하고 아내와 자식들이 좋은 옷을 입고 하인들 시중을 잘 받는 모습을 보며 흐뭇해했다. 또한 천성이 남을 돕기를 좋아하는 분이라 버는 족족 가난한 사람들에게 나눠주고 때로는 수입을 넘어서면서까지 남을 돕기도 했다.

그러던 중에 어떤 인정 많은 친구 분이 아버지에게 단번에 재산을 배로 불리는 방법을 제안해왔다. 일단 두 배로 불리면 그 다음부터는 어마어마한 액수로 불어난다고 했다. 그는 장사꾼 기질이 다분하고 재주가 뛰어난 인물이었다. 장사꾼으로서 자금이 절실히 필요한 처지를 거리낌 없이 밝히면서도 아버지가 여력이 닿는 만큼 돈을 맡기면 수익금을 공정하게 배분해주겠다고 인심 좋게 제안했다. 얼마를 쥐여주든지 간에 10할의 이자를 쳐서 갚아주겠다고 장담했다. 얼마 안 되는 아버지의 전 재산은 순식간에 나갔고 돈은 고스란히 선량한 상인의 주머니로 들어갔다. 상인은 지체하지 않고 배에 짐을 싣고 기나긴 항해를 준비했다.

아버지뿐 아니라 우리 가족은 모두 빛나는 미래의 단꿈에 빠져 지냈다. 당장은 얼마 안 되는 목사 봉급만으로 살아야 했는데도 아버지는 줄어든 수입에 맞게 씀씀이를 줄일 필요를 느끼지 못하는 듯했다. 우리는 처음에는 잭슨 댁, 다음에는 스미스 댁, 그리고 홉슨 댁서도 외상을 지면서 전보다 훨씬 더 윤택하게 살았다. 하지만 어머니는 부자가 되리라는 기대는 아직 꿈같은 얘기일 뿐이니 당장은 들어오는 수입에 맞춰 살아야 한다고 걱정했다. 집안 경제권을 어머니한테 넘기기만 했어도 그렇게 쪼들리지 않아도 되었을 텐데 이번만은 아버지 뜻대로 했다.

언니와 내가 함께 한 행복한 나날들! 우리는 벽난로 앞에 앉아 소일거리를 하거나 히스나무가 무성한 언덕을 쏘다니거나 우리 집 마당에 있던 유일한 아름드리나무인 가지가 늘어진 박달나무 아래 앉아 한가하게 빈둥거리면서 우리 가족에게 다가올 행복한 나날과 우리가 경험하고 보고 갖게 될 것에 대해 노닥거렸다. 하지만 우리가 꿈꾸는 달콤한 미래에는 어떤 확실한 근거도 없었다. 다만 그 훌륭한 장사꾼이 벌인 일이 잘되면 우리에게도 돈이 쏟아져 들어오리라 기대할 뿐이었다. 아버지도 별반 다르지 않았다. 아버지는 짐짓 심각하지 않은 체하며 장밋빛 희망과 자신만만한 기대감을 농담 섞어 내비쳤는데, 아버지의 이런 태도가 내게는 아주 재미있고 유쾌하게 느껴졌다. 아버지가 희망에 들떠 행복해하는 모습을 지켜보는 어머니도 행복하게 웃었지만 한편으로는 아버지가 이 일에 지나치게 마음을 쓸까 봐 걱정했다. 한번은 방을 나서면서 혼잣말로 이렇게 중얼거리는 소리를 들었다.

"주님, 저이가 실망하지 않게 해주세요! 저이가 얼마나 감당해 낼지 모르겠어요."

결국 아버지의 꿈은 산산조각이 나고 말았고 우리 가족에게 청천벽력 같은 일이 닥친 것이다. 우리 집 전 재산을 실은 배가 난파당해 배에 실려 있던 물건과 함께 몽땅 바다 저 밑바닥으로 가라앉아버렸다. 선원 몇과 불운한 그 장사꾼도 함께였다. 나는 그의 죽음을 애도했다. 그리고 우리의 단꿈이 사상누각이 되어버려서 가슴이 아팠지만 젊은이 특유의 쾌활함으로 곧 재난의 충격에서 벗어났다.

부자가 아무리 근사해 보인다 해도 나처럼 세상물정 모르는 어린아이에게는 가난도 그다지 큰 두려움의 대상이 아니었다. 솔직히 말해서 곤경에 처하고 자력으로 버텨내야 하는 위기의 상황에 빠지자 묘하게 흥분되는 구석도 없지 않았다. 다른 식구들도 나처럼만 생각하면 좋겠다고 바랐다. 이미 불어 닥친 재난을 가슴 아파하는 대신 다시 일어서서 힘차게 복구해 나가면 되니까. 우리가 맞닥뜨린 고난이 고되면 고될수록 우리가 겪어야 할 궁핍도 커진다. 그러니 궁핍한 처지를 견뎌내려는 용기와 고난을 이겨내려는 정신력이 더 강해져야 한다.

언니는 슬픔에 빠져 허우적대는 정도는 아니었지만 우리의 불행을 곱씹으면서 실의에 빠진 상태였다. 나는 언니의 기운을 북돋워주려 했지만 부질없는 짓이었다. 나처럼 언니도 밝은 면을 보게 만들 수 없었다. 나는 철없이 경솔하다거나 바보처럼 세상이 어떻게 돌아가는지 모른다는 소리를 들을까 봐 내가 가진 긍정적인 생각을 보여주고 용기를 북돋우는 말들은 입 밖으로 내지 않기로 했다. 그래 봤자 별 수 없을 테니까.

어머니는 실의에 빠진 아버지를 위로하고 차근차근 빚을 갚아나가면서, 온갖 수단과 방법을 동원해서 씀씀이를 줄이는 일만을 생각했다. 하지만 아버지는 완전히 불행에 압도되고 말았다. 몸과 마음의 건강과 기력을 잃어버린 채 다시는 온전히 회복하지 못했다.

어머니는 아버지의 신앙심과 용기와 가족에 대한 사랑에 호소하면서 기운을 차리게 하려고 애썼지만 허사였다. 아버지가 고통스러웠던 까닭은 가족을 너무나 사랑했기 때문이었다. 그토록 재산을 불리고 싶어했던 이유도 바로 우리 때문이었다. 우리를 소중히 아꼈기 때문에 그토록 간절히 희망을 키워갔고 그 결과 실패의 쓴맛을 보았던 것이다. 게다가 아버지는 어머니의 조언을 흘려들었던 일을 후회하면서 더욱 괴로워했다. 어머니 말만 들었더라도 빚더미에 올라앉아서 괴로워하지는 않았을 터였다. 아버지는 지체 높은 집안에서 화려하고 풍족하게 살았을 여인을 끌어내려 가난한 생활의 온갖 근심과 고통을 겪게 했다고 공연히 자책했다. 눈부시게 세련된 여인, 한때는 만인의 사랑과 존경을 한몸에 받던 여인이 두 팔 걷어붙이고 집안일을 해나가는 주부가 되어 허드렛일을 해가며 가족의 생계마저 걱정해야 하는 처지로 전락해버린 모습을 지켜보는 아버지의 영혼은 깊은 상처를 입고 곪아갔다. 기꺼이 책임을 다하려는 의지와 뒤바뀐 처지를 감내하려는 용기, 그리고 사소한 불만조차 내색하지 않는 어머니의 착한 마음씨는, 아버지처럼 자책하는 데 이골이 난 사람에게 고통을 가중시킬 뿐이었다. 정신은 육체를 좀먹으며 신경계를 교란시키고 다시 마음의 고통을 가중시키며 아버지를 괴롭혔다. 정신과 육체의 작용과 반작용의 원리로 급기야 아버지의 건강은 걷잡을 수 없이 쇠락해갔다. 우리에게 닥친 일이 아버지가 병적으로 상상한 것만큼 그렇게 절망적이거나 암울하지는 않다고 그 누구도 아버지를 설득할 수 없었다.

유용하게 잘 쓰던 사륜마차와 잘 먹여서 튼튼하게 자란 조랑말도 팔아치웠다. 우리 곁에서 평화롭게 생을 마감하고 절대 떠나보내지 않으리라 믿었던 오랜 친구였다. 작은 마차고와 마구간은 세를 놓았고 집안일 하던 사내아이와 일을 잘해서 급료를 많이 주었던 하녀 둘도 내보냈다. 옷은 수선하고 뒤집고 기워서 품위를 잃지 않을 정도로만 만들어 입었고 안 그래도 소박했던 밥상도 아버지가 좋아하는 음식 몇 가지만 남겨둔 채 더욱 간소해졌다. 석탄과 초는 아끼고 또 아껴서 두 자루 쓰던 초를 하나로 줄였고 그나마 풍족하게 쓰던 석탄은 벽난로에 반만 채워서 불을 지폈다.

아버지가 교구 일로 외출하거나 몸이 아파 침대에만 누워 계실 때는 벽난로 앞 철사 망에 발을 대고 앉아서 타다 남은 깜부기불을 긁어모으거나 가끔씩 석탄재나 석탄부스러기를 조금씩 뿌려줘서 불씨가 꺼지지 않을 정도로만 유지했다.

카펫은 오래지 않아 헤지고 나달나달해졌지만 천을 덧대고 기워서 입는 옷보다 깔끔하게 손질해서 깔아두었다.

정원사에게 줄 돈을 아끼기 위해 언니와 내가 나서서 정원을 손질했고 하녀 하나가 다 하기 힘든 식사준비와 집안일은 모두 어머니와 언니의 몫이었다. 가끔 내가 일손을 거들기도 했지만 큰 도움이 되지는 않았다. 나는 다 큰 숙녀라고 생각했지만 식구들은 나를 아직 아기처럼 대했다. 당차고 책임감이 강한 어머니들이 그렇듯이 우리 어머니에게도 적극적인 딸 복은 없었다. 이런 까닭에 똑 부러지고 부지런한 우리 어머니는 당신이 할 일을 남에게 맡기는 법이 없고 오히려 당신 일뿐 아니라 다른 사람 일도 도맡아 하는 편이었다. 당장 해야 할 일이 무엇이든지 간에 아무도 어머니만큼 그 일을 잘하지 못한다고 생각하는 분이라 내가 일손을 거들겠다고 나설 때마다 이런 답만 돌아왔다.

"아가야, 네가 할 일이 아니야. 여기서 네 할 일은 없어. 가서 언니나 도와주거나 그렇지 않으면 언니와 산책이라도 하렴. 그리고 언니한테 집에만 틀어박혀 있지 말라고 해. 그러고 있으니 애가 자꾸 마르고 기운이 없어 보이지."

"언니, 어머니가 언니를 도와주래. 아니면 같이 산책이라도 하래. 자꾸 집안에만 있으니까 마르고 기운 없어 보인대."

"아그네스, 네가 도울 수 있는 일이 아니야. 너랑 같이 나갈 수도 없고. 할 일이 너무 많거든."

"그럼 내가 도와줄게."

"아가야, 넌 도울 수 없어. 가서 연주를 하거나 고양이랑 놀지 그러니."

바느질감은 늘 밀려 있었지만 나는 옷감 한 장 마름질할 줄도 몰랐다. 간단한 감침질이나 솔기를 만드는 일 말고는 바느질 하나도 제대로 거들지 못했다. 어머니나 언니는 내가 도와줄 수 있도록 준비하느니 차라리 손수 하는 편이 훨씬 빠르다고 했다. 게다가 두 사람 다 내가 공부에 몰두하거나 즐겁게 노는 모습을 보고 싶어했다. 진지한 사감 선생처럼 가만히 앉아서 책을 들여다볼 시간이 많았고 그러는 사이 내가 아끼는 새끼고양이는 점잖은 늙은 고양이가 되어갔다. 상황이 이렇다 보니 집안에서 고양이보다 그다지 나을 바가 없었지만 이런 무위도식이 전적으로 내 탓만은 아니었다.

숱한 고통의 나날을 견뎌내면서 어머니가 가난한 처지를 한탄하는 소리는 딱 한 번 들어보았다. 여름이 다가올 즈음 어머니는 언니와 나를 보고 한숨을 쉬며 말했다.

"너희 아버지가 몇 주 정도 어디 요양이라도 다녀오시면 얼마나 좋겠니. 시원한 바닷바람도 쐬고 새로운 경치도 감상하면 훨씬 좋아지실 텐데 말이다. 그런데 너희도 알다시피 집에 돈이 없구나."

정말 그럴 수 있으면 좋겠다고 생각했지만 그러지 못하는 현실이 무척 슬펐다.

"자, 자, 푸념한들 무슨 소용이겠니. 아버지 요양 보내드리기 위해 뭔가 할 일이 있을 거야. 메리야, 넌 그림을 아주 잘 그리잖니? 그림 몇 점을 정성껏 그려, 전에 그려둔 수채화랑 같이 액자에 끼워서 네 그림을 알아볼 만한 후한 화상에게 팔면 어떨까?"

"어머니가 제 그림을 팔 수 있다고 생각하신다니 정말 기뻐요. 도움이 된다면 뭐든지 할게요."

"해볼 만한 일이다. 그럼 넌 그림을 준비해두렴. 그림을 살 만한 사람은 내가 찾아볼게."

내가 끼어들었다.

"저도 뭔가 할 수 있으면 좋겠어요."

"아무렴, 아그네스! 너도 할 수 있지. 너도 그림을 잘 그리니까 네가 원하는 대로 간단한 소재를 선택해서 그려보렴. 분명 전시할 만한 작품이 나올 거다."

"하지만 따로 생각해본 계획이 있어요. 오랫동안 고심했어요. 아직 입 밖으로 내지는 않았지만."

"그래? 어서 말해보렴. 네 계획이 뭔지."

"가정교사가 되고 싶어요."

어머니는 깜짝 놀라다가 이내 웃어버렸다. 언니도 놀라서 바느질감을 떨어뜨리며 큰소리로 물었다.

"뭐, 네가 가정교사가 된다고? 어떻게 그런 말도 안 되는 생각을 했니?"

"왜들 그렇게 놀라지? 나도 큰아이들은 가르치기 어려울 거라고 생각해. 하지만 작은 아이들이라면 가르칠 수 있어. 아이들 가르치는 걸 아주 좋아해. 아이들도 좋고. 어머니, 허락해주세요!"

"얘야, 넌 아직 네 앞가림도 제대로 못 하잖아. 그리고 큰아이들보다 어린아이들을 가르치는 일이 더 힘든 법이야. 어린아이들을 가르치려면 정확한 판단력이나 풍부한 경험이 더 많이 필요하거든."

"어머니, 저도 이제 열여덟이 넘었어요. 제 앞가림은 물론 다른 사람도 챙길 수 있는 나이예요. 저요, 어머니 생각보다 훨씬 똘똘하고 성실해요. 아직 보여준 적이 없어서 모르시는 거예요."

그러자 언니가 참견했다.

"그거야 네 생각이지. 생판 모르는 사람들 틈에 들어가서 뭘 어쩌려고 그래? 네 대신 나서서 얘기해주거나 일을 처리해줄 어머니나 나도 없이? 아이들도 그렇고 너도 그렇고 누가 다 돌봐주겠어? 아무도 도움을 청할 사람도 없을 텐데. 너는 뭘 입어야 할지도 모를걸?"

"언니 말을 고분고분 잘 따르니까 내가 뭐 생각도 없는 애인 줄 아는가 보지. 하나만 부탁할게. 믿고 한번 맡겨줘. 최선을 다해서 잘해낼 거야."

그때 안으로 들어온 아버지에게 우리가 나누던 얘기를 들려드렸다.

"뭐라고, 우리 아기 아그네스가 가정교사가 되고 싶다고!"

아버지는 큰소리로 이렇게 대꾸하더니 걱정하기는커녕 농담으로 웃어넘겼다.

"네, 아빠. 반대하지 말아주세요. 꼭 하고 싶어요. 잘할 수 있어요."

"하지만 아가야, 우린 너 없이 살 수 없다. 아무렴, 안 되고말고! 우리 형편이 어렵기는 하지만 아직 그건 허락할 수 없다."

아버지의 눈에 눈물이 맺혔다.

"여보, 아직이라니요! 앞으로 무슨 일이 있어도 애를 내보낼 필요는 없어요. 쟤 혼자 변덕을 부리는 거예요. 요 녀석, 그런 말이라면 꺼내지도 마라. 네가 집을 떠날 준비가 됐더라도 너도 잘 알다시피 우린 널 보낼 수 없다."

그날 뿐 아니라 그 후 며칠 동안 나는 잠자코 있었다. 물론 고심해서 세운 계획을 완전히 포기하지는 않았다. 언니는 그림의 소재를 찾아서 본격적으로 그림을 그리기 시작했다. 나도 소재를 찾긴 했지만 그리는 동안에도 다른 생각에 사로잡혔다.

가정교사가 된다니 얼마나 멋진 일인가! 세상으로 나간다. 새로운 삶을 시작한다. 나 혼자서 생활한다. 아직 발휘하지 않은 재능을 개발한다. 어딘가에 숨겨진 능력을 시험해본다. 내 생활비도 벌고 식구들을 편안하게 살게 해줄 돈도 벌면서 내 먹거리와 옷가지를 대줘야 한다는 부담을 덜어드린다. 아빠에게 막내딸 아그네스가 무엇을 할 수 있는지 보여드린다. 어머니와 언니에게는 내가 그렇게 무력하고 철없는 아이가 아니라는 걸 보여준다. 그리고 무엇보다도 아이들을 보살피고 가르치는 일이 얼마나 멋진 일인가! 누가 뭐래도 나는 자신이 있었다. 내가 어렸을 때 무슨 생각을 했고 어떤 기분이었는지 잘 생각해보면 어떤 선생님보다 잘 가르칠 자신이 있었다. 어린아이들을 보지 말고 그 아이들 또래였던 내게 눈을 돌리기만 하면 된다. 그렇게만 하면 아이들의 신뢰와 사랑을 얻고 잘못한 아이는 잘못을 뉘우치게 하고 소심한 아이는 용기를 북돋워주며 마음이 아픈 아이는 위로해줄 수 있다. 또한 선행을 실천하게 하고 바람직한 가르침을 주고 아름다운 종교를 쉽게 이해시켜 주는 법도 터득할 수 있으리라.

"…… 정말 멋진 일이구나!
젊은이 마음의 싹을 트게 하다니!"
(제임스 톰슨, '사계절' -각주)

연약한 묘목을 기르면서 날마다 싹이 트는 모습을 지켜보는 일! 가족들의 숱한 설득과 권유에도 나는 뜻을 꺾지 않으리라 결심했다. 하지만 어머니의 기분을 상하게 하거나 아버지에게 괴로움을 안겨 줄까 봐 며칠 동안은 가정교사 얘기를 꺼내지도 않았다. 결국에는 어머니에게 다시 조용히 말씀드려 내 편을 들어주겠다는 약속을 어렵사리 받아냈다. 아버지도 마지못해 허락했다.

언니는 여전히 한숨을 쉬며 동의하지 않았지만 자상하신 어머니가 나를 위해 적절한 자리를 알아봐줬다. 어머니는 아버지 쪽 친척들에게 편지를 쓰고 신문 광고를 찾아보았다. 어머니 쪽 친척들과는 왕래를 끊은 지 오래되었다. 시집온 후에도 의례적인 편지왕래는 간혹 있었지만 이런 일로 연락하고 싶진 않았다. 하지만 너무 오랜 세월을 철저하게 세상과 동떨어져 지냈기 때문인지 몇 주가 흐른 뒤에야 마땅한 자리가 나타났다. 마침내 블룸필드 부인이라는 사람의 어린 자녀들을 가르치게 된 것이었다.

나는 뛸 듯이 기뻤다. 블룸필드 부인은, 인정 많고 세심한 고모가 젊은 시절에 알고 지내던 분으로 아주 훌륭한 부인이라고 했다. 부인의 남편은 왕년에 장사하면서 모은 재산이 상당했지만 자녀들의 가정교사에게 25파운드 이상은 지불하지 않으려 했다. 나는 이 조건을 거절하지 않고 기꺼이 받아들였다. 물론 우리 부모님은 더 괜찮은 자리를 알아보고 싶어했다.

아직 몇 주간 준비할 시간이 있었다. 그 몇 주가 어찌나 길고 지루했던지! 그래도 가슴 설레는 희망과 기대로 부풀어 오른 행복한 나날이었다. 새 옷을 만들고 짐을 꾸리는 일은 남다른 즐거움이었다. 하지만 막상 짐을 꾸리려니 씁쓸한 감정이 교차했다. 짐을 다 꾸려놓고 이튿날 아침 떠날 채비를 마치고 나서 집에서의 마지막 밤이라는 생각이 들자 갑작스런 고통이 가슴을 짓눌렀다.

사랑하는 가족들이 슬픈 얼굴로 따뜻한 말을 건네줘서 눈물이 나는 걸 참기 어려웠지만 마음만은 여전히 기뻤다. 언니와 마지막으로 들판에 나가 쏘다니기도 하고 마당을 거닐면서 집 주변을 둘러보았다. 우리 집 애완용 비둘기에게 마지막으로 모이도 주었다. 손에 앉아 모이를 먹도록 훈련시킨 귀여운 비둘기이다. 내 무릎에 모여든 비둘기들의 비단처럼 부드러운 등을 어루만지며 작별의 인사를 나눴다.

내가 각별히 아끼는 눈처럼 하얀 공작비둘기 한 쌍에게도 살짝 입맞춤을 해주었다. 낡은 피아노 앞에 앉아 아버지를 위해 마지막으로 곡을 연주하며 노래도 불러드렸다. 마지막 연주가 아니기를 간절히 바랐지만 앞으로 짧지 않은 시간 동안 이런 시간을 함께 보내기 어려울 것 같았다. 언젠가 다시 연주도 하고 노래하더라도 이런 기분은 아닐 테고 이런 상황도 아닐 터였다. 이 집도 내가 살던 그 집이 아니겠지.

내가 몹시 아끼는 새끼고양이는 분명 달라질 것이다. 녀석은 벌써 많이 컸다. 크리스마스 기간에 짧은 휴가를 내서 집에 들를 때면 녀석이랑 놀아주던 장난꾸러기 소녀를 잊어버릴 것이다. 마지막으로 고양이랑 놀아주면서 부드럽고 빛나는 털을 쓰다듬어주자 녀석은 만족스런 소리를 내며 내 무릎 위에서 잠들었다. 그 모습을 보자니 한없이 밀려오는 슬픔을 감출 수 없었다.

잠자리에 들 시간이 다가와 언니와 함께 우리의 조용한 침실로 들어갔다. 서랍도 텅 비고 내 책들이 꽂혀 있던 책꽂이도 비었다. 이제부터 이 방에서 언니 혼자 쓸쓸히 잠들 것이다. 언니가 그 얘기를 꺼내니 가슴이 무너져 내리는 듯 아팠다. 나만 생각하고 언니는 홀로 남겨둔 채 떠난다고 고집을 부리다니 몹쓸 짓 같았다. 다시 한 번 우리의 작은 침대 옆에 무릎을 꿇고서 언니를 위해 기도하고 그 어느 때보다 간절히 부모님을 위해 기도를 드렸다. 슬픔을 숨기려 두 손에 얼굴을 묻으니 금세 눈물로 흥건해졌다. 자리에서 일어나면서 보니 언니도 울고 있었다. 하지만 아무 말도 하지 않았다. 말없이 자리에 누워서 곧 헤어지리라는 생각에 서로에게 더 가까이 다가갔다.

아침이 되자 새로운 희망과 활력이 샘솟았다. 마을에서 포목점을 운영하고 식료품과 차도 취급하는 스미스 씨에게서 빌린 작은 이륜마차가 그날 안에 돌아와야 했기 때문에 일찍 출발하기로 했다. 아침에 일어나서 씻고 옷을 챙겨 입고 허겁지겁 아침을 먹고 아버지와 어머니와 언니의 따뜻한 포옹을 받고 고양이에게 키스해줬다. 하녀 샐리의 손을 잡아줬는데, 그녀에게는 대단한 사건이 될 법한 일이었다. 마차에 올라타고 베일을 내리니 참았던 눈물이 쏟아졌다.

마차가 출발한 후에 뒤를 돌아보았다. 사랑하는 어머니와 언니가 아직도 문 앞에 서서 떠나는 내 뒷모습을 바라보며 손을 흔들고 있었다. 나도 손을 흔들어주며 우리 집에 축복이 내리기를 하느님께 빌고 또 빌었다. 마차가 언덕을 내려가자 가족의 모습이 더 이상 보이지 않았다.

스미스 씨가 말을 붙였다.

"아그네스 아가씨, 꽤 으슬으슬한 아침이구먼요. 마음이 참 쓸쓸하시겠네요. 비가 쏟아지기 전에 그곳에 모셔다 드리지요."

나는 최대한 담담하게 대답했다.

"네, 그래주세요."

"간밤에도 퍼부어대더니."

"그러게요."

"헌데 바람이 이렇게 차니 비가 그칠 거예요."

"아마 그럴지도."

우리의 대화는 이걸로 끝이었다. 마차는 골짜기를 지나 건너편 언덕을 오르기 시작했다.

마차가 언덕을 힘겹게 오르는 사이 나는 다시 뒤를 돌아보았다. 마을의 첨탑이 보이고 그 옆에 있는 오래된 잿빛 목사관에 햇살이 비스듬히 내리비쳤다. 흐릿한 빛줄기인데도 마을과 주변을 둘러싼 언덕에는 어두운 그늘이 내려앉았다. 흔들리는 한줄기 빛이 우리 집에 내리는 모습을 보니 좋은 징조 같아 기뻤다.

두 손을 꼭 쥐고서 그 집에 사는 사랑하는 가족에게 축복이 내리길 기도했다. 한줄기 빛이 사라지려 하자 서둘러 고개를 돌렸다. 그래야 주변의 다른 풍경을 뒤덮은 우울한 그림자가 우리 집에까지 드리우는 모습을 보지 않을 수 있을 테니까.

2
생애 첫 수업

마차가 계속 달리는 사이 기분도 한결 나아졌다. 가벼운 마음으로 내 앞에 펼쳐질 새로운 삶을 그려보았다. 9월 중순이 지난 지 얼마 되지 않았는데도 벌써 무거운 구름이 내려앉고 북동풍이 세차게 불어와서 춥고 스산했다. 스미스 씨 말대로 땅이 질척거려 갈 길이 아주 멀게만 느껴졌다. 마차를 끌던 말도 진흙투성이가 되었다. 말은 오르막길을 엉금엉금 기어오르고 내리막에선 느릿느릿 내려가다가, 평탄하거나 경사가 완만한 길만 만나면 아주 좋아하면서 종종거렸다. 하지만 지세가 험한 지역이라 평탄한 길은 좀처럼 나타나지 않았다. 결국 1시가 다 되어서야 목적지에 간신히 도착했다. 마침내 육중한 철제문 안으로 들어가 양옆으로 푸릇푸릇 잔디가 자라고 키 작은 나무가 늘어선 부드럽게 잘 닦인 마찻길을 미끄러지듯이 오르니, 지은 지 오래 되지는 않았지만 기품이 있는 웰우드 저택이 버섯모양의 포플러나무 숲 너머로 모습을 드러냈다. 그 순간 심장이 멎는 듯했다. 목적지가 2~3킬로미터 정도 더 떨어져 있기를 바랐다. 난생처음으로 나 혼자였다. 이제 물러설 데가 없었다. 저 집에 들어가서 생판 모르는 사람들 앞에서 나를 소개해야 한다. 어떻게 해야 하지? 나도 얼마 안 있어 열아홉이 되지만 세상에서 동떨어진 환경에서 어머니와 언니의 보호를 받으며 자란 덕에 열다섯도 안 된 어린 여자아이라도 나보다는 더 여성스럽고 자연스러우며 침착하리라. 다행히 블룸필드 부인이 따뜻하고 자애로운 분이라면 잘해낼 수 있겠지. 물론 아이들과도 금방 친해질 테고. 그래도 부인과는 자주 만날 일이 없길 바랐다.

'침착하자. 침착해, 무슨 일이 있어도.'

나는 마음속으로 이렇게 다짐하며 그런대로 잘해냈다. 하지만 긴장을 늦추고 미친 듯이 뛰는 가슴을 진정시키는데 온통 마음을 쓰느라 큰 거실로 들어가 블룸필드 부인 앞에 안내받았을 때는 부인의 공손한 인사에 답례하는 것조차 잊어버릴 지경이었다. 나중에야 생각이 나서 기어들어가는 목소리로 겨우 몇 마디 우물거렸을 뿐이었다. 부인의 태도에는 다소 냉담한 기운이 흘렀는데, 나중에 한숨 돌릴 여유가 생겨 돌이켜 생각해보다가 알게 되었다. 부인은 키가 크고 다소 여위었으며 기품이 흘렀다. 숱이 많은 검은 머리에 눈동자는 차가운 잿빛이었으며 안색은 몹시 창백했다.

그래도 부인은 의당 필요한 정도의 예의를 갖춰 나를 침실로 데려가서 방에서 잠시 쉬도록 해주었다. 유리창에 비친 내 모습은 어딘가 지쳐보였다. 찬 바람을 맞아서 손은 퉁퉁 붓고 붉게 변했으며 머리카락은 엉망으로 뒤엉키고 낯빛은 흐린 자줏빛으로 변했다. 게다가 옷깃은 보기 흉하게 구겨지고 드레스는 진흙투성이로 더러워졌으며 발은 딱딱한 새 부츠에서 빠지지 않았다. 아직 짐이 올라오지 않아서 망측한 몰골을 손볼 방도가 없었다. 되는 대로 머리를 정돈하고 구겨진 옷깃을 잡아 세우고 무거운 발걸음으로 층계참 두 개를 내려갔다. 이런저런 생각들로 마음이 복잡해진 나는 블룸필드 부인이 기다리는 방까지 간신히 찾아갔다.

부인은 이 집 식구들이 점심을 먹었던 식당으로 나를 데려갔다. 비프스테이크와 반쯤 식은 약간의 감자가 내 앞에 차려졌다. 식사를 하는 동안 부인은 건너편에 앉아 나를 바라보며(바라보는 것 같았다.) 대화를 이어가느라 애를 썼다. 딱히 특별할 것 없는 일상적인 대화로 딱딱하고 형식적인 말투였다. 부인 탓이라기보다는 내 탓이 컸다. 나는 정말이지 말하기가 어려웠다. 나는 식사하는 데만 몰두했다. 왕성한 식욕 때문이 아니라 비프스테이크가 질긴데다가 5시간 동안 찬바람을 맞고 온 터라 손에서 감각이 거의 없어졌기 때문이었다. 고기만 없었어도 감자는 맛있게 먹었을 것이다. 접시에 담긴 고깃덩어리가 너무 컸지만 초면에 음식을 남기는 실례를 범할 수 없었다. 나이프로 고기를 썰어도 보고 포크로 찢어도 보고 잘게 조각을 내보기도 하면서 서투르게 손을 놀렸지만 별 수 없었다. 무서운 부인이 나를 지켜본다는 생각에 두 살짜리 아기처럼 어설프게 나이프와 포크를 쥐고서 있는 힘을 다해 고기를 썰었다. 그런 중에도 이런 어색한 태도를 사과해야 할 것 같아 애써 웃으며 말했다.

"날이 추워서 손이 얼었어요. 포크와 나이프를 쥐기가 어렵네요."

"날이 추웠나 보군."

변함없이 냉담한 말투여서 조금도 위안이 되지 않았다. 어색한 식사가 끝나자 부인은 나를 다시 거실로 데려가서 종을 울려 아이들을 불러 모았다.

"우리 아이들이 공부를 썩 잘하지는 못할 거예요. 내가 시간이 없어서 봐주지 못한데다가 아직까지는 어려서 가정교사를 두지 않아도 된다고 생각했거든요. 하지만 똑똑한 아이들이고 공부 욕심도 있는 눈치예요. 특히 저기 사내아이가 뛰어날 거예요. 우리 아들이, 마음이 넓고 고상하지요. 잘만 이끌어주면 잘 따르겠지만 억지로 몰아붙이면 안 되는 아이지요. 그리고 놀랍게도 거짓말은 전혀 안 해요. 거짓말하는 걸 부끄럽게 여기는 것 같아요.(좋은 소식이었다.) 쟤 여동생인 메리 앤은 신경을 좀 써줘야 해요. 물론 대체로 좋은 아이에요. 될 수 있으면 육아실에는 보내지 않으려 해요. 얘도 좀 있으면 여섯 살이 되는데다가 보모들한테 안 좋은 버릇을 배울 수도 있고 하니. 딸애 침대를 선생님 방에 갖다 놓으라고 일러두었어요. 선생님이 애 씻는 거랑 옷 입는 것 좀 봐주고 옷도 좀 정리해주면 보모가 따로 봐주지 않아도 될 것 같아서요."

나는 흔쾌히 그렇게 하겠다고 답했다. 때마침 내가 가르칠 어린 학생 둘과 여동생 둘이 집 안으로 들어왔다. 톰 블룸필드는 일곱 살짜리의 튼튼한 소년으로 단단한 체격에 머리는 담황색이었다. 눈동자는 파랗고 작은 코는 약간 들린 듯했으며 혈색은 좋았다. 메리 앤도 키가 큰 여자아이로 얼굴은 가무잡잡하지만 둥그스름한 얼굴의 양 볼에는 생기가 돌았다. 둘째 딸인 패니는 아주 예쁜 꼬마아이였다. 블룸필드 부인은 패니가 지나치게 온순해서 곁에서 기운을 북돋워줘야 한다고 각별히 주의를 줬다. 아직까지는 공부를 가르치지 않았지만 며칠 있으면 패니도 네 살이 되니 알파벳을 가르쳐서 공부방으로 보낼 수 있다는 말도 했다. 막내딸 헤리엇은 다소 넓적하고 통통한 편이며 쾌활하고 활발한 두 살짜리 아이였다. 다른 세 아이들보다 더 마음에 들었지만 이 아이한테는 내가 해줄 일이 없었다.

어린 학생들에게 최대한 상냥하게 대하려고 노력했지만 잘 되지 않은 것 같았다. 아이들 어머니가 옆에서 지켜봐서 상당히 부담스러웠다. 반면에 아이들은 수줍은 기색이 전혀 없었으며, 버릇없고 활발했다. 나도 아이들과 금방 친해지길 바랐다. 특히 아이들 어머니가 품성이 훌륭한 아이라고 강조했던 남자아이와 친해지고 싶었다. 메리 앤은 어쩐지 가식적인 웃음이며 눈에 띄고 싶어 안달해서 안쓰러운 마음이 들었다. 오빠인 톰은 내 관심을 독차지하려 했다. 나와 벽난로 사이에 불쑥 들어와서 뒷짐을 지고 연설조로 말하다가 동생들이 너무 시끄러우면 가끔씩 말을 멈추고 따끔하게 혼을 냈다.

부인이 감탄하며 소리쳤다.

"아이고, 우리 아들, 정말 멋지구나! 이리 와서 어머니한테 키스해다오. 그리고 그레이 선생님께 공부방을 보여드리렴. 멋진 새 책도 보여드리고."

"싫어요, 어머니한테 키스하지 않을래요. 하지만 선생님께 공부방이랑 내 새 책은 보여드릴게요."

메리 앤이 끼어들었다.

"오빠, 내 공부방이랑 내 책도 보여드릴래. 내 것이기도 하잖아."

톰이 잘라 말했다.

"아니, 내 거야. 그레이 선생님, 같이 가요. 내가 안내해 드릴게요."

공부방과 책을 보여주고 나서 오빠와 동생 사이에 말다툼이 일어났다. 나는 최선을 다해 둘을 화해시켰다. 메리 앤은 자기 인형을 가져와서 예쁜 인형 옷과 침대, 서랍장과 그 밖의 여러 가지 물건을 보여주며 호들갑을 떨었다. 그러자 톰이 동생에게 조용히 하라면서 내게 흔들 목마를 보여주겠다고 말했다. 톰은 수선을 피우며 구석에 있던 목마를 방 가운데로 끌고 와서는 큰소리로 나를 불러 자기 목마를 봐달라고 했다. 동생에게 고삐를 잡으라고 하고는 말에 올라타서 나를 앞에 세워둔 채 10여 분간 자기가 채찍이랑 박차를 얼마나 남자답게 잘 다루는지 보여줬다. 하지만 나는 메리 앤의 예쁜 인형과 인형 소품에 마음이 갔다. 톰한테 말 타는 솜씨가 훌륭하다고 칭찬해주면서 진짜 조랑말을 탈 때는 채찍과 박차를 그렇게 자주 사용하지 않았으면 좋겠다고 충고했다. 톰은 더욱 열띤 목소리로 소리쳤다.

"싫어요. 할 거예요! 번개처럼 올라타서 녀석이 식은땀 좀 흘리게 할 거예요."

나는 매우 충격을 받았지만 머지않아 아이를 올바르게 바로잡아 줄 수 있기를 바랐다.

꼬마 영웅이 재촉했다.

"그럼 어서 보닛을 쓰고 숄을 두르세요. 내 정원을 보여줄게요."

메리 앤이 덩달아 나섰다.

"내 정원도요."

톰이 주먹을 휘두르며 때리려고 하자 메리 앤이 날카로운 비명을 지르며 내 옆으로 달려와서 톰에게 얼굴을 찌푸렸다.

"톰, 절대 동생을 때리면 안 돼! 내 앞에서 다시는 그러지 않았으면 좋겠구나."

"자주 보게 될걸요. 걘는 가끔씩 때려줘야 말을 듣거든요."

"하지만 동생을 가르치는 건 네 일이 아니야. 그건 말이지……."

"어서 가서 보닛이나 쓰세요."

"어쩌지? 구름이 잔뜩 끼고 날이 많이 춥네. 비가 올 것 같아. 더군다나 난 오랫동안 마차를 타고 왔거든."

거만한 꼬마 신사가 대꾸했다.

"상관없어요. 꼭 가야 돼요. 핑계대지 마세요."

첫날이니까 아이가 버르장머리 없이 굴더라도 다 받아 주리라. 날이 추워서 메리 앤은 어머니와 집 안에 남았다. 나를 독차지하고 싶었던 톰은 신이 났다.

규모가 꽤 큰 정원은 멋들어지게 다듬어져 있었다. 눈부시게 화사한 달리아 몇 송이 말고도 여러 종류의 예쁜 꽃들이 아직 활짝 피어 있었다. 톰은 꽃을 감상할 틈을 주지 않았다. 나는 그를 따라 축축한 잔디밭을 가로질러 멀리 후미진 구석까지 가야 했다. 정원에서 가장 중요한 곳으로 톰의 정원이 있는 곳이었다. 둥근 꽃밭 두 개에 다양한 식물들을 빼곡히 심어놓았다. 꽃밭 하나에는 작고 예쁜 장미나무가 있었다. 나는 잠시 아름다운 꽃송이를 감상했다.

그러자 톰이 경멸하듯 말했다.

"저쪽은 보지 마세요! 저건 그냥 메리 앤 정원이에요. 여기를 보세요. 이게 내 거예요."

꽃을 하나하나 살펴보고 모든 식물에 대한 장황한 설명을 들은 다음에야 자리에서 일어설 수 있었다. 그전에 톰은 과장된 몸짓으로 수선화 한 송이를 꺾어서 마치 대단한 호의를 베푸는 양 내게 내밀었다. 정원 언저리 잔디밭에 있는 나무토막과 끈으로 만들어진 장치가 눈에 띄어 무엇이냐고 물었다.

"새 잡는 올가미예요."

"새를 왜 잡는 거니?"

"아빠가 그러시는데 새는 해로운 동물이래요."

"새를 잡아서 어쩌려고?"

"이것저것이오. 고양이 먹이로 던져주기도 하고 주머니칼로 조각조각 썰기도 해요. 다음에는 산 채로 구워볼 생각이에요."

"왜 그렇게 끔찍한 짓을 하려고 하니?"

"두 가지 이유가 있어요. 우선 새가 얼마나 오래 살아남는지 보고 싶어요, 그리고 어떤 맛인지도 알고 싶거든요."

"그게 아주 못된 짓이라는 건 알고 있니? 새도 너와 마찬가지로 느낌이 있어. 생각해봐. 너라면 기분이 어떻겠어?"

"칫, 상관없어요! 난 새가 아니니까. 새가 어떤 기분인지 내가 어떻게 알아요?"

"하지만 언젠가 너도 알게 된단다. 나쁜 짓 한 사람들이 죽어서 어디로 가는지 들어봤지? 아무 잘못도 없는 새들을 계속 괴롭힌다면 지옥에 떨어져서 네가 새에게 주었던 고통을 그대로 받게 돼."

"흥, 우엑! 그럴 리가 없어요. 내가 새한테 무슨 짓을 하는지 아빠가 알고 계신데도 아무 말씀 없으셨어요. 아빠도 어렸을 때 나처럼 하셨대요. 작년 여름에 참새새끼가 가득 든 새둥우리를 주셨는데 내가 다리랑 날개랑 머리를 잡아 뽑아도 아무 말 안 했어요. 그냥 더럽다고만 하시던데요. 바지를 더럽히면 안 되거든요. 롭슨 삼촌도 거기 계셨는데 그냥 웃으면서 나보고 대단한 아이라고 하셨어요."

"그럼 너희 어머니는 뭐라고 하셨니?"

"흠, 어머니는 상관하지 않아요. 노래하는 예쁜 새를 죽이면 가엽지만 지저분한 참새나 생쥐나 쥐는 괜찮대요. 난 주로 이런 놈들만 죽이거든요. 거봐요, 선생님. 나쁜 짓이 아니잖아요."

"나는 아직도 그게 나쁜 짓이라고 생각해. 그리고 너희 아버지나 어머니도 조금만 깊이 생각해본다면 나처럼 생각하실 거다. 그래도……."

나는 혼잣말로 이렇게 덧붙였다. '너희 부모님이 원하는 대로 말씀하실 수 있지만 내게 권한이 있는 한 다시는 네가 그런 짓을 못하게 할 테다.'

다음으로 톰은 나를 데리고 잔디밭을 가로질러 두더지 덫을 보여줬다. 그리고 건초더미가 쌓여 있는 밭으로 데려가서 족제비 덫도 보여줬다. 마침 그 안에 죽은 족제비 한 마리가 들어 있어서 톰이 뛸 듯이 좋아했다. 다음에는 마구간에 데려가서 잘생긴 마차용 말이 아닌 작고 볼품없는 당나귀 한 마리를 보여줬다. 순전히 자기를 위해 키우는 녀석으로 잘 훈련시켜서 타고 다닐 생각이라고 했다.

나는 꼬마 친구 톰을 기쁘게 해주려고 그 애가 하는 말을 차분히 다 들어주었다. 톰이 내게 조금이라도 정을 붙이면 아이의 마음을 얻을 테고, 그러면 머지않아 잘못을 일깨워줄 수도 있으리라 생각했기 때문이었다. 하지만 톰의 어머니가 말한 온화하고 고매한 정신은 눈 씻고 찾아봐도 없었다. 그래도 마음만 먹으면 꽤 영리하고 예리한 아이라는 사실을 알 수 있었다.

우리는 차 마실 시간이 다 되어서야 집으로 돌아왔다. 톰은 아빠가 출타 중이시니 자기와 나 그리고 메리 앤이 어머니를 위해서 함께 차를 마셔야 한다고 말했다. 부인은 아이들과 함께 좀 늦은 시간에 점심식사를 했기 때문에 평소처럼 6시에 저녁을 먹지 않았다. 메리 앤은 차를 마시자마자 잠자리에 들었지만 톰은 우리와 어울려서 8시까지 이야기를 나눴다.

톰이 일어선 다음 블룸필드 부인은 자녀들의 성격과 재능뿐 아니라 아이들에게 무엇을 가르치고 아이들을 어떻게 다루어야 할지에 관해 자세히 설명해주었다. 그리고 아이들의 단점에 관해서는 부인 외에는 아무에게도 말하지 말아달라고 주의를 주었다. 전에 우리 어머니는 가급적이면 부인에게 아이들 얘기를 하지 말라고 단단히 이르셨다. 자기 자식 흉보는 소리를 듣고 싶은 부모는 없기 때문이라고 하셨다. 그래서 나는 아이들에 관해서 아무에게도 말하지 않으리라 다짐했다. 9시 반쯤 되자 블룸필드 부인은 차갑게 식은 고기와 빵으로 된 소박한 저녁식사를 나눠먹자고 했다. 식사를 마치고 나니 기분이 한결 좋아졌다. 부인은 침실용 초를 들고 침실로 향했다. 부인과 유쾌한 시간을 보내고 싶었지만 부인과 함께 있는 시간은 몹시 지루했다. 차갑고 심각하고 적의가 서린 사람이라는 느낌을 지울 수 없었다. 내가 상상했던 따뜻하고 넉넉한 부인과는 전혀 다른 사람이었다.

3
그 후 몇 번의 수업

다음날 아침, 기대감에 차서 상쾌한 기분으로 눈을 떴다. 그 전날의 실망스런 기분은 사라지고 없었다. 하지만 메리 앤의 옷을 챙겨 입히는 일은 결코 간단하지 않았다. 숱이 많은 머리에 포마드를 발라 세 갈래로 땋아서 나비리본을 묶어줘야 했는데 손에 익지 않은 일이라 꽤 어려웠다. 메리 앤은, 보모언니는 훨씬 빨리 묶는다고 계속 조바심을 내면서 어떻게 해서든 시간을 더 지체시키려 했다. 채비를 차리고 공부방에 가보니 다른 학생인 톰이 와 있었다. 아침을 먹으러 내려가기 전까지 두 아이와 이야기를 나눴다. 식사를 마치고 블룸필드 부인과 몇 마디 이야기를 나눈 후 다시 공부방에 들어가서 하루 일과를 시작했다. 아이들의 학업은 많이 뒤처져 있었다. 톰은 머리를 쓰기 싫어했지만 아주 재능이 없는 편은 아니었다. 메리 앤은 단지 단어 몇 개 간신히 읽는 정도였는데 워낙 덜렁대고 주의가 산만해서 집중시키기가 어려웠다.

어마어마한 노력과 참을성을 발휘해서 간신히 아침공부를 마무리하고 아이들과 정원으로 나갔다. 식사를 하기 전에 휴식시간을 갖기 위해서였다. 우리는 그럭저럭 잘 어울렸지만 아이들은 선생인 나를 따를 마음이 없는 듯했다. 오히려 내가 아이들이 이끄는 대로 따라가야 했다. 아이들이 원하는 대로 달리거나 걷거나 서야 했다. 역할이 뒤바뀐 듯한 생각이 들었다. 그날뿐 아니라 나중에도 아이들은 가장 더러운 곳을 좋아하고 가장 나쁜 짓을 하고 싶어해서 나는 몹시 못마땅했다. 그래도 어찌할 도리가 없었다. 아이들을 따라가든가 아니면 아이들에게서 멀리 떨어져서 나 몰라라 하든가 둘 중 하나였다.

그날 아이들은 잔디밭 아래쪽에 있는 샘에 대단한 관심을 보였다. 샘 옆에서 나뭇가지와 조약돌을 가지고 반 시간 넘게 물장난을 쳤다. 아이들 어머니가 창밖으로 내다보고서 운동은 안 시키고 옷만 더럽히고 손발이 물에 젖게 했다고 나무랄까 봐 걱정스러웠다. 설득도 하고 나무라도 보고 애원도 해봤지만 부질없는 짓이었다. 그런데 그 광경을 지켜본 사람은 부인이 아니라 다른 누군가였다. 말을 탄 어떤 신사가 대문 안으로 들어서더니 마찻길을 따라 올라왔다. 그는 우리에게서 몇 발자국 떨어진 곳에 멈춰 서서 성난 목소리로 아이들에게 호통을 쳤다.

"당장 물 밖으로 나오지 못해!"

그 다음에는 내게 말했다.

"그레이 선생,(그렇다, 적어도 나는 '선생' 이다.) 아이들 옷이 저렇게 더러워지도록 내버려두다니 놀랍군요. 블룸필드 아가씨 드레스가 더러워진 게 보이지 않소? 그리고 저기 블룸필드 도련님 양말이 젖은 게 보이지 않느냐고요. 이런, 장갑도 끼지 않았군! 저런, 저런! 부탁 좀 합시다. 앞으로는 하다못해 아이들을 단정하게라도 해주시오!"

그는 이렇게 호통을 치고는 돌아서서 집으로 올라갔다. 블룸필드 씨였다. 그가 자기 자식들을 '도련님'과 '아가씨'라 불러서 놀랐다. 또한 내게 그토록 무례하게 굴어서 더욱 놀랐다. 나는 아이들의 가정교사인데다 초면이지 않은가. 이윽고 우리를 부르는 종소리가 들렸다.

나는 아이들과 함께 정찬을 하고 블룸필드 씨와 부인은 같은 식탁에서 가벼운 점심을 들었다. 그의 식사 태도를 보니 그에 대한 내 평가가 틀리지 않았음을 알 수 있었다. 그는 보통 체격이었지만 키는 약간 작고 다소 마른 편이며 나이는 분명 서른에서 마흔 사이로 보였다. 입은 크고 안색은 좋지 않고 거무스름했으며 우윳빛이 도는 파란 눈에 머리색은 삼끈같이 누리끼리했다. 블룸필드 씨 앞에 구운 양다리 요리가 나왔다. 그는 부인과 아이들과 내게 고기를 덜어주면서 나에게 아이들의 고기를 썰어주라는 눈치를 줬다. 그러고는 고기를 이리저리 뒤적거려 보면서 음식 타박을 하더니 양고기 대신 식은 쇠고기 요리를 내오라고 시켰다.

부인이 물었다.

"여보, 양고기가 뭐 잘못됐나요?"

"아주 바싹 구워버렸군. 블룸필드 여사, 너무 오래 구워서 좋은 고기 맛이 다 날아간 걸 모르겠소? 맛있는 붉은 육즙이 다 말라버렸잖아."

"그럼 당신은 쇠고기로 하면 되겠구려."

쇠고기 요리가 나와서 고기를 베어 먹기 시작했지만 얼굴에서 못마땅한 표정은 여전히 지워지지 않았다.

"블룸필드 양반, 쇠고기에 무슨 문제라도 있나요? 쇠고기는 분명 괜찮았는데."

그가 기분 나쁘다는 듯 답했다.

"정말 괜찮았지. 그보다 더 좋은 고깃덩어리가 없었거든. 그런데 아주 못쓰게 됐구먼."

"뭐가 문젠데요?"

"뭐가 문제냐니! 여기 고기가 잘린 모양 좀 봐봐. 저런, 저런! 한심하구먼!"

"아마 주방에서 잘못 잘랐나 보죠. 어제 여기서 자를 때는 아무렇지 않았거든요."

"뭐? 주방에서 잘못 잘랐을 거라고, 한심하긴! 저런, 저런! 그렇게 좋은 고기를 어떻게 완전히 망칠 수 있소? 앞으로는 이 식탁에서 쓸 만한 고기를 내가면 주방에서는 건드리지도 못하게 하시오. 꼭 기억해둬요. 블룸필드 여사!"

블룸필드 씨는 고기가 엉망이라면서도 잘게 잘라서 말없이 몇 조각 먹었다. 그리고 화가 다소 누그러진 말투로 저녁메뉴는 무엇인지 물었다.

부인이 짤막하게 대꾸했다.

"칠면조와 멧닭이에요."

"그리고 또?

"생선이오."

"무슨 생선이지?"

"모르겠어요."

그는 접시에 두었던 시선을 진지하게 들어올리고 나이프와 포크를 쥔 채 놀랍다는 표정을 지으며 소리쳤다.

"뭐? 모른다고?"

"그게 아니라, 주방에 생선을 준비하라고 말해뒀어요. 무슨 생선인지는 자세히 말하지 않았지만."

"참, 가관이군! 집안을 다스리는 가정주부가 저녁식탁에 뭐가 올라올지도 모른다니! 생선을 준비하라고 시켜놓고 무슨 생선인지는 일러주지 않았다니!"

"그럼 앞으로는 블룸필드 양반 당신이 직접 저녁식사를 주문하시구려."

더 이상 아무 말도 없었다. 나는 아이들과 식당에서 나오게 되어서 정말 다행이었다. 그때까지 살면서 그처럼 창피스럽고 불편한 경우는 처음이었다. 그것도 내 잘못이 아닌 일로.

오후에 다시 수업을 시작했다. 그리고 다시 밖으로 나갔다. 공부방에서 차를 마시고 메리 앤에게 간식 시간을 위한 옷을 입혔다. 메리 앤과 톰이 식당으로 내려간 후에야 나의 사랑하는 가족들에게 편지를 쓸 수 있었다. 편지를 채 반도 쓰지 않았는데 아이들이 올라왔다.

7시에는 메리 앤을 침대에 눕혀야 했다. 그리고 8시까지, 톰이 잠들기 전까지 놀아주다가 편지를 마저 다 쓰고 나서 나도 옷을 갈아입었다. 여태 옷 갈아입을 겨를도 없었다. 마침내 나도 잠자리에 들었다.

여기까지는 그나마 아주 순조로운 하루에 속했다.

그 집 아이들을 가르치고 지도하는 일은, 아이들과 내가 서로에게 익숙해지면 좀 쉬워질 줄 알았다. 하지만 쉬워지기는커녕 아이들 각자의 성격이 드러나면서 오히려 더 힘들어졌다. 내게 주어진 가정교사라는 이름은 허울뿐이었다. 아이들은 내 말을 들을 생각이 전혀 없었고 고삐 풀린 망아지처럼 날뛰었다. 아이들은 저희 아버지의 불 같은 성격이 무섭고 화가 머리끝까지 났을 때 내리는 처벌을 두려워했기 때문에 그가 보는 앞에서만 말을 듣는 척할 뿐이었다.

여자아이들도 저희 어머니가 분통을 터트릴까 봐 무서워했다. 톰만 어머니가 주는 보상을 바라고 어쩌다 한 번씩 말을 들을 뿐이었다. 하지만 아이들에게 보상을 주거나 벌을 내릴 권한이 내게는 없었다. 부모들이 다 알아서 하겠다고 했었다. 그러면서도 아이들이 고분고분 말을 잘 듣도록 이끌어주길 원했다. 다른 아이들이라면 혼을 내거나 칭찬을 해줘서 가르칠 수 있을지 몰라도 이 아이들한테는 어떤 방법도 통하지 않았다.

'톰 도련님' 은 남이 이끄는 대로 따르지 않을 뿐 아니라 자기가 대장노릇을 하며 동생들은 물론 선생님인 나까지도 마음대로 휘두르려 했다. 주먹으로 때리고 발로 차는 등 못되게 굴었다. 일곱 살치고는 키가 크고 체격이 단단해서 상대하기가 만만치 않았다. 이럴 때는 따귀 한 대를 제대로 후려치면 쉽게 해결할 수 있는 문제였다. 하지만 그렇게 하면 톰이 제멋대로 거짓말을 꾸며서 어머니한테 일러바칠 수 있었다. 부인은 아들의 정직함을 철썩같이 믿고 있는 터라(물론 나는 톰이 결코 믿을 만한 아이가 아니라는 사실을 일찍이 깨달았다.) 톰의 거짓말을 곧이곧대로 믿어버릴 터였다. 결국 톰의 폭력에 맞서 내 몸을 보호해야 하는 상황이 되더라도 아이를 때리지 않기로 결심했다. 아이가 몹시 사나워질 때는 기껏해야 등을 떠밀고 팔다리를 붙잡아 화가 가라앉을 때까지 버티는 수밖에 없었다.

아이들이 해서는 안 될 일을 못 하게 하는 어려움뿐 아니라 해야 할 과제를 억지로 하게 만드는 고충도 있었다. 톰은 심심치 않게 수업을 거부하거나 복습을 하지 않거나 심지어는 책도 보지 않겠다고 고집을 부렸다. 이럴 때도 자작나무 회초리가 제격이지만 체벌은 내 권한 밖의 일이라 내게 주어진 방법을 최대한 활용해야 했다. 마침 공부시간과 휴식시간을 따로 정해두지 않은 터라, 조금만 관심을 가지면 짧은 시간 안에 충분히 해낼 수 있는 과제를 내주고 과제를 마칠 때까지는 내가 아무리 지치고 아이들이 아무리 심통을 부려도 부모들이 간섭하지 않는 한 공부방에서 나가지 못하도록 규칙을 정했다. 아이들이 못 나가게 의자를 문 앞에 놓고 앉아 버텨야 한다 해도 어쩔 수 없었다. 참을성과 단호함과 끝까지 버티는 강단이 내가 가진 무기였다. 나는 이 세 가지를 최대한 활용하기로 결심했다.

내가 내건 약속과 협박을 철저히 관철시키기로 마음먹었다. 그러기 위해서는 지킬 수 없는 것은 협박하거나 약속하지 말아야 했다. 쓸데없이 짜증을 부리거나 성급하게 굴지 않으려고 신중을 기했다. 아이들이 그런대로 말을 잘 들으면 최대한 상냥하고 따뜻하게 대해줄 셈이었다. 좋은 행실과 나쁜 행실을 폭넓게 구분해주기 위해서였다. 또한 가장 간단하고 효과적인 방법으로 아이들에게 도리를 설명해주려 했다. 아이들이 큰 잘못을 저질러서 혼을 내주거나 원하는 것을 들어주지 않을 때는 화를 내기보다는 슬픔을 보여주려 했다. 짧은 찬송가와 기도문을 쉽게 풀어서 명료하게 이해시킬 생각이었다. 아이들이 잠들기 전에 기도를 올리며 용서를 구할 때는 그날 하루 동안 잘못한 일을 일깨워줄 생각이었다. 물론 아이들의 반감을 사지 않도록 최대한 다정하게 대할 생각이었다. 말썽을 부린 아이는 참회하는 찬송가를 부르게 하고 비교적 말을 잘 들은 아이는 밝은 찬송가를 부르게 할 생각이었다. 가르칠 내용은 가급적이면 재미있게 전달해서 얼핏 보기에는 재미만 있고 다른 의도는 없는 듯 보이게 할 셈이었다.

이런 식으로 해나가면 머지않아 아이들에게도 유익하고 아이들 부모에게도 인정을 받을 수 있으리라 믿었고, 한편으로는 집에 있는 가족들에게 걱정하시는 것만큼 내가 그렇게 무능하거나 무모하지 않음을 증명할 수 있으리라 믿었다. 앞으로 타개해야 할 난관이 만만치 않음을 모르지는 않았지만 끈질긴 인내와 불굴의 의지로 다 이겨낼 수 있으리라고 생각했다. 아니, 그렇게 믿었다. 아침저녁으로 내 다짐을 지켜갈 수 있는 힘을 달라고 주님에 간청했다. 하지만 아이들이 너무나 제멋대로였는지, 부모들과 의사소통이 되지 않았는지, 내가 스스로를 잘못 판단했는지, 아니면 애초에 이 모든 다짐을 지켜나갈 능력이 없었기 때문인지는 모르지만, 나의 굳은 결심과 열정적인 노력은 이렇다 할 성과를 거두지 못한 채 아이들에게는 조롱거리가 되고 부모에게는 불만만 심어주고 나 자신에게는 고통만 남기고 허사로 돌아갔다.

가르치는 일은 심적으로는 물론이요, 육체적으로도 고된 노동이었다. 아이들을 쫓아 뛰어다니며 잡아와서 책상에 끌어다 앉히거나 때로는 수업이 끝날 때까지 억지로 앉혀두어야 했다. 톰의 경우에는 공부방 구석에 몰아넣고 그 앞에 의자를 놓고 앉아서 과제가 담긴 책을 들어주어야 할 때가 많았다. 책에 있는 과제를 암송하거나 읽은 다음에야 풀어줬다. 아직은 나와 의자를 동시에 밀어제칠 만큼 힘이 세지 않아서 몸을 꼬거나 괴기스럽고 기이하게 얼굴을 찡그리며 서 있었다. 남들은 그 표정을 보고 웃음을 터트리겠지만 나는 조금도 웃기지 않았다. 때로는 큰소리로 슬피 우는 체했지만 눈물이 한 방울도 나오지 않았다. 내 화를 돋우려고 하는 짓일 뿐이었다. 속으로는 분통이 터져서 부르르 떨리더라도 때리고 싶은 기색을 감추면서 전혀 관심 없다는 듯이 앉아 있었다. 아이가 지칠 대로 지쳐서 하는 수 없이 고집을 꺾고 정원에 나가 뛰어놀 준비를 하기를, 책에 눈길을 돌려서 내가 시킨 단어 몇 개를 읽거나 암송하기를 기다렸다.

가끔가다 톰은 작정하고 글씨를 괴발개발로 쓰기도 했다. 일부러 잉크 얼룩을 묻히거나 종이를 구기지 못하도록 내가 손을 붙들기도 했고 글씨를 못 쓰면 한 줄 더 써야 한다고 엄포를 놓기도 했다. 한 줄 더 쓰지 않겠다고 고집을 부리면 어떻게 해서라도 내가 내뱉은 말을 지키기 위해 편법을 써야 했다. 톰의 손가락에 펜을 끼워 억지로 위아래로 움직이는 방법이었다. 아무리 저항해도 대충이라도 그 줄을 다 쓰게 했다.

그나마 톰은 다른 아이들보다 나은 편이었다. 가끔은 기특하게도 무엇이 똑똑한 처신인지 알 만큼 생각이 있었다. 그래서 가끔가다 과제를 빨리 끝내고 밖에 나가서 동생들과 내가 나올 때까지 혼자 놀았다. 하지만 메리 앤은 특히 이런 바람직한 행동에 있어서는 오빠를 따르는 경우가 거의 없었다. 다른 재미있는 일이 생길 때까지 그냥 바닥을 데굴데굴 굴러다녔다. 메리 앤은 납덩이처럼 밑으로 푹 꺼지곤 했다. 간신히 일으켜 세울 때는 한쪽 팔로는 아이를 잡고 있고 다른 팔로는 아이가 읽거나 써야 할 책을 들었다. 여섯 살짜리 덩치 큰 여자아이가 몸에 힘을 빼고 늘어져 있으니 한쪽 팔로는 무게가 감당이 안 돼서 팔을 바꿔서 잡아야 했다. 양쪽 팔에 힘이 다 빠지면 아이를 구석으로 데려가서 두 발로 똑바로 서지 않으면 풀어주지 않겠다고 엄포를 놓았다. 하지만 아이는 구석에서 나무토막처럼 늘어져서 식사시간이나 차 마실 시간이 될 때까지 버텼다. 아이들이 밥을 못 먹게 벌을 내릴 권한이 내게는 없었기 때문에 어쩔 수 없이 이 시간에는 풀어줘야 했던 것이다. 아이는 넙데데한 붉은 얼굴에 승리의 미소를 지으며 슬그머니 빠져나갔다.

어떤 날엔 수업 중에 나오는 특정한 단어 몇 개를 발음하지 않겠다며 고집을 부렸다. 고집을 꺾어보겠다고 안간힘을 썼던 노력이 지금은 아깝게 느껴진다. 그러거나 말거나 대수롭지 않게 넘겼더라면 아이나 내게 더 좋았을 텐데 쓸데없이 이겨보려고 기운을 뺐던 것이다. 그때만 해도 잘못된 행실은 반드시 싹부터 잘라내야 한다고 믿었다. 그리고 사실이 그렇다. 내가 잘만 해냈더라면 말이다. 내게 더 많은 권한이 주어졌더라도 아이의 고집을 꺾었을 것이다. 하지만 실제로는 메리 앤과 나 사이의 기 싸움이었을 뿐이고 대개 아이 쪽이 승리했다. 메리 앤은 나를 이길 때마다 용기백배해져서 다음번 싸움에는 더욱 기세등등했다.

설득도 해보고 얼러도 보고 애원도 하고 협박도 하고 야단도 쳐봤지만 다 부질없는 짓이었다. 놀지 못하게 공부방에 붙들어둬봤자 소용이 없었다. 밖에서 노는 시간에는 메리 앤과 함께 놀아주지 않거나 따뜻하게 말을 건네지도 않고 아무것도 같이 해주지 않았지만 소용이 없었다. 내가 시킨 일을 하면 어떤 상을 줄지 설명하면서 예뻐해 주고 상냥하게 대해주겠다고 약속해도 소용이 없었으며, 어리석게 계속 떼를 쓰면 어떤 벌을 내릴지 말해줘도 소용이 없었다. 간혹 아이가 뭔가를 해달라고 조르면 나는 이렇게 답했다.

"그래, 해줄게. 네가 이 단어만 읽으면 해줄게. 어서 읽어봐! 한 번만 읽으면 되잖아."

"싫어요."

"그럼 나도 당연히 해줄 수 없지!"

그 나이 또래였을 때 내게는 무관심과 창피 주는 것이 가장 무서운 벌이었는데 메리 앤에게는 아무런 효과가 없었다.

때로는 화가 머리끝까지 치밀어서 아이의 어깨를 잡고 마구 흔들어대거나 긴 머리채를 잡아당기거나 구석에 몰아넣었다. 그러면 아이는 귀청이 찢어질 듯 요란한 비명을 질러 마치 예리한 칼로 머리를 헤집는 듯한 고통을 주면서 응수했다. 내가 그 소리를 끔찍이 싫어하는 걸 알고서 있는 힘껏 날카로운 비명을 질러대면서, 복수에 성공한 자의 흡족한 표정으로 내 얼굴을 쳐다보면서 이렇게 소리쳤다.

"자, 봐요! 이건 선생님을 위해 지르는 거예요!"

그러고 나서 날카로운 비명을 지르고 또 질러댔다. 내가 별 수 없이 귀를 막을 때까지 질러댔다. 블룸필드 부인이 이런 끔찍한 비명소리를 듣고 올라와서 무슨 영문인지 물어보는 날이 적지않았다.

"부인, 메리 앤이 말썽을 부려요."
"그런데 끔찍한 비명소리는 뭐예요?"
"애가 아주 있는 대로 소리를 지르네요."
"그런 끔찍한 소리는 처음 듣는군요! 애를 못살게 군건 아닌가요? 왜 애가 오빠랑 같이 밖에 나가지 않았죠?"
"공부를 다 마치지 않았거든요."
"메리 앤은 착한 아이에요. 마저 시키세요."
그리고 메리 앤에게 이렇게 타일렀다.
"다시는 그런 끔찍한 소리를 내지 않았으면 좋겠구나!"
그리고 얼음처럼 차가운 눈으로 나를 쳐다보고 노골적으로 화난 표정을 짓더니 문을 닫고 나가버렸다.
어떤 때는 이 고집불통 꼬마를 불시에 덮쳤다. 아이가 뭔가 다른 생각을 할 때 별 일 아니라는 듯이 단어를 읽어보라고 시켰다. 그러면 아이는 무심결에 단어를 말하기 시작하다가 퍼뜩 정신이 들었는지 약이 잔뜩 오른 얼굴로 이렇게 말했다.
"칫! 선생님께는 내가 너무 똑똑한가 보죠? 속일 생각 마세요."
또 어떤 때는 공부에 관해서라면 다 잊어버린 것처럼 아무렇지 않게 밤늦도록 얘기하고 놀아주었다. 침대에 눕히고 몸을 굽히면 아이의 얼굴엔 미소와 즐거움이 가득 차 있었다. 자리에서 일어나기 직전에 좀 전처럼 쾌활하고 따뜻한 목소리로 물었다.
"자, 메리 앤, 선생님이 잘 자라고 키스를 해주기 전에 그 단어를 말해보렴. 착하지. 어서 말해봐."

"아니, 싫어요."

"그럼 나도 키스해주지 않을 거야!"

"칫, 상관없어요."

애처롭게 바라봐도, 꾸물거리면서 후회하는 표정을 지어 봐도 소용이 없었다. 메리 앤한테는 정말 '상관이 없었던' 것이다. 아이를 두고 나와 어둠 속에 서서 이처럼 냉정하고 고집스러운 태도에 놀랄 뿐이었다. 내가 어렸을 때는 어머니가 잘 자라고 키스해주지 않는 벌보다 더 무서운 벌은 상상할 수도 없었다. 생각만 해도 끔찍했다. 그 무엇보다도 무서운 생각이었다. 다행히 나는 이런 벌을 받을 만한 잘못을 저지른 적이 없었다. 하지만 언젠가 언니가 잘못을 저질러서 어머니가 언니에게 이런 벌을 주어야 한다고 생각하신 적이 있었다. 언니가 어떤 기분이었는지는 알 수 없지만 그때 언니를 공감하며 흘린 눈물과 고통은 앞으로도 쉽게 잊혀지지 않을 것이다.

메리 앤의 또 하나의 문제는 제멋대로 육아실로 도망쳐서 동생들이나 보모와 노는 행동이었다. 어찌 보면 자연스런 행동이지만 아이의 어머니가 금지시켜달라고 못박아두었기 때문에 육아실로 도망치지 못하도록 엄격히 금지하고 아이를 옆에 끼고 있으려고 애써보았다. 하지만 그럴수록 아이는 더 육아실에 가고 싶어했다. 말리면 말릴수록 더 자주 찾아가서 더 오래 놀다왔다. 블룸필드 부인이 몹시 못마땅해 하며 모든 책임을 나한테 떠넘길 것이 분명했다.

또 하나의 골칫거리는 아침마다 메리 앤의 옷을 입혀주는 일이다. 어떤 때는 씻기 싫어하고 어떤 때는 옷 입기를 싫어했다. 하지만 부인이 싫어하는 드레스는 군소리 없이 입으려 했다. 또 어떤 날은 머리를 만져주려 하면 소리를 지르면서 도망쳤다. 결국 옥신각신하며 실랑이를 벌인 끝에 겨우 데리고 내려가면 아침식사가 반쯤 끝난 경우가 적지않았다. '어머니' 의 어두운 표정과 '아빠' 의 성난 얼굴은 내게 직접적으로 말하지는 않아도 내게 돌아올 응분의 보상에 분명 영향을 주었을 것이다. 식사시간에 늦는 행동만큼 블룸필드 씨를 화나게 하는 일도 없었기 때문이었다.

그 밖에 자잘한 골칫거리 중에는 메리 앤에게 입혀준 옷이 부인의 눈에 차지 않는다는 문제가 있었다. 부인 눈에는 아이의 머리가 '항상 엉망' 으로 보였다. 가끔은 나를 나무라듯이 자기가 직접 나서서 하녀 역할을 자처하면서 그 일이 얼마나 골치 아픈 일인지 투덜댔다.

꼬마 패니가 공부방에 들어와 공부하기 시작했을 때 이 아이만은 온순하길, 적어도 고약하지만은 않기를 바랐다. 그런데 몇 시간까지는 아니어도 채 며칠도 되지 않아 내 희망은 여지없이 깨졌다. 패니는 짓궂은 고집불통 꼬마 녀석이었다. 아직 어렸는데도 거짓말을 밥 먹듯 하고 속임수도 잘 썼으며, 놀랍게도 자기가 좋아하는 공격용 무기와 방어용 무기를 써먹는 나쁜 버릇이 있었다. 자기를 기분 나쁘게 한 사람 얼굴에 침을 뱉고 말도 안 되는 요구를 들어주지 않으면 실컷 울어 젖혔다. 엄마, 아빠가 있는 자리에서는 꽤 조용한 편이라 부모들은 자기들 딸이 아주 온순한 아이라고 착각했다. 부모들은 패니의 거짓말을 쉽게 믿어버렸고 애가 큰소리로 울어 젖히기라도 하면 내가 함부로 다뤄서 그러는 게 아닐까 하고 오히려 내게 의심의 눈초리를 보냈다. 부모의 편견에 찬 눈에도 애가 고약하게 구는 모습이 보이면 모든 잘못을 내 탓으로 돌리는 듯 느껴졌다.

블룸필드 부인은 남편에게 이렇게 말하곤 했다.

"여보, 패니가 점점 못되게 구네요. 공부방에 들어가더니 얼마나 변했는지 몰라요. 조만간 다른 두 녀석들처럼 행실이 나빠지겠어요. 안 된 말이지만 요즘 들어 아이들이 정말 말을 안 들어요."

"그런 것 같군. 나도 그런 생각을 하고 있었지. 가정교사를 구해주면 아이들이 좋아질 줄 알았는데, 좋아지기는커녕 오히려 점점 나빠지고 있잖소. 공부는 어떤지 몰라도 하는 짓은 영 나아질 기미가 보이지 않아. 하루가 다르게 거칠어지고 더러워지고 못 봐주게 변해가는군."

모두 나를 향한 말이었다. 차라리 대놓고 욕을 먹는 게 낫지 빗대어 말하면서 빈정거리는 소리를 들으면 훨씬 기분이 상했다. 톡 까놓고 욕을 하면 적극적으로 나서서 내 입장을 설명하기라도 했을 터였다. 그때는 기분이 나빠도 꾹꾹 숨기고 예민하게 위축되지 말고 끈기 있게 최선을 다하는 것이 가장 현명한 처신이라고 판단했다. 내 처지가 넌더리가 나지만 정말로 그 일을 계속하기를 바랐다. 마음을 단단히 먹고 꾸준히 헤쳐 나가면 머지않아 아이들도 사람다워질 것이라고 생각했다. 조금이라도 말을 잘 듣도록 길들이면서 한 달 한 달 노력하면 언젠가는 고분고분한 아이들이 되리라 믿었다. 아홉 살, 열 살이나 된 아이가 예닐곱 먹은 아이처럼 극성스럽고 제멋대로 군다면 정상이 아닐 테니까.

나는 긍정적인 면을 보려고 했다. 그 집에서 계속 일을 하면 부모님과 언니에게 보탬이 될 터였다. 몇 푼 안 되는 돈이지만 그래도 돈이란 걸 벌고 있었고, 아끼고 또 아끼면 부모님께 나눠드릴 여유가 생길지도 몰랐다. 물론 부모님께서 기꺼이 받아주신다면 말이다. 또한 내가 원해서 여기까지 왔으니 모든 시련은 내가 감당해내야 할 내 몫이었다. 나는 감내하기로 다짐했다. 아니, 그보다는 내가 선택한 일을 전혀 후회하지 않았다. 그때처럼 어려운 시기라도 내게 주어진 역할을 감당할 능력이 있고 당당하게 끝까지 해내는 모습을 가족들에게 보여드리고 싶었다. 그러다가 말없이 굴복하는 것이 불명예스럽게 느껴지거나 더 이상 참을 수 없이 힘들어지면 미련 없이 우리 집으로 돌아가면서 나 자신에게 이렇게 말했을 것이다.

그들이 나를 짓밟을 수는 있어도 나를 굴복시키지는 못한다네.
내가 생각하는 사람은 당신이지 그들이 아니라네.
(바이런, '8월의 시')

크리스마스 휴가로 집에 갈 수 있었지만 겨우 2주밖에 머무를 수 없었다. 블룸필드 부인은 이렇게 말했다.

"가족들 본 지 얼마 되지 않았으니 더 오래 머무르지 않아도 되겠지요?"

부인에게서 물러나서 가만히 생각해보았다. 부인은 지난 2주가 내게 얼마나 길고 힘든 시간이었는지 몰랐다. 내가 얼마나 애타게 휴가를 기다렸는지도 몰랐다. 또한 휴가가 줄어들어서 얼마나 실망하는지 몰랐다. 하지만 부인을 탓할 수는 없는 노릇이었다. 내 기분이 어떤지 말해본 적이 없으니 내 감정을 알아주길 기대할 수는 없었다. 그 집에서 온전한 기간을 보내지 않았으니 내게 온전히 휴가를 주지 않아도 그들의 잘못은 아니었다.

4
그 집 할머니

집에 돌아가게 되어서 얼마나 기뻤는지, 집에 있으면서 얼마나 행복했는지에 관해서는 굳이 설명하지 않겠다. 소중하고 익숙한 공간에서 서로 사랑하는 가족들에 둘러싸여 짧지만 여유롭고 자유로운 시간을 맘껏 누렸다. 그리고 다시 한 번 긴 이별을 고해야 했던 비통한 심정에 대해서도 굳이 말하지 않겠다.

하지만 나는 생기를 잃지 않은 채 다시 그 집으로 돌아왔다. 고약한 장난에 난폭하기까지 한 악동들을 보살피고 이끌어줘야 하는 무거운 책임을 떠맡아 본 적이 없는 사람이라면, 그 일이 얼마나 고된 노동인지 상상조차 할 수 없으리라. 그 집 악동들에게는 아무리 노력해도 과제를 시킬 수 없었다. 그리고 그 집 어른들은 아이들의 고약한 행실을 내 탓으로 돌렸다. 또한 강력한 권위가 없으면 해내지 못할 일을 내게 시키면서도 권위까지는 주려하지 않았다. 게을러서였거나 악동들에게 인기를 잃을까 봐 두려워서

였을 것이다. 내가 아무리 제대로 해내고 싶고 맡은 바 의무를 다 하고 싶어도, 아이들 때문에 좌절하고 무시당하고 어른들에게 부당하게 비난받고 오해받는 그런 일보다 괴로운 상황이 어디 있겠는가.

그 집 아이들이 어떻게 사람의 신경을 긁는지 그리고 내게 주어진 막중한 책임 때문에 얼마나 많은 골칫거리가 생겼는지를 채 반도 열거하지 않았다. 내가 그랬듯이 독자들도 인내심의 한계를 느낄까 봐 걱정되기 때문이다. 그럼에도 불구하고 앞의 몇 쪽을 쓴 까닭은 독자들에게 재밋거리를 주기 위해서가 아니라 혹시라도 관심이 있는 사람들에게 도움을 주기 위해서이다. 이런 문제에 전혀 관심이 없는 사람이라면 필시 대충 책장을 넘기면서 '이 작가, 참 장황하군.' 하며 욕하고 넘어갔으리라. 하지만 자녀를 둔 부모로서 내 경험담에서 유용한 정보를 얻었거나 본인이 불운한 가정교사여서 미미하게나마 도움을 받았다면 그것으로 내 고통은 충분히 보상받은 셈이다.

여태까지는 독자들에게 혼동을 주지 않으려고 한 아이씩 떼어서 성격의 다양한 측면을 기술했다. 하지만 세 아이가 모여서 일으키는 소동은 상상할 수도 없을 것이다. 늘 있는 일이었지만 아이들이 합심하여 '말썽을 부리고 그레이 선생님을 골려줘서 화나게 만들기로' 작정할 때는 정말 가관이었다.

그런 날엔 문득 이런 생각이 머리를 스쳤다. '그들이 지금 내 모습을 볼 수 있다면!' 물론 집에 있는 가족들 말이다. 가족들이 나를 가엾게 여긴다고 생각하니 나조차도 내가 불쌍해졌다. 눈물이 쏟아지려는 걸 참기 힘들었지만 참고 또 참았다. 작은 악동들이 간식을 먹으러 내려가거나 잠자리에 들어서, 내게 주어진 유일한 해방의 순간인 '고독한 기쁨의 순간'(윌리엄 워즈워드, '나는 구름처럼 외로이 떠돌았네' 중)이 찾아오면 참았던 눈물을 터트리는 호사를 누렸다. 하지만 그 정도로 바닥을 치는 날이 잦지는 않았다. 할 일이 너무 많았기 때문에 쓸데없이 한탄이나 하며 보내버리기에는 소중한 여가시간이 아까웠다.

유난히 기억에 남는 날이 있다. 휴가를 마치고 돌아온 지 얼마 되지 않은 1월 어느 날, 바람이 거세고 눈발이 흩날리던 오후였다. 그날도 아이들은 식사를 마치고 올라오면서 '못되게 굴어야지!' 라는 의지를 요란하게 드러냈고 그 의지를 실천했다. 나는 목이 터져라 소리를 질러서 목이 잠겨가면서까지 아이들에게 말썽 좀 그만 피우라고 야단을 쳐보았지만 소용이 없었다. 나는 톰을 구석에 세워두고 과제를 마치기 전에는 밖으로 나올 생각은 하지도 말라고 엄포를 놓았다. 그때 패니가 내 바느질 바구니를 끼고서 안에 있던 물건을 뒤지며 거기다 침까지 뱉었다. 나는 내 물건에 손대지 말라고 소리쳤지만 그 말이 먹힐 리 만무했다.

그때 톰이 소리쳤다.

"야, 태워버려!"

패니는 성급히 톰의 말대로 했다. 내가 달려가서 불길 속에서 내 물건을 끄집어내는 사이 톰은 잽싸게 문 쪽으로 달려가면서 소리쳤다.

“야, 메리 앤, 선생님 서류함을 창밖으로 집어던져!”

내 편지와 편지지, 얼마간의 돈과 중요한 물건이 모두 들어 있는 서류함이 3층 창밖으로 던져질 참이었다.

나는 쏜살같이 달려가서 서류함을 붙잡았다. 그 사이 톰은 방에서 빠져나가 계단을 뛰어 내려갔다. 패니도 뒤를 따라나갔다. 나는 서류함을 내려놓고 아이들을 잡으러 뛰어나갔다. 메리 앤도 내 뒤를 따라나왔다. 세 아이 모두가 내게서 도망쳐 정원으로 흩어졌다. 아이들은 눈밭에 뛰어들어가 승리감에 도취해 떠들고 소리를 질러댔다.

어찌해야 하지? 아이들을 쫓아가면 한 녀석은 잡을 수 있을지 몰라도 나머지는 더 멀리 도망갈 텐데. 그렇다고 쫓아가지 않으면 아이들을 어떻게 데리고 들어오지? 아이들이 소란을 피우면서 모자도 장갑도 없이 부츠도 신지 않은 채 깊게 쌓인 눈밭을 뛰어다니는 모습을 보거나 떠드는 소리를 듣는다면 부모들은 나를 어떻게 생각할까?

난감해진 나는 문 앞에 서서 무서운 표정을 짓고 화난 목소리로 고함을 지르며 아이들에게 겁을 줘서 들어오게 하려고 하는데, 뒤에서 귀청이 찢어질 듯한 고함소리가 들렸다.

“그레이 선생, 이게 무슨 짓이오! 도대체 무슨 생각을 하는 거요?”

“아이들을 불러들일 수가 없어요.”

이렇게 대답하면서 돌아보니, 머리털이 곤두서고 창백한 푸른 눈동자가 튀어나올 듯한 모습의 블룸필드 씨가 보였다. 그는 가까이 다가오면서 험상궂은 표정을 지었다.

"당장 아이들을 안으로 데려와요!"

나는 뒤로 물러서며 말했다.

"글쎄요, 원하신다면 블룸필드 씨께서 직접 부르셔야 할 거예요. 아이들이 제 말은 듣지 않거든요."

"버릇없는 녀석들, 어서 들어오지 못해! 당장 들어오지 않으면 회초리를 맞을 줄 알아라."

그가 고함을 치자 아이들이 순순히 말을 들었다.

"거봐요, 한마디 하니까 바로 들어오잖소."

"그거야, 블룸필드 씨 말씀이니까요."

"거참 요상한 노릇이네요. 아이들을 돌보는 선생이라면서 나보다도 아이들을 못 다스린다니! 저기 아이들이 오는군. 눈밭에서 뛰어놀던 더러운 발로 계단을 올라갔구먼! 따라가서 아이들 좀 깨끗이 닦아줘요. 제발 부탁이오!"

당시는 블룸필드 씨의 어머니가 그 집에 머물고 있을 때였다. 위층으로 올라가 객실을 지나치다가 불행인지 다행인지 아이들 할머니가 며느리에게 이 일에 관해 큰소리로 떠드는 얘길 들었다.(힘주어 말한 부분만 겨우 들을 수 있었다.)

"이런…… 내 평생 살면서…… 아이들을 아주 망치겠구먼……. 얘야, 넌 저 여자가 괜찮은 선생인 거 같으냐? 내 생각엔 말이다…….”

더 이상은 듣지 못했지만 그것으로 충분했다. 그 집 할머니는 내 말을 잘 들어주고 따뜻하게 대해주는 사람이었다. 그때까지 맘씨 좋고 얘기하기 좋아하는 노인네라고 생각했었다. 할머니는 가끔 가다 내게 다가와서 은밀한 말투로 이야기하며 특정 계층의 노파가 예사로 그러하듯 고개를 끄덕이기도 하고 절레절레 흔들기도 하면서 손짓과 눈빛으로 대화를 했다. 그런 독특한 버릇이 눈에 띌 정도로 심한 사람은 본 적이 없었다.

할머니는 내가 아이들과 지내면서 겪는 고충을 공감해주며 간혹 고개를 끄덕이기도 하고 다 이해한다는 듯이 눈을 깜박이기도 하면서 아이들 어머니가 참 지각없이 처신한다고 말해주었다. 아이들 어머니가 가정교사인 내 권한을 제한하고 나를 지원해주지 않는 태도는 분별없는 짓이라고 말하기도 했다. 이런 식으로 남을 흉보는 일이 내 성격에 맞지 않아서 나는 할머니의 말을 무턱대고 받아들이지 않았고 겉으로 드러난 사실 이상은 믿지 않으려 했다.

기껏해야 만약 블룸필드 부인이 일을 다른 식으로 처리했다면 내 일이 그렇게 어렵지는 않았을 테고 아이들도 더 잘 가르치고 지도했을 것이라고 속으로만 생각할 뿐이었다. 하지만 그날 할머니의 말을 듣게 된 후로는 더욱 조심해야 했다. 그전에는 할머니의 잘못을 보고도(할머니는 자기가 완벽하다고 과시하려는 사람이었다.) 기꺼이 눈감아주고, 자기자랑을 해도 모두 인정해주고,

아직 말하지 않은 좋은 면이 더 있을 것이라고 생각하기까지 했었다.

지난 세월 동안 다정함은 내 삶을 지탱해준 자양분이었다. 그런데 그 당시 내 삶에는 애정이 결핍되었기 때문에 누가 조금이라도 다정하게 대해주면 내 마음도 활짝 열렸다. 그래서 나는 할머니에게만은 마음을 열었고, 할머니가 내게 다가오면 기뻤고 떠나가면 아쉬워했다.

그런데 불행인지 다행인지 모를 그 몇 마디 말이 우연히 내 귀에 들어오는 바람에 할머니를 대하던 마음이 완전히 바뀌었다. 결국 나는 할머니를 위선적이고 믿을 만하지 못하며 아첨꾼인데다가 내 말이나 행동을 염탐하는 사람으로 생각하게 되었다. 물론 전처럼 환한 미소와 다정한 말투로 할머니를 대하는 편이 내게 유리했을 터였다. 하지만 나는 그럴 수가 없었다. 내 감정에 따라 겉에 드러나는 태도도 변했고 마음도 차가워졌다. 게다가 내가 자꾸 마주치길 꺼려했기 때문에 할머니도 내 변화를 알아채지 않을 수 없었다. 얼마 안 있어 내 태도가 변했음을 알아채고 할머니 역시 나를 대하는 태도를 바꿨다. 친밀하게 끄덕이던 고갯짓은 딱딱한 목례로 바뀌었고, 따뜻한 미소는 고르곤(그리스 신화에 의하면 고르곤의 눈을 쳐다보는 사람은 돌로 변한다고 한다—옮긴이)의 사나운 눈빛으로 바뀌었으며, 나와 나누던 유쾌한 수다는 '사랑스런 손자손녀'에게로 옮겨갔다. 할머니는 우스꽝스럽게도 아이들 어머니보다 아이들한테 훨씬 더 살갑게 다가가서 집착했다.

솔직히 말해서 할머니의 이런 변화가 나도 편치는 않았다. 할머니의 마음이 상해서 벌어질 일들이 두려운 나머지 잃어버린 신뢰를 회복하려고 노력하기도 했다. 그리고 예상보다 훨씬 쉽게 관계를 회복할 수 있었다. 어느 날 할머니에게 그냥 인사치레로 기침은 좀 괜찮은지 물었을 뿐인데 순간 할머니의 길쭉한 얼굴에 미소가 번지면서 기침이 어떠하며 다른 병환은 어떠한지를 구구절절이 설명하면서, 글로도 다 표현하기 힘들 정도의 공감적이고 수사적인 말솜씨로 종교적인 체념에 관해서 늘어놓았다.

"하지만 모든 것에는 한 가지 처방이 있다우. 선생, 바로 체념이지.(고개를 빳빳이 세우고) 하느님의 뜻을 따르고자 하는 체념 말이오!(손을 들어올리면서 시선을 위로 올림.) 체념은 내가 시련을 겪는 내내 나를 지탱해 주었다우. 앞으로도 그럴 거고.(연달아 고개를 끄덕임.) 그때까지는 그 누구도 자신 있게 말할 수 있는 사람은 없어요.(고개를 가로저음.) 그레이 선생, 난 독실한 신자예요!(특히 강조하듯이 끄덕이면서 고개를 빳빳이 세움) 하늘에 감사해요, 항상 그래왔어요.(또 한 번 끄덕임.) 참으로 영광스럽다우."(공감하듯이 손을 꼭 쥐고 고개를 가로저음.)

성경에서 잘못 차용하거나 엉뚱하게 적용하거나 종교적 감탄사를 섞은 표현 자체는 차치하고라도, 말을 꺼내고 전달하는 방식이 익살꾼처럼 우스꽝스러워서 그 말을 모두 되풀이하지는 않겠다. 할머니는 말을 멈추고 혼자 으쓱한 기분으로 그 큰 머리를 곧

추세웠다. 결국 나는 그녀가 사악하기보다는 유약한 사람이기만을 바랐다.

할머니가 다음번에 웰우드 저택을 방문했을 때는 나도 어느 정도 마음이 누그러져서 할머니에게 건강이 좋아보여서 다행이라고 인사를 건넸다. 효과는 어마어마했다. 그냥 인사치레로 건넨 말에도 입에 발린 칭찬이 돌아왔다. 할머니의 얼굴에 화색이 돌면서 세상에서 가장 친절하고 상냥한 사람으로 돌변했다. 적어도 겉보기에는 그랬다. 내가 직접 할머니를 지켜보고 알게 된 사실과 아이들에게서 들은 얘기로 판단해보건대, 할머니와 친하게 지내려면 적절한 때마다 입에 발린 칭찬만 해주면 됐다. 하지만 거짓된 아첨은 내 삶의 원칙을 거스르는 짓이었다. 결국 변덕스런 노인네는 얼마 안 가 다시 나에 대한 호의를 거두고 내게 마음의 상처를 남겼다.

할머니는, 며느리를 통해서는 내게 부정적인 영향을 미칠 수 없었다. 그 집 시어머니와 며느리는 서로를 싫어했기 때문이었다. 시어머니는 주로 뒤에서 흉보고 비방을 했지만 며느리는 차가운 무관심으로 일관했다. 시어머니가 아무리 살갑게 다가가 듣기 좋은 말을 해주어도 며느리가 만들어 놓은 얼음처럼 차가운 벽을 녹이지는 못했다. 그래도 아들을 통해서는 꽤 영향력을 행사하는 편이었다. 아들은 할머니가 하는 말을 모두 귀담아들어 주었다. 물론 할머니가 아들의 까다로운 성미를 잘 다독여주고 듣기 싫은 소리를 해서 성질을 건드리지만 않는다면 말이다. 블룸필드 씨가 내게 가진 좋지 않은 평가를 더욱 악화시키는 데는 할머니의 역할이 컸으리라. 가정교사가 아이들을 방치하고 며느리조차도 아이들에게 제대로 신경 쓰지 않으니 블룸필드 씨가 발 벗고 나서서 돌보지 않으면 아이들을 다 망칠 것이라고 들쑤셨으리라.

할머니에게 거듭 설득당한 블룸필드 씨는 창밖으로 아이들이 노는 모습을 지켜보는 수고를 마다하지 않았다. 아이들이 정원을 가로지르는 모습을 지켜보다가, 가까이 가지 못하도록 금지한 샘 옆에서 물장난을 치거나 마구간에서 마부에게 말을 건네거나 더러운 밭에서 뒹굴 때면 여지없이 나타났다. 그가 나타날 때면 나는 아이들을 단속하느라 기운을 다 써버린 채 멍하니 옆에 서 있었다. 때로는 그가 갑자기 공부방으로 머리를 들이밀어 아이들이 식사를 하다가 책상이나 옷에 우유를 흘리거나 자기 컵이나 다른 사람 컵에 손가락을 집어넣거나 호랑이 새끼들처럼 음식을 두고 싸우는 모습을 발견하곤 했다. 마침 내가 아무 말 없이 조용히 있었으면 아이들의 잘못된 행동을 못 본 체하는 셈이 되고, 늘 그렇듯이 목소리를 높여 야단치고 있었으면 아이들을 너무 거칠게 다루고 말투나 어휘가 교양이 없어서 여자아이들에게 좋지 않은 본보기기 된다며 잔소리를 했다.

봄날의 어느 오후에는 이런 일이 있었다. 그날은 비가 와서 아이들이 밖으로 나갈 수 없었다. 운 좋게도 그날은 다들 해야 할 과제를 끝냈지만 아래층으로 뛰어 내려가 부모님을 귀찮게 하지 않았다. 이런 식의 속임수는 내가 아주 싫어하는 방법이지만 비 오는 날이라 어쩔 수 없었다. 아이들은 아래층에 내려가면 새롭고 재밌는 일을 찾아냈고, 특히 손님이라도 오신 날에는 아이들 좀 공부방에 붙잡아달라고 부탁하는 부인조차도 위층으로 올라가라고 꾸짖거나 자기가 직접 올려 보내지 않았다. 하지만 그날 오후에 아이들은 위층에서 잘 노는 듯했다. 게다가 놀랍게도 나 없이 저희들끼리 놀고 싶어하는 듯했다. 장난쳐서 나를 골탕 먹이지도 않고 서로 싸우지도 않았다. 그런데 아이들은 영문을 알 수 없는 놀이를 했다. 모두 창문 옆 바닥에 고장이 난 장난감이나 새알을 잔뜩 쌓아놓고 그 위에 웅크리고 앉았다. 다행이 내용물이 빠지고 없었으니 새알이 아니라 알껍데기라고 하는 편이 낫겠다. 알껍데기가 깨져 작은 조각으로 부서졌는데 어떻게 그렇게 됐는지는 나도 상상할 수 없었다. 아이들이 조용하게 있는 한 별로 착한 놀이는 아니어도 상관하지 않기로 했다.

평소와 달리 조용한 분위기에서 나는 벽난로 옆에 앉아 메리 앤의 인형 옷을 만들었다. 바느질을 마치면 어머니한테 편지를 쓸 생각이었다. 그때 불현듯 문이 열리고 블룸필드 씨가 거무튀튀한 머리통을 불쑥 들이밀었다.

"다들 아주 조용하군! 뭘 하고 있었지?"

'오늘은 별일이 없네요.' 나는 그렇게 생각했다.

하지만 그의 생각은 달랐다. 창문 쪽으로 다가가서 아이들이 하던 짓을 보고 화가 나서 소리를 질렀다.

"니들, 대체 뭘 하고 있는 거냐?"

톰이 소리쳤다.

"알껍데기를 부수는데요!"

"이 못된 녀석들, 어떻게 감히 그따위 짓을 하지? 카펫이 얼마나 지저분해졌는지 모르겠냐?(특별할 것 없는 갈색 모직 카펫이었다.) 그레이 선생, 아이들이 무슨 짓을 하는지 알았어요?"

"네, 알고 있었어요."

"알았단 말이오?"

"그래요."

"알았단 말이지! 알면서도 거기 멍하니 앉아서 아이들이 잘못을 저질러도 야단치지 않았단 말이군요!"

"못된 짓을 하는 것 같지는 않았어요."

"못된 짓이 아니라고! 저길 보시오! 저 카펫을 보라고요. 기독교 집안에서 저런 짓이 가당키나 하단 말입니까? 선생 방이 돼지우리만도 못하고 당신 학생들도 돼지새끼만 못한가보군! 흠! 더 이상 참을 수가 없구먼!"

그가 방을 나서면서 쾅하고 문을 닫자 아이들은 그 소리에 웃음보를 터트렸다.

나는 자리에서 일어서며 중얼거렸다.

"나도 더 이상 참을 수가 없다고요!"

나는 부지깽이를 잡고 잿더미를 치면서 유별난 힘으로 휘적거렸다. 불을 손보는 척하며 분을 가라앉혔다.

그 일이 있고 나서 블룸필드 씨는 수시로 공부방에 드나들면서 별일 없는지 감시했다. 아이들은 여전히 장난감이나 나무막대기, 돌멩이나 지푸라기, 낙엽이나 쓰레기로 방 안을 어지르고 다녔지만, 그런 행동을 못 하게 하거나 아이들에게 직접 치우라고 할 수 없었다. 하인들도 '아이들을 쫓아다니며 치우기'를 싫어했다. 하는 수 없이 내 소중한 여가시간을 써가며 바닥에 엎드려 힘들게 치워야 했다. 한 번은 아이들에게 카펫에 떨어진 걸 모두 줍기 전에는 식사를 할 수 없다고 호통을 쳤다. 패니는 웬만큼 주워서 식사를 할 수 있었고 메리 앤은 패니보다 두 배나 많이 주웠다. 나머지는 톰이 치워야 했다.

대견스럽게도 여자아이들은 맡은 일을 해냈지만 톰은 마구 신경질을 내며 책상을 밟고 돌아다니면서 빵과 우유를 바닥에 쏟고 동생들을 밀치고 석탄그릇에 담긴 석탄을 발로 차고 책상과 의자를 뒤집으려 했다. 방 전체를 더글러스의 고깃간(월터 스콧 경의 작품에 나오는 등장인물—옮긴이)으로 만들려는 듯했다. 나는 톰을 붙들어 놓고 메리 앤에게 어머니를 모셔오라고 했다. 톰이 발로 차고 주먹질로 때리고 소리를 지르고 욕을 해대도 블룸필드 부인이 나타날 때까지 놓아주지 않았다.

"톰이 무슨 잘못을 했지요?"

나는 톰이 저지른 잘못을 일러주었지만 부인은 고작 보모를 불러 방을 치우고 블룸필드 씨에게 저녁을 차려드리라고 명할 뿐이었다.

톰이 입안 가득 음식을 넣고 말하기도 힘든 상태로 나를 올려다

보며 의기양양하게 소리쳤다.

"보셨죠? 선생님! 선생님 말 안 들어도 저녁을 먹을 수 있잖아요. 난 쓰레기 같은 건 하나도 안 주웠어요!"

그 집에서 내 심정을 잘 아는 사람은 보모뿐이었다. 보모도 나름대로 괴로웠던 터였다. 아이들을 가르치거나 아이들이 저지른 잘못까지 책임을 져야 하는 정도는 아니었지만 말이다.

"에, 그레이 선생님! 아이들 땜에 힘들 거예요!"

"정말 그래요, 베티. 당신도 알 거예요."

"알고 말구요! 선생님만큼 아이들 땜에 성가시지는 않지만요. 전 가끔 아이들 볼기짝을 때려줘요. 어떨 때는 회초리로 심하게 때려요. 걔네들 말대로 달리 방법이 없잖아요. 결국 그것 땜에 일자리를 잃었지만요."

"그랬군요, 당신이 떠난다는 얘긴 들었어요."

"예, 그래요! 부인께서 세 번만 봐준다고 경고했었는데……. 크리스마스 전에 제가 또다시 아이들을 때리면 어떻게 되는지 얘기해주셨거든요. 근데 별일이 아닌데도 손이 가더라고요. 선생님은 어떤지 모르겠지만 메리 앤 아가씨도 절반은 책임이 있어요. 그 동생들은 아니어도요."

5
삼촌

그 집에는 할머니 말고도 찾아올 때마다 몹시 신경에 거슬리는 친척이 하나 더 있었다. 바로 '롭슨 삼촌' 이었다. 그는 블룸필드 부인의 남동생으로 키가 크고 오만한 사람이었다. 머리색은 검은 편이고 자기 누이처럼 혈색이 나빴다. 코는 세상을 깔보는 듯하게 생겼고 작은 잿빛 눈은 반쯤 감겨 있어 어찌 보면 멍청해 보이기도 하고 또 어찌 보면 주변 세상을 경멸하는 듯 보이기도 했다. 체격이 크고 건장했는데도 허리를 단단히 조여 매서 아주 얇게 만들었다. 꽉 조인 허리와 부자연스러우리만치 경직된 몸매를 보면, 여자를 우습게 보는 거만하고 남성적인 롭슨 씨지만 코르셋으로 멋 내는 것을 그리 싫어하지는 않는다는 것을 알 수 있었다.

그는 내게 아는 척해주는 일이 거의 없었다. 어쩌다 아는 척한다 해도 거드름을 피우며 오만한 말투와 태도로 대했다. 이런 태도는 그가 신사가 아니라는 점만 부각시키지만 그는 사실 그 반대의 효과를 노렸다. 물론 내게 무례하게 굴어서 그의 방문을 싫어한 것은 아니었다. 그가 아이들에게 끼치는 나쁜 영향이 문제였다. 그는 아이들의 못된 버릇을 들쑤셔서 내가 몇 달 동안 공들인 노력을 단 몇 분 만에 물거품으로 만들어놓았다.

그는 패니와 막내 헤리엇은 거들떠보지도 않으면서 메리 앤은 예뻐해 주었다. 메리 앤의 가식적인 태도를 애써 눌러놓으면, 그가 와서는 얼굴이 예쁘다는 둥 칭찬을 해주어 아이의 머릿속에 외모에 관한 생각만 잔뜩 심어주었다. 여태껏 외모란 예쁜 마음씨와 예의바른 태도에 비하면 먼지처럼 가벼운 것이라고 가르쳐온 터였다. 메리 앤만큼 듣기 좋은 칭찬에 쉽게 넘어가는 아이는 본 적이 없었다. 게다가 그는 메리 앤이나 톰의 못된 성격을 드러내놓고 칭찬하지는 않더라도 호탕하게 웃어넘겨서 아이들을 들쑤셨다. 아이들을 진심으로 아끼는 사람이 혐오하도록 가르쳐준 못된 짓을 가벼운 웃음거리로 만들어버리고 아이들이 저지른 잘못을 웃어넘김으로써, 아이들에게 남기는 상처가 얼마나 깊은지 아는 사람이 많지 않다.

롭슨 씨는 대단한 술주정뱅이는 아니었지만 와인을 꽤 많이 들이켰고 가끔가다 물을 탄 브랜디를 즐겼다. 그는 어린 조카 톰에게 삼촌을 본받으라고 가르쳤고, 술을 많이 마실수록 영혼이 맑아지고 술을 좋아할수록 용감하고 남자다운 정신이 드러나서 누이들보다 우월해질 수 있다는 믿음을 심어주었다. 블룸필드 씨는 삼촌의 이런 행동을 말리지 않았다. 그 역시 물을 탄 진을 좋아해서 매일 쉴 새 없이 홀짝이며 엄청난 양의 술을 마셔댔다. 아마도 술 때문에 얼굴색이 거무스레하게 변했고 성질이 고약해진 모양이었다.

롭슨 씨는 또한 톰이 동물들을 짓궂게 괴롭히도록 부추겼다. 괴롭히는 방법을 말로 설명해주기도 하고 직접 보여주기도 했다. 그는 매형의 사냥터에서 사냥을 할 때 아끼는 개들을 데리고 다니는 일이 많았는데, 하도 개들을 잔인하게 다뤄서 나만큼이나 불쌍한 개들이 그를 무는 모습을 볼 수 있다면 기꺼이 돈이라도 내놓고 싶었다. 물론 그 개가 그러고도 벌을 받지 않을 수 있다면 말이다.

그는 가끔 자상해지고 싶은 마음에 조카들과 새둥우리를 가지러 갔다. 나는 이 짓을 몹시 싫어했다. 하지만 대개는 꾹 참고 아이들에게 이런 놀이가 못된 짓이라고 웬만큼은 가르쳐주었다고 자위하면서 머지않아 정의롭고 인간적인 세계로 아이들을 이끌어 줄 수 있기를 바랐다. 하지만 삼촌과 10분 정도 새둥우리를 채집하거나 삼촌이 오기 전에 저질렀던 잔혹한 장난에 삼촌이 웃어주기만 해도, 아이들을 타이르고 설득했던 내 노력은 순식간에 허사로 돌아갔다. 다행히도 그해 봄에는 겨우 한 번 채집에 성공했고 새끼가 부화하기도 전에 떠난 빈 둥우리나 속 빈 새알만 가져왔다. 그러던 어느 날 삼촌이랑 가까운 농장에 나갔던 톰이 상기된 표정으로 정원에 뛰어들어왔다. 손에는 아직 깃털도 제대로 나지 않은 한배 새끼들이 들려 있었다.

방금 밖으로 나온 메리 앤과 패니는 톰에게 달려가서 전리품에 감탄하면서 한 마리만 달라고 애원했다.

"안 돼, 한 마리도 줄 수 없어! 다 내 거야. 롭슨 삼촌이 나한테 주신 거야. 하나, 둘, 셋, 넷, 다섯. 어디 하나라도 건드리기만 해 봐! 니들 줄 건 없어!"

기쁨에 들뜬 톰은 새둥우리를 바닥에 내려놓고 그 자리에 우뚝 섰다. 양다리를 벌리고 서서 양손을 바지 주머니에 넣고 허리를 숙였다. 얼굴은 기쁨에 도취되어 기이하게 일그러졌다.

"그래도 내가 이놈들 때려죽이는 건 보게 해줄게. 진짜야. 아주 흠씬 두들겨 팰 거야! 지금 당장, 보라고! 정말 할 거야! 근데 둥지 안에 재밌는 놈이 별로 없군!"

나는 톰에게 말했다.

"톰, 이 새들을 괴롭히게 가만 놔두지 않을 거다. 죽일 거면 한 번에 죽이고, 아니면 원래 있던 자리에 갖다 놓으렴. 어미 새가 먹이를 주러 돌아올 테니."

"선생님은 얘들이 어디 있었는지 모르잖아요. 거길 아는 사람은 나랑 삼촌밖에 없어요."

"네가 알려주지 않으면 내가 새들을 죽일 수밖에. 나도 끔찍이 하기 싫지만."

"못 할걸요. 선생님은 감히 만지지도 못하잖아요! 아빠랑 어머니랑 롭슨 삼촌이 화내실 걸 아니까. 하하! 내 말이 맞죠?"

"이런 일에선 내가 옳다고 생각하는 대로 할 거야. 누구에게도 물어보지 않아. 너희 아버지랑 어머니께서 원치 않으신대도 어쩔 수 없어. 니들 삼촌 생각도 물론 상관없어."

의무감에 떠밀려 이렇게 말하면서, 스스로를 화나게 하고 나를 고용한 사람들의 노여움을 사는 위험을 감수하면서 나는 커다란 납작한 돌을 집어들었다. 정원사가 쥐 잡을 때 쓸려고 다듬어놓은 돌이었다. 그리고 다시 한 번 작은 폭군에게 새를 원래대로 가져다 놓도록 설득해보았지만 소용이 없었다. 톰에게 새한테 무슨 짓을 할 생각인지 물었다. 톰은 악마 같은 회심의 미소를 지으면서 어떤 고문을 할지 늘어놨다. 그 사이 나는 톰의 희생양에게 들고 있던 돌을 떨어뜨려 납작하게 짓눌렀다.

톰은 충격을 받고 분노에 떨며 찢어질 듯한 비명소리와 무서운 욕설을 내뱉었다. 롭슨 삼촌이 총을 들고 다가와서 잠시 멈추더니 그의 개, 주노를 발로 찼다. 톰은 삼촌에게 달려가며 삼촌이 주노 대신에 나를 차게 하겠다고 맹세했다. 롭슨 씨는 총에 기대서서 자기 조카가 내게 맹렬한 분노와 무례한 욕설을 퍼붓는 모습을 보고 크게 웃음을 터트렸다.

그는 총을 들고 집으로 향하면서 한 마디 내뱉었다.

"흠, 대단한 녀석이야! 젠장, 이 녀석도 성깔이 장난이 아니군! 아, 정말, 저런 깡패 같은 꼬마 녀석은 본 적이 없어! 여자들 치마폭에서 벌써 벗어났어. 지 어머니도 그렇고, 할머니도 그렇고, 저 가정교사까지! 하하하! 야, 괜찮다. 내일 하나 더 구해주마!"

내가 나섰다.

"롭슨 씨, 만약 그렇게 하신다면 제가 또 죽일 거예요."

"흠!"

그는 예상과 달리 내가 조금도 물러서지 않는 모습을 노골적인 시선으로 쳐다보았다. 비웃는 듯한 태도로 고개를 돌리더니 활개를 치며 집 쪽으로 걸어갔다.

그러고 나서 톰이 어머니한테 일러바치러 갔다. 블룸필드 부인은 무슨 일이 생기든 별로 말하는 법이 없었지만 그 일이 있은 후에는 나를 만나면 표정이 어둡고 냉기가 흘렀다.

그녀는 날씨에 관해 몇 마디 꺼내더니 이렇게 말했다.

"미안한 말이지만, 블룸필드 도련님이 하는 놀이에 관해서 몇 마디 해야겠어요. 선생님이 새를 죽였다고 우리 애가 아주 화가 났더군요."

"블룸필드 도련님이 살아 있는 생명체를 괴롭히면서 논다면 마땅히 그만두게 해야 한다고 생각합니다."

부인이 침착하게 대꾸했다.

"그런 생명체는 모두 인간의 편의를 위해서 창조됐다는 사실을 잊으신 모양이군요."

나는 물론 부인이 내세운 교리에는 이론의 여지가 있다고 생각했지만 간단히 이렇게 답했다.

"설사 그렇다 하더라도 우리의 쾌락을 위해 동물을 고문할 권리는 없습니다."

"내 생각엔 아이의 즐거움이 영혼도 없는 축생의 행복보다 훨씬 값진 것 같네요."

"하지만 아이를 위해서도 그런 놀이는 하지 못하게 해야 합니다."

나는 최대한 상냥하게 대답하면서 부인이 보여준 이례적인 끈기를 보상해주었다.

"긍휼히 여기는 자는 복이 있나니, 저희가 긍휼히 여김을 받을 것임이오."

(마태복음 5장 7절)

"아, 물론! 하지만 그건 인간끼리 서로를 긍휼히 여기라는 뜻이지요."

그래서 나는 감히 이렇게 덧붙였다.

"청렴한 사람은 그들의 금수를 돌보나, 사악한 자의 가슴에는 자비가 없다."

(잠언 12장 10절)

부인이 쓴웃음을 흘리며 말했다.

"선생님도 별로 자비를 베푼 것으로 보이지는 않는군요. 불쌍한 새들을 한꺼번에 죽이다니, 그것도 아주 끔찍한 방법으로요. 그리고 그런 종잡을 수 없는 생각 때문에 사랑스런 아이를 비참하게 만들다니요."

나는 더 이상 말대꾸하지 않는 게 낫겠다고 판단했다.

이 대화가 블룸필드 부인과의 사이에서 말싸움 비슷하게 흘렀던 유일한 경우였다. 이곳에 도착한 이후로 부인과 한 번에 그렇게 많은 대화를 나눠본 적도 없었다.

롭슨 씨와 블룸필드 할머니 외에도 웰우드 저택을 찾는 손님 중에 거슬리는 사람들이 있었다. 손님들은 하나같이 대단한 정도는 아니라 해도 어느 정도는 내 일을 그르쳤다. 그들이 나를 무시해서라기보다는(물론 그들의 행동이 낯설고 기분 나쁘게 느껴진 것은 사실이다.) 내게 맡겨진 일인 만큼 손님들에게서 아이들을 떼어놓을 수 없었기 때문이었다.

톰은 손님들에게 다가가 말을 걸어야 하는 아이였고 메리 앤은 손님들의 관심을 받아야 하는 아이였다. 둘은 전혀 부끄러워하지도 않고 조심성도 없었다. 예의 없이 끈덕지게 어른들의 대화에 끼어들어 주제넘은 질문으로 귀찮게 하고 남자들에게 매달리고 어른들 무릎에 마음대로 올라앉고 어깨에 매달리고 장신구를 달라고 떼를 썼다.

블룸필드 부인은 아이들의 무례한 행동에 충격을 받고 화를 냈지만 아이들의 행동을 말릴 생각은 없었다. 내게 말려주기를 기대했지만 난들 어찌할 수 있었겠는가? 화려하게 치장한 새로운 얼굴들이 찾아와 예의상 부모 듣기 좋으라고 아이들에 관한 칭찬을 해주고 아이들을 예뻐해 주는데, 나처럼 평상복을 입고 매일

보는 사람이 솔직한 말로 아이들의 무례한 행동을 말릴 수 있겠는가?

나는 잔뜩 신경을 곤두세우며 아이들에게 주의를 주었다. 아이들을 재미있게 해줘서 내 쪽으로 관심을 유도하려고도 했고, 내가 가진 권한을 최대한 활용하여 무서운 말투로 손님들을 성가시게 굴지 못하게 하려 했으며, 무례한 행동을 하면 야단을 치고 창피를 줘서 다시는 그렇게 하지 못하게 하려 했다. 하지만 그 집 아이들은 부끄러움을 몰랐다. 무서운 얼굴을 하지 않으면 권위를 비웃었고, 따뜻함과 관심에 관해서라면 아이들이 아예 관심이 없어서인지 아니면 지나치게 억제하고 감춰서인지 내가 아무리 노력해도 찾아내지 못했다.

하지만 얼마 안 가 그동안의 내 노력도 종지부를 찍었다. 끝은 내가 예상하거나 원했던 것보다 빨리 찾아왔다. 5월이 끝날 무렵의 어느 달콤한 저녁에 나는 휴가가 다가온다는 생각에 들떴고 내가 가르친 만큼 아이들이 어느 정도 발전했다고 자축했다. 아이들 머릿속에 뭔가를 심어주었고 결국은 제시간에 과제를 마쳐야 놀러 나갈 수 있으며 쓸데없이 자기 자신이나 나를 괴롭혀봤자 소용없다는 사실을 적게나마 인식시킨 것도 성과라면 성과였으니까. 그러던 차에 블룸필드 부인이 사람을 보내 나를 부르더니 하지가 지나면 가정교사 일도 끝나게 됐다고 통보했다.

내 성품이나 전반적인 태도에는 문제가 없지만 내가 맡은 이후로 아이들이 나아지지 않아서 블룸필드 씨와 부인은 다른 교육방법을 써보기로 했다고 설명했다. 재능 면에서는 그 나이 또래의 다른 아이들에 비해 결코 떨어지지 않는 아이들이지만 학력이 떨어지고 예절을 지킬 줄 모르며 성질을 다스리지 못하는 것은 사실이었다. 부인은 단호하고 성실하고 끈기 있는 보살핌이 부족해서 이런 결과가 나왔다고 나를 책망했다.

타협하지 않는 단호함, 헌신적인 근면성, 지치지 않는 끈기, 끝없는 보살핌이야말로 나 스스로 뿌듯하게 생각하는 나만의 자질이었다. 이런 자산을 밑거름으로 머지않아 모든 난관을 극복하고 언젠가 성공하길 바랐던 터였다. 내 입장에서 뭔가 말하고 싶었지만 막상 말을 꺼내려니 말을 더듬거리고 감정이 드러나고 벌써부터 고이기 시작한 눈물이 떨어지려 해서 아무 말 없이 마치 유죄를 인정하는 죄인처럼 가만히 있었다.

그리하여 나는 일터에서 해고당해 집으로 돌아갔다. 아아, 슬프다! 가족들이 나를 어떻게 생각할까? 내 일을 그렇게 떠벌리고서 고작 세 아이들의 가정교사로서 1년도 못 버티다니! 게다가 고모가 '아주 훌륭한 부인'이라고 칭찬한 부인에게서 해고당하다니! 데겔은 왕이 저울에 달려서 부족함이 뵈었다 함이오(다니엘 5장 27절). 가족들이 내게 새로운 도전의 기회를 허락하리라 기대할 수 없었다. 이건 달갑지 않은 생각이었다. 왜냐하면 그곳에서 그토록 성나고 시달리고 실망하고 우리 가족의 지극한 사랑과 가치를 배우면서도 나는 아직 모험을 감행하지 못할 만큼 지치지 않았으며 노력을 그만둘 마음이 없었기 때문이었다. 그리고 모든 부모가 블룸필드 씨 부부와는 같지 않을 것이며, 모든 아이들이 그 집 아이들 같지도 않을 것이라고 나는 확신했다. 다음에 만날 집안은 분명 다를 테고 그 집보다는 나을 것이다. 나는 고난에 길들여졌고 경험에서 배웠다. 다른 누가 아닌 소중한 가족들에게 실추된 명예를 회복하고 싶었다.

6
다시 목사관으로

몇 개월간 집에서 평온한 시간을 보내며 조용히 자유와 휴식을 즐겼고 오랫동안 떨어져 지냈던 가족들의 진심 어린 사랑을 받았으며 웰우드 저택에 머무는 동안 하지 못했던 밀린 공부도 보충할 겸 앞날을 위해 지식도 쌓을 겸 착실히 공부에 열중했다.

아버지의 병세는 여전히 좋지 않았지만 지난번에 봤을 때보다 크게 악화되지 않은데다 내가 돌아와서 아버지의 기운을 북돋우고 아버지가 좋아하는 노래를 불러줘서 기쁘게 해줄 수 있어서 다행이었다.

내 실패를 두고 의기양양해 하거나 자기들 충고를 받아들여 얌전히 집에 들어앉아 있는 편이 나았을 뻔했다고 말하는 사람은 없었다. 모두 내가 돌아온 것을 기뻐했으며 그 어느 때보다도 따뜻하게 아껴주며 그간 겪은 고통을 치유해주었다. 그리고 가족들과 나눠 쓸 요량으로 열심히 벌어서 한 푼 두 푼 아껴 모은 돈에는 아무도 손을 대지 않았다. 여기서 짜내고 저기서 긁어모은 결과 빚은 어느 정도 청산한 상태였다. 언니는 그림에 웬만큼 성공을 거뒀지만 아버지는 이번에도 그림을 팔아 번 돈은 언니가 직접 관리하라고 우겼다. 수수한 옷을 입고 생활비를 아껴가며 모을 수 있는 돈은 모두 은행에 넣어두라면서, 그 돈에만 의지해서 살게 될 날이 언제 찾아올지 아무도 모른다고 했다. 아버지는 우리와 함께 살날이 얼마 남지 않았으며 당신이 죽고 나면 당신 아내와 자식들이 어떻게 될지는 하느님만 아신다고 했다.

가엾은 아버지! 아버지가 돌아가신 후 우리에게 불어 닥칠 고난을 그토록 염려하지만 않았어도 그 끔찍한 일이 그렇게 빨리 찾아오지는 않았을 터였다. 어머니는 아버지가 그런 문제로 고심하면서 괴로워하게 내버려두지 않으려고 애썼다.

어느 날 어머니는 이렇게 탄식했다.

"아이고, 여보! 당신이 그런 우울한 생각만 떨쳐버리면 우리랑 오래도록 함께 살 수 있어요. 아이들 결혼하는 것도 보고 씩씩하고 활발한 당신 마누라랑 행복하게 살면서 손자까지 볼 수 있어요."

어머니가 웃음을 터트리자 아버지도 웃었지만 아버지의 웃음은 이내 쓸쓸한 한숨 속에 사라졌다.

"아이들이 결혼을 한다……. 돈 한 푼 없는 불쌍한 녀석들! 재들을 누가 데려 가려나!"

"왜 아무도 데려가지 않을 거라고 생각해요? 아이들이 실망하겠네요. 나도 돈 한 푼 없이 시집왔잖아요. 그런 나를 데려오고 당신이 아주 기뻐했던 것 같은데. 어찌 됐든 아이들 결혼은 중요한 문제가 아니에요. 우리 가족이 정직하게 살면서 생계를 꾸려갈 방법은 널렸어요. 여보, 혹시 당신이 죽고 나서 우리 식구들이 가난에 허덕이게 될까 봐 걱정하나요? 가난한 처지가 당신을 잃는 슬픔과 비교가 된다고 생각하세요? 당신이 없으면 우리 모두 고통스러우리라는 건 당신도 잘 아실 테니 그런 일이 일어나지 않도록 꼭 우리를 지켜줘야 해요. 건강을 잃지 않으려면 긍정적으로 생각해야 해요."

"여보, 이렇게 자꾸 투덜대면 안 된다는 건 나도 알아요. 하지만 나도 어쩔 수 없구려. 당신이 좀 봐주시오."

"그냥 봐주지만은 않겠어요. 제가 당신을 바꿀 수 있어요!"

어머니는 단호하게 대답했지만, 진실한 사랑이 담긴 목소리와 온화한 미소 때문에 단호한 말들이 무색해졌으며, 덕분에 아버지의 얼굴에 다시 미소가 번지면서 슬프고 덧없는 생각에서 조금은 벗어난 듯 보였다.

어느 날 나는 어머니와 단둘이 얘기할 수 있는 기회가 생기자 말을 꺼냈다.

"어머니, 제가 가진 돈이 얼마 되지 않아서 오래는 못 버텨요. 돈을 더 벌 수 있으면 아버지 걱정거리에서 한 가지는 덜어드릴 수 있어요. 언니처럼 그림을 잘 그리는 것도 아니고, 제가 지금 할 수 있는 일은 다른 가정교사 자리를 알아보는 일 같아요."

"그러니까 정말로 다시 해보겠다는 말이구나, 아그네스!"

"네, 그렇게 마음먹었어요."

"왜 그러니, 아가야? 지난번 일로 충분했을 텐데."

"제 생각엔, 사람들이 다 블룸필드 씨 부부 같진 않을 테고……."

어머니가 말허리를 잘랐다.

"더한 사람들도 있다."

"많진 않을 거예요. 그리고 아이들이 다 그 집 아이들 같진 않아요. 저나 언니도 그렇지 않았잖아요. 항상 부모님 말씀을 잘 들었어요, 그렇죠?"

"그렇긴 했지만, 그때는 내가 니들을 버르장머리 없는 아이들로 키우지 않았지. 너희들도 천사같이 착하기만 하진 않았단다. 네 언니는 말도 없고 고집이 센 녀석이었고 너도 성질이 온순하지만은 않았어. 물론 착한 아이들이었지만."

"저도 알아요. 가끔 삐쳐 있을 때가 있었어요. 그 집 아이들이 가끔가다 삐치기라도 했으면 반가웠을 거예요. 그랬다면 아이들 마음을 이해할 수 있었을 테니까요. 그런데 걔들은 한 번도 그런 적이 없어요. 걔들은 기분이 상하거나 상처를 입거나 부끄러워하지 않았어요. 성질이 폭발할 때 말고는 전혀 불행하지 않은 아이들이었어요."

"글쎄다. 그랬다 해도 걔들 잘못은 아니야. 돌덩이를 만지면서 진흙처럼 부드럽기를 바라선 안 된단다."

"네, 그래도 감정도 없고 이해심도 없는 녀석들과 지내는 일은 고역이었어요. 걔들은 사랑해줄 수도 없고 설사 사랑해준다 해도 그 사랑을 철저히 짓밟아버려요. 사랑에 보답할 줄도 모르고 그 가치도 알아보지 못하고 이해하지도 못하는 아이들이니까요. 그럴 리는 없겠지만 하필 다시 그런 집이 걸린대도 제가 얻은 경험을 밑거름 삼아 다음에는 더 잘할 수 있어요. 말이 길어졌지만 결론은 다시 해보게 허락해달라는 거예요."

"아이고, 아가야, 너도 쉽사리 기가 죽지 않는 애구나. 참 대견하다. 그런데 이것만은 알아둬. 지금 너는 전에 집을 떠날 때보다 안색도 좋지 않고 너무 말랐어. 너나 식구들을 위해 돈을 모은다면서 네 건강을 해치는 일은 용납할 수 없단다."

"언니도 제가 변했다고 하더라고요. 놀랄 일도 아닌 것이, 온종일 북새통에서 불안하게 살았거든요. 하지만 다음번엔 침착하게 해낼 생각이에요."

조금 더 대화를 나눈 후, 어머니는 다시 한 번 내 편이 돼 주기로 약속했지만 우선 인내심을 갖고 기다려야 한다는 단서를 달았다. 아버지에게 이 문제를 꺼내는 일과 언제 어떻게 꺼낼지에 관해서 모두 어머니에게 맡기며, 어머니가 아버지의 허락을 얻어내리라는 데는 한 치의 의심도 하지 않았다.

그러는 동안 나는 신문의 광고란을 유심히 뒤져보고 적당해 보이는 '가정교사 구함' 광고에 편지를 보냈다. 내가 보낸 편지는 물론 혹시라도 답장을 받으면 반드시 어머니한테 보여줘야 했다.

유감스럽게도 어머니는 일자리를 하나씩 거절하게 했다. 이 집은 지위가 낮고 저 집은 너무 까다롭고 또 어떤 집은 보수가 적다는 이유였다. 그리고 어머니는 이렇게 말했다.

"아그네스, 네 재능은 여느 가난한 목사 집 딸들과 비교가 안 된단다. 그런 재능을 아무렇게나 써버려선 안 돼. 참을성 있게 기다리기로 약속했던 거 기억하지? 서두를 필요가 없어. 네 앞날은 창창하고 기회는 얼마든지 오거든."

마침내 어머니는 신문에 직접 광고를 내서 내 조건을 제시해보라고 조언했다.

"음악, 노래, 그림, 프랑스어, 라틴어 그리고 독일어까지. 이 정도면 결코 평범한 조건이 아니야. 가정교사 한 사람에게 이 정도로 재주가 많다면 마음에 들어 할 사람들은 얼마든지 있다. 좀더 지체 높은 집안에서 해보자. 정말로 좋은 집안이라면, 가진 거라곤 돈밖에 없는 상인이나 안하무인의 벼락부자들과 달리 가정교사를 그 지위에 맞게 존중하고 배려하면서 대접해줄 거다. 내가 아는 상류층 중에도 가정교사를 가족처럼 대해 주는 집안이 있단다. 물론 무례하고 까다롭게 구는 집안이 없는 건 아니지만. 어느 계층이건 좋은 사람도 있고 나쁜 사람도 있으니까."

나는 지체하지 않고 광고를 냈다. 광고를 보고 답장을 보내온 집이 둘 있었는데, 한 집안은 어머니가 내게 제시하라고 조언한 50파운드를 급료로 지급하겠다고 동의했다. 그런데 이번엔 내가 일을 받아들이길 주저했다. 가르칠 학생들 나이가 많은데다가 부모들이 원하는 사람은 나만큼 교양이 높지는 않더라도 화려하고 경험이 많은 사람이기 때문이었다. 하지만 어머니는 이런 문제라면 거절하지 말라면서, 내가 소심한 자세를 버리고 좀더 당당해지기만 하면 잘해낼 수 있다고 장담했다. 나는 학식과 재주를 솔직담백하게 밝히고 내가 원하는 계약 조건을 제시한 후 결과를 기다리기로 했다.

내가 과감히 내건 유일한 조건은 1년에 두 달간, 여름과 크리스마스 기간에 휴가를 받아 가족들을 방문한다는 조건이었다. 아직 만난 적 없는 그 부인은 답장을 보내 내 조건에 이의가 없으며 내 학식으로 보아 충분히 일을 잘해내리라 믿는다고 밝혔다. 하지만 그 부인은 가정교사를 고용할 때 교사의 학식은 부수적인 자질일 뿐이고, 그 집은 O시와 가까운 위치에 있기 때문에 공부 면에서 부족한 부분은 다른 교사를 고용해 메울 수 있으니, 나무랄 데 없는 도덕성만큼 온화하고 쾌활한 성격과 책임감 있는 자세가 가장 중요한 요건이라 생각한다고 밝혔다.

어머니는 부인의 말을 탐탁히 여기지 않으며 그 자리를 받아들이지 말라고 극구 반대했고 언니도 열렬히 어머니 편을 들었다. 하지만 나는 다시 주저앉고 싶지 않아 모두에게 맞섰다. 나는 아버지에게 먼저 허락을 얻어냈고, 그 부인에게 정중히 답장을 써서 보냄으로써 마침내 거래가 성사되었다.

1월의 마지막 날에 머레이 집안의 가정교사 자격으로 호튼 로지에 들어가기로 정해졌다. 호튼 로지는 우리 마을에서 60마일 정도 떨어진 O시 근방에 자리 잡았는데, 이십여 년을 살면서 집 근처에서 20마일 이상 벗어나 본 적이 없던 나로서는 만만치 않은 거리였을 뿐 아니라, 그 집 사람들은 물론 동네 사람들 중에도 나나 우리 가족들과 알고 지낸 사람이 하나도 없었다. 하지만 이런 점이 내게 짜릿한 매력으로 다가온 까닭은 어릴 적부터 나를 짓눌렀던 어리석은 수줍음에서 어느 정도 벗어난 상태였기 때문이었다. 그리고 완전히 새로운 세계로 들어가 낯선 사람들 속에서 나 홀로 앞길을 해쳐나간다는 생각에 잔뜩 들떴다. 세상을 경험하게 되었다며 스스로를 다독였다.

머레이 집안은 큰 읍에서 멀지 않은 곳에 있어서 돈 버는 일이 전부인 공장지대와는 달랐다. 내가 들은 얘기를 종합해보면, 머레이 씨는 블룸필드 씨보다 지체 높은 사람이라, 어머니가 얘기하던 순수 상류층 사람들처럼 가정교사를 교양 있고 교육받은 여성이자 자녀들을 가르치고 이끌어주는 사람으로서 마땅한 대접을 해주면 해주었지 고급 하녀 정도로 취급하지는 않을 터였다.

그리고 학생들은 지난번 아이들보다 나이가 많으니 말이 통해 가르칠 만하고, 말썽도 많이 부리지 않을 테니 공부방에 억지로 붙잡아둘 필요도 없고, 분주히 돌아다니며 끊임없이 감시할 필요도 없을 터였다. 끝으로 희망이 뒤섞인 밝은 전망은 아이들을 돌보고 가정교사로서의 의무를 다하는 일과는 상관이 없었다. 따라서 내가 자식 된 도리를 다해 부모님의 행복과 생계를 위해 생활비를 저축하겠다는 한 가지 목적만을 위해 개인적인 평화와 자유를 희생했다고 말할 자격이 없음이 드러날 것이다.

물론 아버지의 건강과 어머니의 생계는 내 계획의 큰 부분을 차지했지만 50파운드는 적은 돈이 아니었다. 나는 지위에 맞는 좋은 옷을 입고, 돈을 주고 세탁물을 맡겨야 했으며 또한 1년에 네 차례 호튼 로지와 우리 집을 오가는 경비를 써야 했다. 그래도 아끼고 또 아껴서 20파운드 정도로 생활비를 충당하고 나머지 30파운드 남짓은 저축할 셈이었다.

우리 집 저축에 큰 보탬이 될 것이다! 그렇다! 나는 무슨 일이 있어도 여기서 버텨야 했다. 가족들 사이에서 내 명예를 지키고 그 집에서 안정적으로 일을 지속하기 위해서.

7
호튼 로지

1월의 마지막 날엔 성난 비바람이 몰아쳤다. 거센 북풍이 불어닥쳐 대지에 어마어마한 눈 폭풍을 일으키며 소용돌이쳤다. 가족들은 출발을 미루라고 만류했지만, 첫날부터 시간약속을 어겨서 나를 고용한 사람들에게 나에 대한 편견을 심어줄까 두려운 마음에 나는 제시간에 출발하겠다고 고집을 부렸다.

어두컴컴한 겨울날 아침에 집을 나서며 아쉬운 작별인사를 뒤로한 채 O시까지의 머나먼 길을 떠나서 홀로 쓸쓸히 여인숙에 앉아 마차와 기차(당시 기차가 몇 대 있었다.)를 기다렸다가, 마침내 O시에 도착해서 머레이 댁에서 보낸 하인을 만나 다시 사륜마차를 타고 호튼 로지까지 간, 기나긴 여정을 늘어놔서 독자들에게 부담을 주진 않겠다.

다만 말과 기차가 가는 길에 엄청난 눈이 쌓였고, 여정이 끝나기까지 몇 시간을 어둠 속에서 보냈으며, 마침내 어마어마한 폭설 때문에 O시에서 호튼 로지까지 이르는 얼마 안 되는 거리가 멀고도 험한 여정이 돼버렸다는 정도만 언급하겠다. 차고 매서운 눈이 베일 속으로 날아들고 무릎에 쌓여도 나는 체념한 채 앉아 있었다. 아무것도 보이지 않아 불쌍한 말과 마차꾼이 앞으로 나갈 수 있을지 걱정스러웠다. 사실 마차는 겨우겨우 기다시피 움직일 뿐이었다.

마침내 마차가 멈춰 섰다. 마차꾼이 소리치자 누군가 빗장을 벗기고 삐걱 소리를 내며 정원으로 통하는 대문을 열었다. 그리고 마차는 아까보다 평탄한 길을 따라 달렸다. 간간히 어둠 속에서 거대하고 희뿌연 덩어리가 반짝였는데 눈을 뒤집어쓴 나무인 것 같았다.

한참을 지나서 마차가 다시 한 번 멈춰 섰다. 창문이 바닥까지 길게 내려온 대저택의 웅장한 주랑(柱廊) 현관 앞이었다.

짓누르는 눈더미를 간신히 헤치고 일어나 마차에서 내리면서 험한 길을 힘겹게 달려온 나를 누군가 따뜻하게 맞아 주리라고 기대했다. 검은 옷을 차려입은 한 남자가 정중하게 문을 열고 나를 널찍한 방으로 들여보내줬다. 천장에 매달린 호박색 램프가 그곳을 환하게 비춰주었다. 그는 나를 데리고 그 방을 지나 복도를 따라가다 내실 문을 열고 그곳이 공부방이라고 알려주었다. 방에 들어서니 어린 아가씨 둘과 어린 도련님 둘이 있었는데 내 학생이 될 아이들인 듯 보였다. 정중하게 인사를 나누고 나자, 태피스트리 천과 질 좋은 독일산 털실 바구니를 만지작거리던 맏이인

아가씨가 내게 위층으로 올라가고 싶은지 물었다.
나는 물론 올라가고 싶다고 대답했다.
그 아가씨가 다른 여자 아이를 향해 말했다.
"마틸다, 초를 들고 방까지 안내해드려."
열네 살가량 된 덩치 큰 말괄량이로 짧은 가운에 바지를 입은 마틸다는 어깨를 움츠리며 얼굴을 약간 찡그렸지만 초를 들고 앞장섰다. 뒤편의 계단 위로 길고 가파른 층계참 두개를 올라 길고 좁은 복도를 따라서 작지만 꽤 아늑해 보이는 방까지 안내해주었다. 마틸다는 내게 차나 커피를 마실지 물었다. 괜찮다고 대답하려다가 아침 7시 이후로 아무것도 먹지 않은 게 생각났고 약간 현기증도 나서 차를 한잔 마시고 싶다고 답했다.
그녀는 '브라운'에게 일러두겠다고 말한 뒤 자리를 떴다. 온통 젖어서 무겁게 늘어진 외투와 숄과 보닛을 벗고 나니 뽐내는 듯한 여자 아이 하나가 와서 아가씨들이 차를 위층에서 마실지 공부방에서 마실지 물어보라 했다고 전했다. 나는 피곤하다며 위층에서 마시겠다고 했다. 그 소녀는 방에서 나갔다가 잠시 후에 작은 차 쟁반을 들고 와서 화장대 구실을 하는 서랍장 위에 내려놓았다. 나는 정중히 고맙다고 말하고 아침에 몇 시에 일어나야 할지 물었다.
"아가씨와 도련님들은 8시 반에 아침식사를 하세요. 일찍 일어나긴 하시지만 아침식사 전에는 좀처럼 수업하는 일이 없으니까, 아마 7시 좀 넘어서 일어나시면 될 거예요."

내가 7시에 깨워주면 고맙겠다고 부탁하자 그녀는 그러겠다고 약속하고 방을 나섰다. 차 한 잔과 버터를 바른 얇은 빵 한 조각으로 빈속을 채우며, 가냘픈 연기가 피어오르는 벽난로 옆에 앉아 마음 깊은 곳에서 나오는 눈물을 흘리며 마음을 달랬다. 기도를 드리고 나서 한결 가뿐한 마음으로 잠자리에 들 준비를 했다. 하지만 내 짐이 아직 올라오지 않아서 사람을 부를 종을 찾아봤다. 방 구석구석을 뒤져봐도 종이 보이지 않아, 초를 들고 긴 복도를 지나 가파른 계단을 내려가는 모험을 감행했다. 도중에 말쑥하게 차려입은 여인을 만나서 짐이 오지 않았다고 말했는데, 그녀가 고급 하녀인지 머레이 부인인지 몰라서 꽤나 망설였다. 알고 보니 그녀는 부인의 하녀였다.

그녀는 대단한 호의라도 베푸는 듯한 말투로 짐을 위층으로 올려 보내겠다고 했다. 방으로 돌아와 한참을 기다리면서 혹시 그녀가 잊어버리지는 않았는지 아니면 나와의 약속을 무시하는 건 아닌지 걱정이 되었다. 계속 기다려야 할지, 그냥 잠자리에 들어야 할지, 아니면 다시 내려가 봐야 할지 망설이던 차에 마침내 사람들의 목소리와 웃음소리와 함께 복도를 따라 발소리가 들려와 기분이 다시 살아났다. 억세고 촌스럽게 생긴 하녀와 남자 하인이 내 짐을 들고 들어왔지만 두 사람 다 내게 공손하지 않았다.

그들이 멀어져가는 발소리를 들으며 문을 닫고 짐 몇 개를 풀고서야 비로소 휴식을 취했는데, 몸과 마음이 지쳤던 터라 휴식은 달콤했다.

이상할 정도로 처량한 기분과 새로운 생활의 낯설음과 아직 펼쳐지지 않은 미지의 삶에 대한 흥미롭지 않은 호기심이 얽히고설킨 기분으로 다음날 아침 눈을 뜨자, 마치 마법에 걸려 회오리 속으로 날아올라 생전 보지도 듣지도 못했던 머나먼 낯선 땅에 떨어진 기분이었다. 혹은 엉겅퀴 씨가 바람에 실려 날아가다 전혀 원치 않았던 낯설고 외딴 곳에 떨어져서, 엉겅퀴 본연의 성질과 너무 다른 땅이라서 아주 오랜 시간 동안 양분을 빨아들여야 겨우 뿌리를 내리고 싹을 틔울 수 있는 처지와 비슷한 느낌이었다. 아무리 설명해도 당시의 내 심정을 충분히 표현할 수 없다. 나만큼 외딴곳에 떨어져 정체된 삶을 살아본 적 없는 사람은 어떤 기분인지 상상할 수 없으리라. 어느 날 눈을 떠보니 뉴질랜드의 포트 넬슨이라서 그 자신과 그를 아는 사람들 사이를 끝없는 대양이 가로막은 상황에 처해 있는 사람이라 해도 내 기분을 이해하긴 어려울 것이다. 내 방의 차양을 올리며 낯선 세계를 내다보았을 때 들었던 독특한 감정은 쉽게 잊지 못할 것이다. 눈에 보이는 것이라고는 온통 새하얀 광활한 황무지, 그리고…….

"눈 속에 버려진 황무지,
그리고 무겁게 내려앉은 나무 숲"

(제임스 톰슨의 시, 〈사계절〉 중)

나는 공부방으로 내려가면서도 학생들을 만나고 싶은 마음에 설레지는 않았지만 앞으로 우리들의 관계가 어떻게 전개될지에 관심이 가는 것도 사실이었다.

여러 가지 중요한 변화 중에서도 한 가지를 단단히 결심했다. 앞으로는 학생들을 '아가씨'와 '도련님'으로 불러야 했다. 내게 이런 호칭은 한 집안의 자녀들과 그들의 가정교사이자 일상을 함께 하는 친구 사이에 놓인 차갑고 부자연스러운 격식처럼 느껴졌는데, 특히 웰우드 저택에서처럼 학생들이 어릴 때는 더욱 낯설었다. 하지만 웰우드 저택에서조차 내가 학생들을 이름으로만 부르면, 부모들은 이를 무례한 언동으로 받아들여 몹시 기분 나빠했으며 나와 대화할 때는 각별히 주의해서 '블룸필드 도련님, 블룸필드 아가씨'라 지칭했다. 나는 블룸필드 부부가 내비치는 의미를 재빨리 눈치 채지는 못했다. 내게는 그런 격식이 모두 우스꽝스러워 보였기 때문이었다. 하지만 이번에는 현명하게 처신하고 그 집안사람들이 요구할 법한 예절과 형식을 대번에 받아들이기로 마음먹었다. 솔직히 지난번보다 큰 학생들이라 어려울 것도 없었다. 하지만 '아가씨'니 '도련님'이니 하는 사소한 말 한 마디로 인해 스스럼없는 따뜻한 관계가 형성되기 힘들고 학생들과 나 사이에 생길 수도 있는 어렴풋한 온정이 살아나지 않을 듯 느껴졌다.

나는 도그베리(셰익스피어의 〈헛소동〉에 나오는 인물로서 말이 장황하고 잘못된 어법을 사용해서 이해하기 어렵게 말하는 인물)

처럼 독자를 따분하게 만들 생각이 없기 때문에 그날과 그 다음 날에 알게 된 새로운 사실과 새로운 사건들을 구구절절이 늘어놔서 독자에게 지루함을 안겨주지 않겠다. 그 집안사람들을 간략히 설명하고 그들과 함께 지낸 처음 한두 해를 대략적으로 전하는 것만으로 충분할 것이다.

먼저 집안의 가장인 머레이 씨는 사람들의 전언에 따르면 난폭하고 요란한 시골 대지주로서 여우 사냥에 미쳐 있고 말을 잘 타고 잘 다루며 부지런하고 노련한 농부이자 음식을 절제할 줄 모르는 사람이었다. 전혀 근거 없는 소문이 아닌 것이, 예배당에 나가는 일요일을 제외하고는 한 달이 지나고 두 달이 지나도 그의 얼굴을 보기 힘들었으며 거실을 지나거나 정원을 산책하다가 가끔 양 볼과 코가 불그레한, 키가 크고 건장한 남자의 형체를 마주치는 게 전부였다. 대화를 나눌 만큼 가까이 그의 곁을 지나가게 되면 그는 무례하게 고개만 까딱이면서 '그레이 선생, 안녕하시오.' 라는 식으로 간단한 인사말만 겨우 건넬 뿐이었다. 대부분은 멀리서 그의 소란스런 웃음소리를 듣거나 급사와 마부, 마차꾼과 그 밖에 불쌍한 하인들에게 욕지거리를 하거나 모욕을 주는 소리를 들은 적이 더 많았다.

머레이 부인은 아름답고 세련된 사십대 부인으로 굳이 루주를 바르거나 옷에 심을 넣을 필요가 없을 정도로 매력적이었으며, 연회를 자주 열거나 참석했고, 최신 유행하는 옷으로 차려입기를 가장 즐겼다. 아니 그렇게 보였다.

나는 그 집에 도착한 날 오전 11시가 지나서야 부인을 만날 수 있었다. 부인은 11시경에야 나를 보러 납셨는데, 우리 어머니가 새로 온 하녀를 보려고 주방을 찾는 모양새였다. 아니, 꼭 같지는 않았던 것이, 우리 어머니는 하녀가 도착하는 대로 찾아가보았지 다음날까지 기다리지 않았다. 또한 어머니는 따뜻하고 친근하게 당신을 소개하고 격려의 말을 해주면서 앞으로 해야 할 일을 알아듣기 쉽게 설명해줬다. 그러나 머레이 부인은 우리 어머니와 전혀 달랐다. 그녀는 하녀장의 방에서 식사를 주문하고 돌아가는 길에 공부방에 잠시 들러서, 내게 짤막한 인사말을 건네고 벽난로 옆에 잠깐 서서 날씨 얘기와 내가 그 전날 해야 했던 '다소 힘든' 여정에 관해 몇 마디 건네고는 막내 아이(10살짜리 남자아이로, 하녀장의 식료품 저장소에서 짭짤한 음식을 한 입 집어먹고 부인의 가운 자락으로 자기 입과 손을 닦은 참이었다.)를 토닥이더니 내게 얼마나 착하고 귀여운 아이인지 모르겠다고 말하고는 만면에 만족스런 미소를 띤 채 점잔을 빼며 방을 나섰다. 이로써 자기 할 일을 다 했으며 내게 대단한 은혜라도 베풀었다고 믿어 의심치 않았으리라. 아이들도 그렇게 생각했을 테지만 내 생각은 전혀 달랐다.

그 후로 부인은 한두 차례 아이들이 없을 때 공부방에 들러서 내가 아이들에게 해주어야 할 일이 무엇인지 일러주었다. 부인은 딸들이 외적인 아름다움만 발산하고 눈에 띄는 재주만 배우기를 바라는 눈치였는데, 이런 재주는 아이들이 힘들이지 않고 배울 수 있는 것들이었다. 나는 부인의 뜻에 따라 아이들을 공부시키고 재미있게 해주고 가르치고 교양을 길러주되, 아이들에게 아무런 부담을 주지 않고 교사로서 아무런 권한을 행사하지 말아야 했다. 남자아이들에 관해서도 크게 다를 바가 없었다. 다만 남자아이들에게는 여러 가지 재주를 길러주는 대신에 학교에 진학할 수 있도록 라틴어 문법과 발피 교과서(19세기 교사들이 교재로 많이 사용했던 리처드 발피가 쓴 〈Delectus Sententiarum et Historiarum〉—옮긴이)를 머릿속에 최대한 많이 집어넣어야 했다. 물론 아이들을 힘들게 하지 않으면서 최대한 많은 내용을 가르쳐야 했다. 존은 다소 '명랑한' 편이었고 찰스는 다소 '예민하고 쉽게 따분해하는' 편이었다.

"어쨌든요, 화가 나더라도 참고 온화하고 인내심 있는 태도로 아이들을 대해주길 바랄게요. 특히 우리 막내 찰스는 예민하고 상처받기 쉬운 아이인데다가 지극정성으로 따뜻하게 대해주지 않으면 적응하지 못해요. 이런 얘기, 이해해주길 바랄게요. 솔직히 여태까지 들였던 가정교사 중에서 가장 괜찮은 선생도 특히 이 부분에서 문제를 일으켰거든요. 마태복음인지 어딘지에 나오는 말씀처럼, '온유하고 안정된 심령' (사실은 베드로 전서 3장 4절임—옮긴이)이 제복의 자수를 놓은 것보다 낫기를 바랐지요. 선생님은 목사님 댁 따님이시니 내가 어느 구절을 말하는지 알 거예요. 하지만 선생님은 이 부분은 물론 다른 부분에서도 잘해낼 것 같네요. 그리고 꼭 명심할 사항은, 어떤 경우에라도 우리 아이들이 잘못을 했을 때 아무리 설득하고 좋게 타일러도 소용없으면 다른 아이를 내게 보내세요. 선생님보다는 내가 알아듣기 쉽게 타이를 수 있지 않겠어요? 아이들을 최대한 즐겁게 해주세요. 선생님은 아주 잘하실 것 같군요."

머레이 부인은 자식들이 편안하고 행복하길 간절히 바라며 여러 차례 그 문제를 꺼내면서도 내 입장에 관해서는 한 마디도 하지 않았다. 아이들은 저희 집에서 가족들에게 둘러싸였던 반면 나는 낯선 사람들 속에서 외톨이였는데도 말이다. 나는 아직 세상을 잘 몰라서 그런 별난 태도에도 그다지 놀라지 않았다.

머레이 아가씨인 로잘리는 내가 처음 그 집에 갔을 때는 열여섯 살의 누가 봐도 예쁜 소녀였다. 2년이란 세월이 흘러 성숙해지고 몸가짐과 행동거지가 우아해지면서 더욱 아름다워졌다. 결코 범상치 않은 미모였다. 키가 크고 날씬하면서도 결코 마르지 않은 완벽한 몸매였고 살결이 희고 아름답고 두 뺨에는 건강한 홍조가 돌며 반짝였다. 숱이 많은 긴 곱슬머리는 금발에 가까운 밝은 갈색이었고, 눈동자는 연푸른색이었지만 맑고 반짝여서 누구도 그 눈동자가 진한 푸른색이 아니어서 아쉬워하지 않았으며, 다른 이목구비는 오밀조밀한 편이었지만 평범하지도 눈에 띄게 특이하지도 않아서 누구도 그녀를 정말 사랑스러운 소녀라 부르기를 주저하지 않았다.

이쯤에서 내가 로잘리의 부정적인 면을 들춰내리라고 생각할 필요는 없다. 그녀는 발랄하고 명랑한 소녀이며 자기 뜻을 거스르지 않는 사람에게는 매우 상냥했다. 처음 그 집에 도착했을 때는 내게 차갑고 도도하게 대하다가 시간이 지나면서 무례하고 건방지게 굴었다. 하지만 좀더 친해지면서 차츰 거만한 태도도 사라지고 나와 상당히 친해졌다. 물론 나 같은 성격이나 지위를 가진 사람에게 걸맞은 정도의 친분이었다.

그녀는 반 시간에 한 번씩은 내가 자기 집에서 일하는 사람이고 가난한 목사 집 딸이라는 사실을 일깨워주었다. 하지만 대체로 그녀가 생각하는 것 이상으로 나를 좋아했던 것 같다. 아마도 그 집에서는 꾸준히 훌륭한 신앙을 고백하고 항상 진실만을 말하고 성실하게 의무를 다하려 노력하는 사람이 나밖에 없었기 때문이리라. 이런 말을 하는 이유는 물론 내 자랑을 하기 위해서가 아니라, 그 당시 내가 헌신적으로 일했던 집안의 불행한 상태를 보여주기 위해서이다. 그 집안사람들 중에서 로잘리만큼 신앙심이 부족해서 안타까운 사람은 없었다. 그녀가 나를 좋아해서뿐 아니라 그녀에게는 유쾌하고 호감을 주는 구석이 있어서 여러 가지 단점에도 불구하고 나 역시 정말로 그녀를 좋아했기 때문이다. 그래서 그녀가 결점을 너무 많이 드러내서 내 화를 돋우거나 신경을 곤두서게 하여도 나는 애써 그녀의 타고난 성품 탓이 아니라 가정교육 때문이라고 생각하려 했다.

그녀는 한 번도 무엇이 옳고 무엇이 그른지 제대로 배운 적이 없었다. 동생들처럼 아기 때부터 서서히 고약해져 보모와 가정교사와 하인들을 괴롭혔다. 욕구를 절제하거나 화를 다스리고 소망을 억제하거나 남을 위해 자기의 쾌락을 희생하는 법을 배우지 못했다. 천성은 착해서 폭력적이거나 까다롭지는 않았지만, 언제나 제멋대로 굴고 도리를 무시하며 몰인정하고 변덕스러울 때가 있었다.

지적 능력을 키워주지 않아서 지식은 얄팍한 편이었다. 쾌활하고 이해력이 빠르며 음악적 재능과 언어 습득 능력이 뛰어났지만 열다섯 살까지는 학습에 어려움을 겪었다. 그러다가 남에게 과시하고 싶은 마음 덕분에 재능을 살려보려 했지만 화려하게 드러나는 재주만 키우고 싶어했다. 내가 그 집에 들어갔을 때도 비슷한 상황이어서, 프랑스어, 독일어, 음악, 노래, 무용, 수예와 약간의 그림 외에는 관심을 두지 않았으며, 그림도 노력은 적게 들이고 겉만 번지르르하게 그려냈고 그림의 중요한 부분은 대부분 내 손을 거쳤다.

음악과 노래의 경우에는 내가 임시로 가르치는 시간 외에도 잉글랜드에서 가장 유능한 대가에게 직접 배웠다. 음악과 노래뿐 아니라 무용에서도 상당한 기량을 쌓았다. 음악에 시간을 너무 많이 투자하는 것 같은 생각이 들어 자주 충고를 했지만, 그녀의 어머니는 딸애만 좋아한다면 매력적으로 보이게 하는 재주를 기르는 데는 아무리 시간을 투자해도 지나치지 않다고 생각했다.

수예라면 어깨 너머로 배우거나 아이들을 가르치면서 배운 정도밖에는 아는 바가 없었지만 내가 어느 정도 수예를 할 줄 알게 되자마자 아이들은 여러 모로 나를 써먹었다. 하던 작업의 번거로운 부분은 내게 떠넘기는 식이었다. 자수틀을 잡아 늘리고 자수천에 바느질하고 난 털실과 견사를 정리하고 배경을 채우고 바늘땀을 세고 잘못된 부분을 고치고 싫증난 작업을 마무리하는 일은 내 몫이었다.

로잘리가 열여섯이었을 때는 장난치며 뛰어놀기를 좋아했지만 그 또래의 여자아이에게 자연스러운 정도였다. 하지만 열일곱이 되자 다른 모든 것처럼 강력한 열정이 그 자리를 대신하기 시작했고 머지않아 이성을 사로잡아 매료시켜 버리려는 진지한 열망에 압도되었다. 이 정도면 로잘리에 대해서는 충분히 설명했으니 이제 동생에게 넘어가 보자.

마틸다 머레이 양은 두 말할 필요 없는 말괄량이였다. 로잘리보다 두 살 반 정도 어렸다. 언니보다 이목구비가 큼직큼직하고 얼굴색은 훨씬 어두운 편이었다. 잘생긴 여자 정도는 될 수 있겠으나 골격이 크고 자세가 어색해서 결코 예쁘다고는 할 수 없었고 당시에는 마틸다도 외모에는 크게 신경 쓰지 않았다. 로잘리는 자신의 매력을 잘 알고 실제보다 훨씬 아름답다고 생각하며 세 배나 더 높은 가치를 매겼다. 마틸다는 자기 정도면 나쁘지 않다고 생각하고 외모에는 별다른 관심이 없었다. 그렇다고 마음을 닦거나 화려한 재능을 갖추는 데 관심이 있는 것도 아니었다. 수업을 받고 악기를 연습하면서도 고의로 나를 실망시키려 했다. 짧고 쉬운 과제를 겨우 해내면서도, 항상 대충 해치우면서 언제나 가장 불편한 시간에 자기한테도 안 좋고 내게도 불만족스러운 방식으로 해버렸다. 그리고 30분간의 짧은 연습 시간 동안 악기를 무섭게 두드려댔다. 그러는 중에도 틀린 부분을 잡아준다면서 방해했다거나 실수하기 전에 고쳐주지 않았다거나 그 밖에 여러 가지 이유를 들먹이며 가차 없이 나를 몰아세웠다.

나도 한두 번 정도는 마틸다의 어리석은 행동을 진지하게 타일러보았다. 하지만 그럴 때마다 부인으로부터 질책하는 듯한 충고만 돌아와서 내가 그 집에서 계속 가르치려면 마틸다가 하고 싶은 대로 내버려둬야겠다는 확신만 생겼다.

하지만 수업만 끝나면 마틸다의 못된 행동도 사라졌다. 기운찬 조랑말을 타거나 개를 데리고 뛰놀거나 언니나 동생들, 그중에서도 자기가 제일 예뻐하는 존과 함께 뛰놀 때면 마틸다는 한 마리 종달새처럼 즐거워보였다.

마틸다가 동물이라면 아무 문제없을 터였다. 생기가 넘치고 쾌활하고 활동적이었으니까. 하지만 지성을 가진 인간으로서 마틸다는 야만적이고 무식하며 교육시키기 힘들고 덜렁대고 말귀를 못 알아먹어서, 지성을 길러주고 예의범절을 가르치고 화려한 재주를 갖추도록 도와줘야 하는 사람 입장에서는 다루기 힘든 아이였다. 마틸다는 언니 로잘리와 달리 화려한 재주를 기르는 수업도 다른 수업만큼이나 질색했다. 부인도 딸의 부족한 점을 웬만큼은 알고 있어서 마틸다를 다루는 방법에 관해 내게 자주 훈계를 했다. 딸애의 취향을 어떻게 형성할 것이며, 잠재된 허영심을 어떻게 일깨워줄 것이며, 어떻게 하면 교묘하게 아이의 환심을 사고 듣기 좋은 칭찬을 해줘서 관심을 유도할 것이며(물론 나는 이런 식으로는 하지 않을 터였다.), 수업 과정을 잘 준비하고 다듬어서 아이가 별로 노력하지 않아도 따라올 수 있게 할 것인지 등이었다. 이런 방법은 내가 쓸 수 있는 방법이 아니었다. 배우는 사람의 노력 없이 가르칠 수 있는 내용이 어디 있단 말인가.

도덕적 인간으로서 마틸다는 무모하고 고집불통이고 난폭하며 말로는 가르치기 힘든 아이였다. 그녀의 정신상태가 얼마나 한심스러운지는 자기 아버지를 보고 배운 욕설을 퍼붓는 모습을 보면 알 수 있었다.

그녀의 어머니는 '숙녀답지 않은 못된 짓' 을 보고 심한 충격을 받으며 '대체 어디서 배웠는지' 의아해했다.

"그레이 선생님, 금방 바로잡을 수 있을 거예요. 그냥 버릇이니까요. 마틸다 아가씨가 욕을 할 때마다 잘 타이르면 금방 고칠 수 있을 거예요."

나는 '잘 타이를' 뿐 아니라 욕하는 게 얼마나 잘못된 짓이며 교양 있는 사람들 귀에 거슬리는 말인지 일깨워주려고 애썼다. 하지만 내 노력은 모두 헛수고였고 무관심한 비웃음만 돌아왔다.

마틸다는, '흠, 그레이 선생님. 아주 충격 받으셨군요! 아이, 신나라!' 라고 하거나, '쳇! 나도 어쩔 수 없어요. 아빠가 가르쳐준 거니까. 다 아빠한테 배운 거니까. 마차꾼한테도 조금 배우긴 했지만.' 이라고 대답했다.

동생 존, 참, 머레이 도련님이지! 아무튼 내가 그 집에 갔을 때

열한 살 정도였던 존은 체격이 크고 튼튼한 소년으로 대체로 솔직하고 착한 아이였으며, 가정교육만 잘 받았더라면 좋은 아이가 될 수도 있었을 텐데, 당시에는 새끼 곰처럼 거칠고 난폭하고 제멋대로 굴고 함부로 행동하고 본데없고 가르치기도 힘든 아이였다. 적어도 어머니가 보는 앞에서는 가정교사에게 그렇게 처신했다. 학교 선생님들이라면 더 잘 다룰 수 있을지 몰랐다. 그리고 참 다행스럽게도 존은 1년 후에 학교에 들어가게 되었다. 사실 존은 라틴어는 물론, 훨씬 유용한데도 신경 쓰지 않는 다른 과목에서도 학력이 형편없었다. 결국에는 수준 낮은 여자 가정교사에게 아이의 교육을 맡겨버린 탓으로 돌려질 터였다. 제대로 가르칠 능력도 없는 과목을 멋대로 떠맡았다고 말이다. 존의 동생도 내가 채 1년도 가르치지 못한 채 존만큼 형편없는 실력으로 학교에 들어갔다.

찰스 도련님은 부인이 각별히 예뻐하는 아이였다. 존보다 한 살밖에 어리지 않았지만 훨씬 작고 여리고 활기가 없고 활동적이지도 않았다. 잘 토라지고 겁이 많고 변덕이 심하며 자기밖에 모르는 꼬마 녀석으로 나쁜 짓을 저지를 때만 기운이 났고 거짓말을 꾸며댈 때만 똑똑해졌다. 단순히 자기 잘못을 감추기 위한 거짓말이 아니라 까닭 없이 못되게 남에게 오명을 뒤집어씌우려고 거짓말을 꾸며냈다. 내게는 찰스가 가장 골칫거리였다. 찰스와 아무 문제없이 잘 지내려면 꾹 참아야 했다. 찰스를 돌보는 일이 힘들었을 뿐 아니라 그를 가르치거나 가르치는 척하는 어려움은 이루 말할 수 없을 정도였다.

찰스는 열 살이 되어서도 아주 쉬운 책 몇 줄조차 똑바로 읽지 못했다. 학생들 어머니의 교육방침에 따라, 내가 먼저 모든 단어를 읽어주고 나서 더듬더듬 읽히거나 철자를 바로 썼는지 확인해야 하면서도 애가 자극받지 않도록 다른 아이들은 훨씬 잘한다는 말조차 아껴야 했으니, 내가 맡았던 2년 동안 아주 조금밖에 발전하지 않은 것도 놀랄 일은 아니었다.

라틴어 문법에서 자잘한 부분까지도 찰스가 이해했다고 말할 때까지 여러 번 되풀이해줘야 했다. 그런 다음 이해할 수 있도록 도와줘야 했다. 산수를 가르칠 때도 쉬운 덧셈 문제를 틀리면 한 번에 실수한 부분을 보여주면서 대신 셈을 해줘야지, 자기가 노력해서 문제를 직접 알아내게 해서는 안 되었다. 따라서 실수를 피하는 것은 어렵지 않았지만 계산도 하지 않고 아무렇게나 숫자를 적어놓는 경우가 허다했다.

나는 부인의 방침을 곧이곧대로 따르지는 않았다. 물론 내 양심에 거슬리긴 했다. 하지만 가르치는 방법에 조금이라도 변화를 주면 내 학생은 물론 그 어머니의 분노를 사게 되었다. 찰스가 어머니에게 일러바치면서 고약하게 과장하거나 제멋대로 꾸며냈기 때문이었다. 결과적으로 나는 쫓겨나거나 그만둬야 할 뻔한 적이 여러 번 있었다. 결국 집에 있는 우리 가족들을 위해 자존심을 억누르고 분을 삭이고 꼬마 악동이 학교에 들어갈 때까지 버텨냈다. 찰스의 아버지는 가정교육이 '찰스에게 맞지 않고, 애 어머니가 애를 심하게 망치고, 가정교사가 전혀 도움이 되지 않는다.' 고 주장했다.

호튼 로지와 그곳에서 생긴 일들을 몇 가지 더 살펴보면 지금으로선 대략적인 설명이 될 것이다.

호튼 로지는 상당히 품격 있는 저택으로써 블룸필드 씨 저택보다 건축 시기와 규모와 장중한 분위기 면에서 훨씬 훌륭했다. 비록 정원을 멋들어지게 다듬지는 않았지만 말이다. 잘 깎아놓은 부드러운 잔디와 말뚝으로 둘러싼 어린 묘목과 벼락부자들의 포플러나무 숲과 전나무 숲은 없었지만, 널찍한 정원에는 사슴들이 떼를 지어 다니고 잘생긴 고목이 아름답게 늘어섰다. 저택 주변의 경관 자체가 쾌적했다. 비옥한 들판과 우거진 나무, 고요한 초록빛 길과 화사한 울타리 그리고 강둑을 따라 아무렇게나 피어난 들꽃이 어우러져 아름다운 풍경을 만들었다. 그래도 험준한 아무개 언덕에서 나고 자란 사람에게는 우울하리만큼 단조로운 풍광이었다.

그 집은 마을 예배당에서 2마일가량 떨어져 있어서 일요일 아침마다, 어떤 때는 일주일에 몇 번씩 가족 마차로 이동했다.

머레이 씨와 머레이 부인은 일요일 하루의 일과로써 예배당에 한 번만 찾아가면 된다고 생각했지만 아이들은 딱히 볼 일이 없어도 오후에 다시 찾아가서 온종일 예배당 뜰에서 어슬렁거리기를 좋아했다.

집으로 돌아오는 길에 아이들이 걸어갈 때 나를 데려가기로 하면 나도 나쁠 것은 없었다. 걸어가지 않으면 마차 출입문에서 가장 멀리 떨어진 구석 자리에 처박혀 말 쪽에 등을 대고 거꾸로 가면서 별 수 없이 멀미를 일으키곤 했다. 예배를 보는 도중에 예배당을 나서면 안 될 일이었지만 몸에 힘이 빠지고 메스꺼워져서 고약한 경우가 생길까 봐 두려운 마음에 신앙심에 방해를 받고 말았다. 지끈지끈 누르는 두통은 일요일마다 나와 함께 하는 동반자가 되었다. 두통만 아니었어도 편안한 마음으로 경건하고 차분하게 여유 있는 시간을 보낼 수 있었을 터였다.

어느 날 마틸다가 말했다.

"선생님은 마차만 타면 멀미를 하는 게 참 이상해요. 나는 멀미난 적이 없거든요."

그러자 로잘리가 참견했다.

"나도 멀미 난 적 없어. 하지만 선생님이 앉는 그런 지저분하고 불편한 자리에 앉으면 나도 멀미가 날 거야. 어떻게 그런 자리에서 버티는지 모르겠어요!"

내게는 선택의 여지가 없으니 참을 수밖에 도리가 없다고 말해줄 수도 있었다. 하지만 그들의 마음을 존중해주기 위해 좋은 말로 대꾸해줄 뿐이었다.

"뭐, 그리 먼 길도 아니잖아. 예배당 안에서 멀미가 나지만 않으면 난 괜찮아."

내게 하루의 일과를 설명하라고 하면 퍽 난처하다. 식사는 공부방에서 학생들과 함께, 학생들이 원하는 시간에 했다. 학생들은 때로는 식사준비가 반도 채 되지 않았을 때 식사를 하러 오라는 종을 울리기도 했다. 때로는 식탁에 음식을 차려놓고 한 시간 이상 기다리게 하고서는 감자가 식었다거나 고기 표면에 허연 기름이 끼었다고 화를 냈다. 어떤 날은 4시에 차를 마셨다. 5시 정각에 차를 준비하지 않았다며 하인들에게 불같이 화를 내는 날이 잦았고 하인들이 명령에 복종해서 정시에 차를 내오면 시간을 엄수하라는 뜻으로 7시나 8시까지 식탁에 그대로 두었다.

공부시간도 이런 식으로 학생들 마음대로였다. 그들은 내 생각이나 편의를 물어본 적이 한 번도 없었다. 가끔가다 마틸다와 존은 '아침식사 전에 성가신 일을 모두 해치우기' 로 마음먹고 하녀를 보내 나를 깨우면서도 미안해하거나 사과하지 않았다. 어떤 날은 새벽 6시 정각까지 준비하라는 말을 듣고 부랴부랴 옷을 챙겨 입고 내려가 보면 공부방에는 아무도 없고, 걱정스럽게 한참을 기다린 후에야 학생들 마음이 바뀌어서 아직 일어나지 않았다는 말을 들었다. 혹은 화창한 여름날 아침이면 브라운이 와서 아가씨와 도련님들이 놀러 나갔다고 알려주었다. 그러면 나는 아침식사를 기다리다 쓰러질 지경이 되었다. 학생들은 집을 나서기 전에 요기를 했던 것이다.

야외수업도 자주 했으며 여기에 대해서는 나도 반대할 이유가 없었다. 다만 축축한 풀밭에 앉거나 저녁 이슬을 맞거나 나도 모르는 사이에 몸에 나쁜 찬 공기를 들이마시는 바람에 나는 자주 감기에 걸렸지만 아이들한테는 아무런 해가 되지 않는 모양이었다. 아이들이 추위에 강했다는 말이 맞으리라. 그래도 자기들보다 약한 사람을 배려하는 법을 가르칠 수도 있었을 터였다. 물론 나만의 문제일지 모르는 일로 아이들을 탓할 수는 없다. 나는 아이들이 앉고 싶은 곳에 앉기 싫다고 한 적이 없었으며 내가 편하자고 아이들을 불편하게 하기보다는 감기를 앓을 위험을 감수하는 쪽을 택했다.

학생들의 무례한 수업태도는 시간과 장소를 제멋대로 선택하는 변덕스런 태도만큼 대단했다. 수업을 받거나 배운 내용을 복습하는 동안 소파에서 한가로이 빈둥거리거나 카펫에 드러누워 기지개를 켜거나 하품을 하거나 서로 잡담을 나누거나 창밖을 내다보았다. 반면에 내가 난롯불을 뒤적이거나 바닥에 떨어진 손수건을 줍기만 해도 학생들로부터 산만하다고 책망을 듣거나 '선생님이 산만한 걸 어머니가 싫어하실 것' 이라는 소리를 들어야 했다.

부모와 학생들이 가정교사를 하찮게 대하는 모습을 지켜본 하인들도 마찬가지로 나를 하찮게 대했다.

나는 내게 돌아올 피해를 무릅쓰고서 하인들을 위해 앞장서서 그 집 아이들의 횡포와 못된 행동에 맞서 싸워주곤 했다. 또한 항상 하인들을 불편하게 하지 않으려고 애썼다. 그런데도 하인들은 내가 편안한지는 신경 쓰지 않았고 내 부탁을 얕잡아보고 내 지시는 가벼이 여겼다. 분명 하인들 모두가 그런 태도를 보이지는 않았을 것이다. 하지만 무식하고 사리분별과 자기성찰에 미숙한 보통의 하인들이라면 윗사람들의 부주의하고 잘못된 행동에 쉽게 물들게 마련이다. 그리고 사실 이런 일들은 하찮은 문제에 속한다.

어떤 때는 내 삶이 수치스럽고 수없이 되풀이되는 모욕적인 태도에 굴복하는 내 자신이 부끄럽기도 했다. 때로는 그런 말 때문에 끙끙 앓는 내 모습이 바보같이 느껴지기도 했고, 내게 기독교도의 겸손, 즉 오래 참고 온유하며 자기의 유익을 구치 아니하며 성내지 아니하며 모든 것을 참으며 모든 것을 견디는 사랑(고린도전서 13장 4절~7절)이 부족한 것이 아닌가 하고 두려웠다.

하지만 시간이 지나고 인내력을 키워가면서 상황이 조금 나아지기 시작했다. 물론 아주 천천히 눈에 띄지 않을 정도였다. 남자아이들은 빠져나갔고,(뭐, 그렇다고 해서 별반 달라지지는 않았지만) 여자아이들 중에는 특히 한 아이와 꽤 가까워졌다. 로잘리는 건방진 태도도 줄었고 나를 존중하는 태도를 조금씩 보여주기 시작했다.

'그레이 선생님은 별난 사람이다. 입에 발린 소리는 하지 않고 자주 칭찬해주지는 않지만 우리들의 어떤 면을 칭찬해줄 때는 그 말이 진심임을 알 수 있다.

그레이 선생님은 대체로 친절하고 조용하고 온화한 편이지만 몇 가지 참지 못하는 부분이 있다. 우리는 선생님이 화를 내건 말건 별로 개의치 않지만 그래도 선생님이 평정심을 잃지 않을 때가 좋다. 선생님 기분이 좋으면 학생들과 이야기를 나누면서 선생님만의 방식으로 매우 따뜻하고 재미있게 대해준다. 그런 태도는 어머니와는 사뭇 달랐으므로 꽤 괜찮은 경험이었기 때문에 좋았다. 선생님은 다양한 주제에 관해 뚜렷한 의견을 가졌으며 자기 생각을 꾸준히 지켜나간다. 물론 항상 옳고 그름의 문제에 사로잡혀 있고, 종교와 관련된 문제를 특이할 정도로 중요시하며, 좋은 사람들을 무조건 좋아했기 때문에 상당히 따분한 생각이었지만 말이다.'

8
사교계 진출

로잘리는 열여덟 살이 되자 조용히 숨어 있던 공부방에서 나와 화려한 상류사회의 사교계로 진출하게 됐다. 비록 런던은 아니었지만 이곳에서도 사교계의 화려함이 만만치 않았다. 단 몇 주 동안이라도 시골의 취미생활과 오락거리를 뒤로 한 채 도시에 들어가 살자고 아버지를 설득할 수 없었기 때문이었다.

로잘리는 1월의 셋째 날에 성대한 무도회에서 사교계에 첫 발을 내딛게 되었다. 그 무도회는 그녀의 어머니가 O시 근방 20여 마일 안에 사는 모든 귀족들과 신사계층 사람들 중 일부를 선택해서 베풀려고 계획한 연회였다. 물론 로잘리는 그날이 오기만을 학수고대하며 안절부절못하고 설레는 마음으로 기다렸다.

"그레이 선생님."

중요한 무도회 날로부터 한 달 전 어느 날 저녁, 언니가 보낸 매우 재미있는 장문의 편지를 찬찬히 읽고 있는데 로잘리가 나를 불렀다. 아침에 대충 훑어보면서 혹시나 안 좋은 소식이 있는지 정도만 살펴보고 그때까지 조용히 읽을 시간이 없어서 가지고만 있던 편지였다.

"선생님, 그 따분하고 시시한 편지 좀 저리 치우고 내 얘기 좀 들어봐요! 그 편지보다는 훨씬 재미있는 얘기예요."

그녀는 내 발치에 놓인 나지막한 의자에 앉았다. 나는 짜증스런 한숨이 나오려는 걸 참으며 편지를 접었다.

"선생님의 가족들한테 그런 긴 편지로 지루하게 만들지 말아달라고 얘기하셔야겠네요. 그리고 무엇보다도 제대로 된 편지지에 써야지 그렇게 품위가 떨어지는 종이쪼가리에 쓰지 좀 말라고 하세요! 우리 어머니가 친구 분들한테 편지 쓸 때 쓰시는 예쁘고 여성스러운 편지지를 보셔야 하는데."

"우리 가족들은 긴 편지일수록 내가 기뻐한다는 걸 아시는 거야. 가족들한테 예쁘고 여성스런 편지지에 쓴 편지를 받으면 오히려 내 기분이 좋지 않을 거야. 그리고 머레이 아가씨는 너무나 여성스러워서 큰 종이에 편지를 쓰는 '상스러움'에 관해서는 얘기하지 않는 줄 알았는데."

"에잇, 그냥 장난 좀 친 거예요. 그건 그렇고 무도회 얘기를 하고 싶어요. 그리고 무도회가 끝날 때까지 선생님 휴가를 미루셔야겠어요."

"왜, 그래야 하니? 나는 무도회에 나가지도 않는데?"

"물론 나가지 않죠. 하지만 무도회가 시작되기 전에 무도회장이 잘 꾸며졌는지도 보고 음악도 들어보고 그리고 무엇보다도 눈부신 새 드레스를 입은 내 모습도 봐야 하잖아요! 나 아주 예쁠 테니까, 내 모습 보고 감탄할 준비나 하세요. 선생님이 꼭 있어줘요."

"나도 정말로 네 모습을 보고 싶어. 하지만 앞으로도 무도회는 수없이 열릴 테고 너의 예쁜 모습은 얼마든지 볼 수 있을 텐데, 그렇게 오랫동안 휴가를 미뤄서 집에 계신 가족들을 실망시키고 싶진 않아."

"제발 가족들한테는 신경 끄세요! 그냥 우리 집에서 안 보내 준다고 말하세요."

"하지만 솔직히 말해서 이번 휴가를 미루면 나도 서운해. 가족들이 나를 보고 싶어하는 만큼 나도 가족들 볼 날을 기다렸거든. 아니, 내가 더 많이 기다렸을 거야."

"칫, 아주 오래 기다리라는 것도 아니잖아요."

"내 계산상으로는 2주나 되는걸. 크리스마스는 꼭 집에서 보내고 싶어. 게다가 우리 언니도 곧 결혼할 거고."

"결혼해요, 언제요?"

"다음달에. 그전에 집에 가서 언니가 결혼 준비하는 걸 돕고 싶고 언니가 집에 있는 동안 잘해주고 싶어."

"그런 얘기 안 했잖아요?"

"나도 방금 편지 보고 안 거야. 네가 따분하고 시시하다며 읽지 말라고 했던 그 편지."

"언니는 누구랑 결혼하는데요?"

"리처드슨 씨라고, 근처 마을 교구 목사님이셔."

"그 사람, 부자예요?"

"아니, 먹고살 정도."

"그럼 잘생겼어요?"

"아니, 못생기지는 않은 정도."

"젊어요?"

"아니, 나이가 아주 많지는 않으셔."

"아유, 불쌍해라! 너무 안됐네요! 집은 어때요?"

"조용하고 아담한 목사관인데, 담쟁이덩굴이 덮인 현관이 있고 오래된 정원도 있고……."

"에잇, 그만하세요! 내 머리가 다 아프려고 하네요. 선생님 언니는 그런 걸 어떻게 견디지요?"

"우리 언니는 그런 삶을 견딜 수 있을 뿐 아니라 아주 행복해 해. 너는 리처드슨 씨가 좋은 사람인지, 현명한 사람인지, 아님 호감을 주는 사람인지는 묻지 않는구나. 그렇게 물었다면 모두 '그렇다' 고 답해줄 수 있어. 적어도 우리 언니는 그렇게 생각하고 나도 언니가 올바른 선택을 했길 바라니까."

"그래도 불쌍하잖아요! 어떻게 지저분한 노인네랑 한 집에서 평생을 살 생각을 하죠? 전혀 발전할 가능성도 없이?"

"그분은 노인이 아니야. 서른예닐곱밖에 되지 않았어. 우리 언니가 스물여덟이니까 쉰쯤 되면 적당히 비슷해지잖아."

"흠! 그래 놓고 보니까 잘 어울리네요. 그런데 '존경받는 목사님' 이라고 하던가요?"

"그건 잘 모르겠구나. 하지만 그런 소릴 들을 만한 분이라고 생각해."

"아이고, 끔찍해라! 선생님 언니는 하얀 앞치마를 두르고 파이나 푸딩 같은 걸 만들겠네요?"

"하얀 앞치마를 두를지 어쩔지는 몰라도 가끔 파이나 푸딩은 만들겠지. 전에도 해봐서 언니한테는 전혀 어려운 일이 아니야."

"게다가 값싼 숄을 두르고 커다란 밀짚모자를 쓴 채로 내장이나 사골 끓인 물을 남편의 가난한 교구민들에게 나눠주겠죠?"

"그것까진 나도 모르겠지만, 우리 어머니처럼 있는 힘껏 사람들의 몸과 마음을 보살펴주겠지."

9
무도회

4주간의 휴가를 마치고 돌아와서 외투를 벗어놓고 공부방에 들어서자마자 로잘리가 소리쳤다.

"어머, 선생님. 어서 문 닫고 와서 앉으세요. 무도회 얘길 모조리 해드릴게요."

그러자 마틸다가 소리를 질렀다.

"싫어, 제발 그만! 제발 그 입 좀 닫아줘! 선생님한테 내 암말 얘기를 해드릴 거야. 선생님, 얼마나 대단한지 몰라요! 혈통이 좋은 녀석인데다가……."

"시끄러, 마틸다! 내가 먼저 얘기할 거야."

"싫어, 싫다고, 로잘리 언니! 대체 무도회 끝난 지가 언젠데? 내가 먼저 얘기할 거야. 꼭 내가 먼저 얘기할 거라고!"

"마틸다 아가씨, 말버릇 고약한 거 여전하구나!"

"쳇, 나도 어쩔 수 없어요. 하지만 다시는 욕하지 않을 테니까,

내 얘기만 듣고 언니한테는 망할 놈의 입 좀 닫으라고 해주세요."

로잘리가 불만을 터트렸고 나는 두 사람 사이에서 어찌할 바를 몰랐다. 그러다 마틸다가 냅다 소리를 지르자 로잘리가 포기하고 동생이 먼저 말하도록 물러섰다. 그래서 나는 마틸다의 대단한 암말과 말의 사육, 말의 혈통과 속도, 말의 행동과 정신에 관한 장황한 이야기뿐 아니라, 말을 탈 때 마틸다가 발휘하는 놀라운 기술과 용맹스러움에 관한 이야기, 그리고 끝으로 마틸다가 '눈 깜짝할 사이' 에 빗장 다섯 개짜리 장애물을 뛰어넘어서 다음번 사냥모임에서 사냥을 할 수 있을 것이라고 아버지가 말했고 어머니는 밝은 자주색 사냥복을 주문했다는 얘길 들어야 했다.

그때 로잘리가 소리쳤다.

"야, 마틸다! 대체 무슨 소리야!"

마틸다는 당황하는 기색도 없이 말했다.

"흠, 시도만 하면 빗장 다섯 개짜리 장애물 정도는 뛰어넘을 수 있고, 그러면 아버지는 내가 사냥해도 된다고 하실 거고, 어머니는 내가 부탁하면 사냥복을 주문해주실 거야."

로잘리가 말했다.

"야, 이제 저리 가. 그리고 동생아, 좀 숙녀답게 행동해봐. 선생님, 저런 저속한 말 좀 쓰지 못하게 해요. 쟤는 자기 말을 암말이라고 불러요. 정말 수준 떨어진다니까요! 그리고 자기 말 얘기하면서 천박한 표현을 사용해요. 틀림없이 마부들한테서 얻어들었을 거예요. 쟤가 그런 말을 쓰면 소름이 끼친다니까요."

마틸다는 늘 몸에 지니고 다니는 사냥용 채찍을 거칠게 휘두르며 말했다.

"그거 아버지랑 아버지의 굉장한 친구 분들한테서 배운 거야, 이 멍청아! 나도 그 사람들만큼 말을 잘 봐."

"야, 빨리 꺼져버려, 이 한심한 아가씨야. 네가 계속 그런 식으로 말하면 정말 화난단 말이야. 선생님, 이제 내 얘기 좀 들어봐요. 무도회 얘길 해줄게요. 정말 궁금하죠? 아, 멋진 무도회였어요! 실내장식이며, 연회며, 만찬이며, 음악까지! 그리고 손님들은 또 어떻고요. 귀족이 두 분이고, 준남작 세 분, 그리고 귀족부인이 다섯 분이었어요! 그 밖에도 귀부인들과 신사들이 셀 수도 없을 만큼 많이 왔어요. 물론 난 여자들한테는 관심이 없지만 여자들이 하도 못생기고 태도가 꼴사나워서 내 기분이 즐거웠던 건 사실이에요. 어머니 말씀이, 최고의 탁월한 미인은 나밖에 없었대요. 그리고 내 모습은요, 선생님. 선생님이 내 모습을 못 봐서 정말 안타까워요! 아주 예뻤거든요. 그렇지, 마틸다?"

"별로였어."

"아니야, 정말 예뻤어. 어머니도 예쁘다고 했고, 또 브라운이랑 윌리엄슨도 그랬어. 브라운 말이, 나를 보는 순간 사랑에 빠지지 않을 남자는 없을 거랬어요. 그러니까 내가 자랑 좀 해도 되지 않겠어요? 선생님이 나를 한심하고 자랑이 심하고 경박한 애라고 생각하는 거 알지만, 그래도 선생님, 나도 이런 게 다 나만의 매력 덕분이라고 생각하진 않아요. 머리를 만져준 사람 덕도 있고, 멋진 드레스 탓도 있고……. 아참, 내일 내 드레스 꼭 보세요. 분홍색 공단에 하얀색 얇은 천을 덧대서 정말 예뻐요! 그리고 큰 진주알로 만든 아름다운 목걸이와 팔찌도 한몫 했어요."

"틀림없이 아주 예뻤을 거야. 그래서 그렇게 들떴던 거니?"

"어머, 아니에요! 그 때문만은 아니에요. 하지만 다들 내 모습에 감탄했어요. 그날 하룻밤 동안 얼마나 많은 남자들의 환심을 샀는지! 들으면 아마 놀랄 거예요."

"그런데 그런 게 다 너한테 무슨 소용이니?"

"무슨 소용이라니요? 대체 그렇게 묻는 여자가 어디 있어요?"

"글쎄다. 내 생각엔 한 사람한테만 호감을 받는 걸로 충분할 것 같은데. 그리고 서로에게 복종하지 않는다면 한 사람도 과하지."

"에잇, 그런 생각이라면 선생님 생각에 전혀 동의하지 않아요. 참, 잠깐만요. 나를 흠모하는 사람들 얘길 해줄게요. 그날 밤 이후로 특히 눈에 잘 띄는 사람들인데, 그날 이후로 무도회를 두 군데 더 갔었거든요. 안타깝게도 귀족인 G경과 F경은 결혼한 사람들이고. 결혼만 안 했어도 각별히 친절을 베풀어줬을 텐데. 하지만 결혼한 사람들이라 상냥하게 대하지 않았어요. 그래도 자기 부인을 싫어한다는 F경은 나한테 반한 게 틀림없어요. 두 곡이나 춤을 신청했거든요. 아참, 말이 나와서 하는 말인데 그 사람, 춤을 아주 잘 추더라고요. 나도 잘 추지만. 내가 얼마나 춤을 잘 췄는지 상상도 못 할걸요. 나도 깜짝 놀랄 정도였다니까요. 그분이 칭찬도 많이 해줬는데, 솔직히 좀 지나친 것 같아서, 약간은 도도하게 싫은 척하는 편이 좋겠다고 생각했죠. 하지만 그의 불쾌하고 신경질적인 부인이 화내고 짜증내면서 무너지는 꼴을 보니 재밌더라고요."

"저런, 머레이 아가씨! 정말 재미있다는 뜻은 아니겠지? 아무리 고약해도……."

"흠, 나도 못된 짓인 건 알아요. 그래도 상관없어요! 나도 때로는 착하게 행동하려고 하니까 지금은 훈계하지 마세요. 좋은 면도 있어요. 아직 반도 얘기하지 않았어요. 자, 어디 보자. 맞다! 나한테 완전히 넘어온 사람이 얼마나 많았는지 얘기하려고 했어요. 토머스 에슈비 경도 있었고, 휴 멜덤 경과 브로들리 윌슨 경 같은 늙다리들은 우리 부모님 또래나 어울리는 사람들이고. 토머스 경은 젊고 부자인데다 재미있는 사람이지만 너무 못생겼어요. 하지만 어머니는 몇 달간 만나보면 외모는 거슬리지 않을 거래요. 다음으로 해리 멜덤은 휴 멜덤 경의 둘째 아들이고 얼굴도 잘생기고 재미있는 사람이었어요. 그런데 문제는 장남이 아니라는 거죠. 그리고 젊은 그린 씨도 있었는데, 그 사람은 돈은 많은데 집안이 변변치 않은데다 멍청한 촌뜨기였어요. 다음으로는 우리의 훌륭한 목사님 핫필드 씨가 있었는데, 그 사람은 자기가 별 볼 일 없는 구혼자라는 걸 깨달아야 했어요. 그런데 그 사람은 기독교도의 가치 중에서 겸손이라는 덕목을 상실한 것 같더군요."

"무도회에 핫필드 씨도 왔었다고?"

"그럼요. 너무 훌륭한 사람이라 무도회에는 안 올 줄 알았나요?”

“성직자에게 무도회는 맞지 않는다고 생각하실 줄 알았지.”

“그럴 리가요. 춤을 추면서 하느님을 모독하지는 않았어요. 그래도 궁색한 티가 나는 걸 감추지는 못하더군요. 한 곡이라도 같이 추려고 기를 쓰는 꼴이. 그리고 참! 그건 그렇고, 새 목사보가 들어왔대요. 늙고 초라한 블라이 씨가 마침내 오랫동안 바라던 목사자리를 구해서 가버렸거든요.”

“새로 오신 분은 어떤 사람이니?”

“으윽, 짐승 같아요! 웨스턴이 그 사람 이름이에요. 그 사람은 세 단어로 표현할 수 있어요. 무정하고 못생기고 멍청한 바보! 어머, 네 단어네. 뭐, 상관없어요. 그 사람 얘긴 그만해요.”

로잘리는 다시 무도회 얘기로 돌아가서 그날의 무도회와 그 후에 참석한 몇 군데 무도회에서 자기가 어떻게 행동했는지 뿐 아니라, 토머스 애슈비 경과 여러 신사들과 멜덤, 그린, 핫필드에 대한 얘기와 자신이 그들 한 사람 한 사람에게 심어준 지울 수 없는 인상에 관해 자세히 설명했다.

나는 서너 번쯤 터져 나오려는 하품을 참아가며 물었다.

“그럼 네 사람 중 누가 제일 마음에 드니?”

그녀는 반짝이는 고수머리를 흔들면서 신이 나서 비웃으며 말했다.

“넷 다 정말 싫어요.”

“넷 다 좋다는 말로 들리는데, 누가 가장 좋으니?”

"아니, 정말 다 싫다니까요. 그나마 해리 멜덤이 개중 제일 잘 생기고 재미있는 사람이에요. 핫필드 씨는 가장 똑똑하고, 토머스 씨는 가장 행실이 고약한 사람이고, 그린 씨는 가장 멍청한 사람이에요. 그중에서 꼭 한 사람을 골라야 한다면, 글쎄요, 토머스 애슈비 경이겠죠?"

"그 사람이 정말 행실이 고약하고 그렇게 싫다면 그 사람은 안 되지 않아?"

"흠, 행실 따윈 중요하지 않아요. 차라리 못된 게 나아요. 그리고 내가 그 사람을 싫어하는 문제도, 사실 내가 꼭 결혼해야 한다면 애슈비 파크의 애슈비 부인이 되는 데 반대하지 않겠어요. 내가 언제까지나 젊다면 결혼하지 않고 혼자 살겠어요. 노처녀라는 소릴 듣기 전까지는 인생을 즐기면서 세상을 모두 경험하겠어요. 그러다 노처녀라는 오명을 듣지 않기 위해 수만 명의 유혹을 받은 후에 모든 이의 가슴을 찢어놓고 한 남자를 구제할 거예요. 집안 좋고 돈 많고 충실하면서 쉰 명쯤 되는 여자들이 결혼하고 싶어 안달하는 그런 남자와 결혼해야죠."

"글쎄다. 그런 생각이라면 반드시 혼자 살아야지, 결혼하면 안 된다. 혹여 노처녀라는 불명예를 벗어버리기 위해서라도 결혼하면 안 되지."

10
예배당

수업을 다시 시작한 주 일요일 예배당에서 돌아오는 길에 로잘리가 물었다.

"있잖아요, 그레이 선생님, 새로 온 목사보를 어떻게 생각하세요?"

"잘 모르겠는데. 그분 설교도 들어보지 못했잖아."

"어쨌든 얼굴은 봤잖아요. 그렇죠?"

"그래, 하지만 얼굴 한번 잠깐 보고서 어떤 사람인지 안다고 할 수는 없지."

"어쨌든 그 사람 못생기지 않았어요?"

"딱히 못생겼다는 생각은 들지 않았는데. 난 그렇게 생긴 사람을 싫어하지 않아서. 특히 글을 읽는 모습이 인상적이던데, 어쨌든 핫필드 씨보다 훨씬 듣기 좋더라. 교리를 읽는 모습이 마치 모든 말씀을 실천하려는 듯했어. 아무리 산만한 사람이라도 경청하지 않을 수 없고 아무리 무식한 사람이라도 이해하지 않을 수 없겠더라고. 그분의 기도는 그냥 읊어 내려가는 게 아니라 마음속 깊은 곳에서 우러나오는 진지하고 진실한 기도 같았어."

"아, 맞아요! 그 사람 기도 하나는 잘하던데요. 예배는 꾸준히 잘 진행할 수 있겠지요. 하지만 그 이상 아무 생각이 없을 거예요."

"네가 어떻게 아니?"

"흠! 아주 잘 알지요. 그런 일에는 내가 전문가거든요. 그 사람이 예배당에서 나가는 모습 봤어요? 뻣뻣하게 걸으면서 주변 일에는 아무 관심 없는 양, 옆도 돌아보지 않고 예배당을 빠져나가면서 집에 가서 밥이나 먹겠다는 생각 말고는 아무 생각도 없는 듯한 모습이었어요. 멍청한 큰 머릿속에는 다른 생각이 들어갈 자리가 없겠죠."

나는 격렬하게 적대감을 드러내는 그녀의 모습을 보고 웃으며 말했다.

"왜, 그 사람이 우리 쪽 귀빈석에 눈길을 주게 하지 그랬니?"

그녀는 거만하게 고개를 가로저으며 말했다.

"설마요! 그 사람이 감히 그런 짓이라도 했으면 몹시 화가 났을 거예요."

그리고 잠시 생각해보더니 이렇게 덧붙였다.

"그래, 그래요! 그 사람, 자기 일은 잘할 거예요. 다만 그런 사람한테 재미를 찾지 않아도 되니 다행이에요. 그게 다예요. 핫필드 씨가 내 인사를 받고 우리를 마차에 태우려고 시간 맞춰 오느라 급히 달려오는 거 봤어요?"

"봤어."

그리고 나는 속으로 이렇게 덧붙였다.

'성직자가 돼가지고 설교단에서 뛰어내려와 대지주의 손이라도 한번 잡아보고 그 부인과 딸들을 마차에 태워주려고 손을 내미는 모습이 어찌나 한심해 보이던지. 게다가 나는 타지도 않았는데 문을 닫으려고 해서 그 사람한테 감정이 안 좋아.'

사실 나는 그 사람 코앞에서 마차 계단 옆에 바짝 붙어 서서 들어가려고 기다리고 있었다. 그런데도 그 사람은 기어이 마차 계단을 올리고 문을 닫아버리려 했는데 가족들 중 누군가가 가정교사가 아직 타지 않았다고 소리치고 나서야 하던 일을 멈추었다. 그리고 내게는 사과 한 마디 하지 않은 채 자리를 뜨면서 그 집안 사람들에게 인사를 올리고 마차꾼에게 할 일을 넘겨주었다. 여기서 주목할 점 한 가지! 핫필드 씨는 한 번도 내게 말을 시킨 적이 없었고, 휴 경이나 멜덤 부인, 해리 씨나 멜덤 양, 그린 씨나 그의 여동생들은 물론, 예배당에 자주 오는 귀부인이나 신사들과 호튼 로지를 찾는 손님들 중에도 내게 말을 시키는 사람은 없었다.

로잘리는 그날 오후 동생들과 함께 예배당에 가려고 다시 마차를 불렀다. 날이 너무 추워서 정원에서는 놀기 힘들다고 했다. 게다가 그녀는 해리 멜덤이 예배당에 있을 것이라고 믿었다.

그녀는 유리창에 비친 자신의 모습을 보고 반한 듯 음탕한 미소를 지으며 말했다.

"왜냐하면요, 그분은 지난 몇 주 동안 일요일마다 착실하게 교회에 나왔거든요. 그 사람이 상당히 독실한 신자라고 생각하실 거예요. 우리랑 같이 가요. 선생님이 그 사람을 봐줬으면 해요. 외국에서 돌아온 이후로 더 멋있어졌는데, 상상도 못 하실 거예요! 그리고 선생님도 그 훌륭한 웨스턴 씨도 다시 보고 그 사람 설교도 들을 수 있잖아요."

나는 그분의 설교를 들었고 그분의 교리에 담긴 복음주의적인 진실뿐 아니라, 그분의 진솔하고 담백한 태도와 간명하고 힘 있는 설교방식에 깊은 감동을 받았다.

그런 설교는 정말 신선한 경험이었다. 오랫동안 전임 목사보의 메마르고 단조로운 설교를 듣고 현 교구 목사의 감동이 떨어지는 장황한 설교를 들어왔기 때문이었다. 교구 목사는 당당하게 복도를 걸어가거나 뒤로 풍성한 비단 제복을 펄럭이며 바람을 일으키듯 휩쓸고 귀빈석 문을 스쳐 지나가면서, 승리의 마차에 오르는 정복자처럼 설교단에 올라서서 짐짓 우아한 척했다. 그리고 벨벳 쿠션에 파묻혀 한동안 말없이 엎드려 있다가, 집도문을 중얼거리고 주기도문을 외운 다음 자리에서 일어나 밝은 라벤더 색 장갑 한 짝을 벗어 반짝이는 반지를 보여주었다. 그리고는 부드러운 곱슬머리를 가볍게 쓸어 넘기고 케임브릭 손수건을 흔들었다. 그런 다음 아주 짧은 구절이나 가령 성서 한 구절을 설교의 도입부로 암송한 다음, 마침내 설교를 시작하지만 설교로는 훌륭할지 몰라도 너무 의도적이고 작위적이어서 내게는 아무런 감흥도 주지 않았다. 설교의 주제도 바르게 제시되고 주장도 논리적으로 구성되었지만 가만히 듣다 보면 반감이 생기거나 조바심이 났다.

핫필드 씨가 좋아하는 주제는 주로 교회의 규율과 성찬식과 의식, 사도적 계승, 성직자에 대한 존경과 복종의 의무, 국교에 반대하는 극악무도한 범죄행위, 모든 형태의 신앙 의식을 반드시 지켜야 할 필요성, 종교 관련 문제를 제멋대로 판단하거나 성서를 자기 식으로 해석하는 사람들의 비난받아 마땅한 신념 등이었다. 가끔가다(부유한 교구민의 비위를 맞춰주기 위해) 가난한 사람들이 부자에게 경의를 표하고 복종해야 한다는 취지의 설교를 하면서 주교들의 말로 자신의 원칙과 훈계를 지지했다. 그는 주교들의 말을 사도나 복음전도자들의 말보다 우선시하거나 적어도 동등하게 생각하는 듯했다.

이런 그도 가끔은 설교내용에 변화를 줘서 꽤 그럴듯한 설교를 하기도 했지만, 신을 자애로운 아버지가 아닌 냉혹한 감독자로 표현한 음산하고 신랄한 설교였다. 그 설교를 듣다 보면 그가 진심을 담아 설교한다는 생각이 들었다. 틀림없이 원래의 관점을 바꿔서 종교적이고 음울하고 금욕적이면서도 독실한 사람으로 거듭난 듯 보였다. 하지만 예배당을 나서면 이런 환상은 늘 깨지고 말았다. 멜덤 집안사람들이나 그린 집안사람들, 혹은 머레이 집안사람들과 어울려서 시시덕대며, 자기가 한 설교를 웃음거리로 만들면서 비천한 사람들에게 생각할 거리를 줬기를 바랐다는 소리가 들렸기 때문이었다. 아마도 늙은 베티 홈즈가 과거 삼십 년간 매일매일 삶의 위안으로 삼았던 파이프 담배를 끊는다든가, 조지 히긴스가 안식일 저녁에 산책하는 것을 두려워하게 된다든가, 토머스 잭슨이 심한 양심의 가책을 느껴 마지막 날에 부활하리라는 확신과 희망을 잃어간다든가 하는 생각에 신이 났을 터였다.

따라서 내가 내릴 수 있는 결론은, 핫필드 씨는 또 무거운 짐을 묶어 사람의 어깨에 지우되 자기는 이것을 한 손가락으로도 움직이려 하지 아니하며(마태복음 23장 4절), 사람의 계명으로 교훈을 삼아 가르치니 나를 헛되이 경배하는도다 하였느니라 하시는(마태복음 15장 9절) 사람 중 하나라는 사실뿐이었다. 내가 본 바에 의하면 새로 온 목사보가 이런 면에서는 핫필드 씨와 전혀 다른 분이라 정말 다행이었다.

예배가 끝나고 마차에 앉으면서 로잘리가 물었다.

"있잖아요, 선생님! 지금은 그 사람을 어떻게 생각하세요?"

"아직 큰 문제는 없던데."

그녀는 어리둥절해하며 물었다.

"큰 문제가 없다니요! 무슨 소리예요?"

"그분에 대해서 전보다 나쁘게 생각할 게 없다고."

"나쁘게 생각할 게 없다니요! 난 전혀 그렇게 생각하지 않아요. 오히려 그 반대예요! 그 사람은 별로 달라진 게 없지 않아요?"

"아, 맞아! 그렇더라."

나는 그때서야 로잘리가 말하는 사람이 웨스턴 씨가 아니라 해리 멜덤이라는 사실을 깨달았다. 해리 멜덤은 어떻게 해서든 이 집 딸들에게 말을 붙이려 했지만 아이들 어머니가 있을 때는 감히 다가오지도 못했다. 그도 정중하게 손을 내밀어 아가씨들이 마차에 타도록 도와주었다. 핫필드 씨처럼 나를 밖에 세워두고 문을 닫으려 하지는 않았다. 그렇다고 해서 내 손을 잡아주는 일도 없었지만,(그가 손을 내밀었다 해도 내가 거절했을 것이다.) 마차 문이 열려 있는 동안은 억지 미소를 지으며 아가씨들과 이야기를 나누며 서 있다가 모자를 들어올리고 자리를 떴다. 어쨌든 나는 그에게서 특별은 인상은 받지 않았다. 하지만 내 일행은 그를 주의 깊게 본 모양이었다. 마차가 출발하는 사이 그의 외모와 말투와 행동뿐 아니라 얼굴 생김 하나하나와 옷차림의 세세한 부분까지 실랑이를 벌였다.

둘이 한참 실랑이를 벌이다가 마틸다가 말했다.

"언니 혼자 그 사람을 독차지하려 하지 마. 나도 그 사람이 좋아. 내게 아주 재미있고 유쾌한 짝이 될 거야."

로잘리가 관심 없다는 투로 대꾸했다.

"흠, 네가 좋아하든 말든 관심 없어."

"그 사람은 틀림없이 언니만큼 나도 좋아해. 그렇죠, 선생님?"

"모르겠다. 그분이 무슨 생각하시는지 난 잘 모르겠어."

"쳇, 어쨌든 정말이라니까!"

"불쌍한 마틸다! 그런 거칠고 막돼먹은 태도를 버리지 않으면 아무도 널 좋아하지 않을걸."

"입 닥쳐! 해리 멜덤은 내 그런 점을 좋아해. 아버지 친구 분들처럼 말이야."

"쳇, 그런 노인네들이랑 그 집 아들들은 좋아할 수도 있겠지. 하지만 그 외에는 아무도 널 좋아하지 않는다고."

"상관없어. 나는 절대 언니나 어머니처럼 돈만 쫓아다니지 않을 거야. 내 남편이 좋은 말이랑 개 몇 마리 키울 형편만 돼도 나는 만족해. 다른 건 다 악마한테나 줘버리라고 해!"

"어머, 네가 그런 천박한 말을 쓰면 제대로 된 남자들은 네 근처에 얼씬도 하지 않을 거야. 정말이야. 선생님, 애를 저렇게 내버려두지 마세요."

"나도 어쩔 수 없어."

"마틸다, 해리 멜덤이 널 마음에 들어 한다고 생각한다면 큰 오산이야. 절대 그런 일은 없어."

마틸다는 성이 나서 대꾸할 참이었다. 하지만 다행히 마차가 집에 도착했다. 하인이 마차 문을 열고 내려갈 계단을 걸쳐놓자 말싸움은 그걸로 끝이 났다.

11
가난한 사람들

이제 내가 공식적으로 맡은 학생이 한 명으로 줄어들었다. 비록 그 하나가 여느 학생 서너 명 몫은 톡톡히 한데다 언니 로잘리에게도 독일어와 미술 지도는 계속 해줘야했지만, 가정교사라는 멍에를 짊어진 이후로 그 어느 때보다 내 마음대로 쓸 수 있는 시간적 여유가 많아졌다. 나는 가족들에게 편지를 쓰거나 책을 읽고 공부를 하고 악기를 연주하거나 노래를 연습하거나 정원이나 집 근처 들판을 거닐면서 내게 주어진 시간을 보냈다. 산책할 때는 학생들이 원하면 함께 거닐고 아니면 혼자 거닐었다.

머레이 집안 아가씨들은 마땅히 할 일이 없는 날에는 아버지 영지에 사는 가난한 사람들의 집을 방문해서, 사람들로부터 듣기 좋은 찬사를 듣기도 하고 입담 좋은 할머니들에게 옛날이야기나 소문을 얻어듣기도 하고 자신들의 명랑한 모습을 보여주거나 가끔가다 별것 아닌 선물을 주고 큰 감사의 말을 들으며 가난한 사람들에게 기쁨을 나눠주는 순수한 즐거움을 맛보기도 했다. 마을 사람들을 방문할 때 가끔 나를 데려가기도 했다. 그들이 무심코 해버린 약속을 지켜주러 나 혼자 가달라는 부탁을 받는 날도 있었다. 돈을 조금 주거나 몸이 아프거나 마음이 병든 사람에게 책을 읽어주는 일이었다. 덕분에 나는 마을 사람들 몇과 알고 지내게 되었다. 가끔은 내가 원해서 그들을 만나러 가기도 했다.

사실 나는 머레이 집안 아가씨들과 함께 가는 것보다 혼자 가는 편이 훨씬 좋았다. 아가씨들은 배움이 부족한 탓인지, 가난한 사람들을 보기 민망할 정도로 무례하게 대했기 때문이었다. 그들은 가난한 사람들의 입장에 서보지 않기 때문에 그 사람들 기분을 고려하지도 않고 자기들과는 태생부터 완전히 다른 존재라고 생각해버렸다.

그들은 가난한 사람들이 식사하는 모습을 보고 음식이나 식사예절에 대해 무례한 말을 내뱉었다. 시골사람들의 생각이나 말투를 비웃었지만 누구도 감히 나서서 말하지 못했다. 위독한 노인들을 보고는 면전에다 대고 늙다리나 멍청한 늙은이들이라고 불렀다. 물론 상처를 줄 마음은 없었다.

사람들은 아가씨들의 철없는 행동에 상처를 입고 기분이 상했지만 '지주의 따님' 에 대한 두려움 때문에 싫은 내색을 하지 못했다. 하지만 이 아가씨들은 그런 사실을 전혀 몰랐다. 그들은 시골사람들이 가난하고 교육을 받지 못해서 멍청하고 야만적이라고 생각했다. 그들처럼 지체 높은 사람들이 대단한 호의를 베풀어 말이라도 붙여주고 돈푼이나 쥐여주고 옷가지를 가져다주기만 하면 감정을 상하게 하면서까지 함부로 대해도 된다고 생각했다. 그들이 친히 찾아가서 살림살이를 챙겨주고 비루한 거처에 등불만 달아주어도, 그들을 빛을 전하는 천사로 보리라고 믿었다.

내 학생들의 자존심은 상처받기 쉽고 회복시키기 어려웠기 때문에 나는 그들의 자존심을 건드리지 않으면서 잘못된 생각을 바로잡아주려고 별 수를 다 써보았지만 이렇다 할 성과는 없었다. 둘 중 어떤 아이가 더 문제인지 판단이 서지 않았다. 마틸다는 더 무례하고 거칠었다. 반면에 로잘리는 나이도 많고 숙녀다운 자태를 보여서 보다 지각 있는 행동을 기대했지만 열두 살짜리 변덕스런 아이처럼 산만하고 타인에 대한 배려심이 없었다.

2월 마지막 주 어느 맑은 날, 나는 정원에서 산책을 하며 고독을 즐기기도 하고 책을 읽으며 상쾌한 날씨를 만끽했다. 마틸다는 여느 때와 마찬가지로 말을 타러 나갔고 로잘리는 자기 어머니와 마차를 타고 조찬모임에 나갔다. 그러다 불현듯 이런 생각이 머리에 스쳤다. 이처럼 이기적인 즐거움은 그만두어야 하지 않을까? 하늘은 맑고 푸르고, 불어오는 서풍에 잎도 채 나지 않은 나뭇가지가 흔들리고, 쌓여 있던 눈발이 바람에 날려서 허공을 맴돌다가 햇살에 녹아내리고, 우아한 자태를 뽐내는 사슴이 이슬 젖은 풀잎을 찾아다니며 벌써부터 산뜻하고 활기찬 봄을 맞이하는 그런 정원을 나서서, 가난한 과부 낸시 브라운 아주머니의 오두막을 찾아야 하지 않을까? 아주머니의 아들은 온종일 들에 나가 일하고 아주머니는 눈에 난 염증으로 고생하며 한동안 아무것도 읽지 못했다. 그처럼 진지하고 사색적인 여인에게는 참으로 안타까운 일이었다.

나는 그 길로 정원을 나서서 비좁고 어두컴컴한 오두막에서 평소처럼 혼자 앉아 있는 아주머니를 찾아갔다. 그 집은 벽난로 연기와 밀폐된 공기가 가득 차 답답했지만 아주머니가 할 수 있는 한 최대한 단정하고 깔끔하게 정돈되어 있었다. 아주머니는 타다 남은 재와 나뭇가지 몇 개가 널려 있는 작은 벽난로 옆에 앉아 분주히 뜨개질을 하는 중이었으며, 발치에 놓인 성긴 천으로 짠 쿠션 위에는 그녀의 말없는 벗 고양이 한 마리가 앉아서 긴 꼬리를 반쯤 말아 벨벳처럼 부드러운 발을 감싸고, 반쯤 감긴 꿈꾸는 듯한 눈으로 구부러진 난로 망을 바라보았다.

"아주머니, 몸은 좀 어떠세요?"

"아이고, 아가씨, 몸은 그냥 그러네요. 눈은 좋아지지 않고 그대로지만 마음은 전보다 훨씬 편해졌어요."

아주머니는 자리에서 일어서서 온화한 미소를 지으며 나를 맞아주었다. 아주머니가 한동안 종교적 상념에 사로잡혀 괴로워했기 때문에 나는 그녀의 미소를 다시 보게 되어 기뻤다.

나는 얼굴이 좋아 보인다며 기뻐해주었다. 아주머니도 감사한 일이라며, '진심으로 감사하다.' 고 말하며 이렇게 덧붙였다.

"주께서 제게 자비를 베풀어 눈을 낫게 하시고 다시 성경을 읽을 수 있도록 해주신다면 여왕이라도 된 듯 기쁠 거예요."

"주께서 그렇게 해주시길 바랍니다. 그동안은 제가 시간이 나면 가끔씩 찾아와서 성경을 읽어 드릴게요."

가여운 아주머니는 고맙다는 표정으로 몸을 움직여 내게 의자를 내어주려고 했다. 하지만 내가 수고를 덜어드리자, 아주머니는 분주하게 난롯불을 뒤적이며 마른 가지 몇 개를 집어넣어 꺼져가는 불꽃을 살렸다. 그런 다음 선반에서 오랫동안 보아온 성경책을 꺼내서 조심스럽게 먼지를 털어내고 내게 건넸다. 특별히 듣고 싶은 구절이 있는지 물어보니 이렇게 답했다.

"글쎄요, 아가씨만 괜찮으시다면, 요한1서에서 하느님은 사랑이시라. 사랑 안에 거하는 자는 하느님 안에 거하고 하느님도 그의 안에 거하시느니라.(요한1서 4장 16절)라는 부분을 듣고 싶네요."

나는 잠시 성경책을 뒤적이다 4장에서 그 구절을 찾았다. 7절을 읽어 내려가자 아주머니가 방해해서 미안하다며 불필요하리만큼 지나치게 사과를 하고는, 내용을 전부 이해하고 글귀 하나하나 음미하고 싶다며 아주 천천히 읽어달라고 부탁했다. 아주머니는 자기가 무식해서 그렇다며 양해해달라는 말도 덧붙였다.

"아무리 똑똑한 사람이라도 글귀 하나하나를 음미하려면 1시간이 걸려요. 아주 좋은 태도예요. 저도 빨리 읽어 내려가는 것보다는 천천히 읽는 편이 좋아요."

나는 아주머니의 부탁에 따라 그 장을 아주 천천히 읽으면서 동시에 최대한 감동적으로 읽었다. 아주머니는 내가 성경을 읽는 내내 경청했으며, 다 읽고 나자 진심으로 감사의 뜻을 표했다. 나는 잠시 잠자코 앉아서 아주머니가 그 구절을 음미하도록 기다려 주었다. 그러다 갑자기 침묵을 깨며 내게 웨스턴 씨를 어떻게 생각하느냐고 물었다.

아주머니의 난데없는 질문에 나는 약간 당황했다.

"잘 모르겠는데요. 설교를 꽤 잘하시더군요."

"아! 그렇고 말구요. 그분, 말씀도 잘하세요!"

"그래요?"

"그럼요. 아직 그분을 만나 뵙지 못했나 보네요. 얘기도 많이 못 해보고, 그렇죠?"

"아직요. 저는 같이 얘기할 사람이 없어요. 우리 집 아가씨들 말고는."

"아, 착하고 따뜻한 아가씨들이에요. 그래도 새로 오신 목사님 만큼은 아니에요."

"그분이 아주머니를 찾아오시나 봐요?"

"네, 오세요. 감사할 따름이에요. 우리 가난한 사람들을 자주 찾아오세요. 블라이 씨나 교구 목사님도 안 그러셨거든요. 웨스턴 목사님이 오시면 저희야 좋지요. 그분은 언제나 환영하지만 교구 목사님은 썩 반갑지 않아요. 사람들이 무서워하거든요. 그분은 저희를 찾아오면 집 안에 들어서기가 무섭게 잘못을 찾아내서 비난부터 하시거든요. 사람들의 잘못을 일깨워주는 일이 당신 의무라고 생각하시나 봐요. 사람들이 예배당에 나오지 않는다거나 다른 신도들과 함께 무릎을 꿇었다 일어나지 않는다거나 감리

교회에 나간다거나 하는 일을 트집 잡아 잔소리를 하러 오시거든요. 그래도 제게서는 잘못을 많이 찾아내지는 않으셨어요. 웨스턴 목사님이 오시기 전에 제가 마음이 병들어 고통스러울 때 한두 번 정도 찾아오신 적이 있어요. 몸이 몹시 좋지 않아서 감히 사람을 보내 그분을 모셔오게 했는데 바로 와주셨지요. 저는 몹시 고통스러웠어요. 오, 다 끝나게 해주셔서 하느님, 감사합니다! 그때는 성경을 봐도 아무런 위안을 얻지 못했어요. 아가씨가 방금 읽어주신 바로 그 구절 때문에 그렇게 힘들었답니다. 사랑하지 아니하는 자는 하느님을 알지 못하나니.(요한1서 4장 8절) 아주 무시무시한 생각이 들었어요. 저로서는 하느님도 인간도 사랑하지 못할 것 같았거든요. 반드시 사랑해야 하는데 아무리 노력해도 그럴 수가 없을 것 같았어요. 그 앞장의 하느님께로부터 난 자마다 죄를 짓지 아니하나니.(요한1서 3장 9절) 하는 구절도 그랬어요. 그리고 사랑은 율법의 완성이니라.(로마서 13장 10절)라는 구절도 그랬고. 그것 말고도 아주 많았어요. 다 말씀드리면 아가씨가 아주 지칠 거예요. 모든 성경 말씀이 저를 질책하고 제가 잘못된 길로 들어섰다고 말해주는 것 같았어요. 어떻게 해야 할지 몰라서 아들을 핫필드 목사님께 보내서 언제 한번 저희 집에 들러달라고 부탁을 드렸죠. 그분이 오신 날 제 고통을 모두 털어놓았지요."

"그분이 뭐라 하시던가요?"

"그야 물론, 저를 나무라고 싶어하시는 것 같았어요. 제가 오해했을 수도 있지만 아주 신이 난 듯 얼굴에 미소가 번지는 걸 보았어요. 그분이 이러시더군요.

'다 부질없는 소리예요! 감리교도들을 만난 모양이로군.'

저는 감리교도 근처에도 가지 않았다고 말씀드렸어요. 그러자 이러시더군요.

'그러니까 예배당에 나와서 성경을 제대로 설명해주는 설교를 들어야지, 그렇게 집 안에 틀어박혀 혼자 성경책만 들여다보는 건 좋지 않아요.'

그래서 제가 몸이 성했을 때는 항상 예배당에 나갔지만 지금처럼 추운 겨울에는 예배당까지 멀리 길을 나서기가 겁이 난다고, 관절염이 심하다고 말씀드렸어요. 그랬더니 목사님이 이러시더군요.

'거참, 예배당에 안 오는 이유가 있으셨군요. 하긴 관절염만큼 좋은 핑계도 없지요. 집에서는 잘도 돌아다니면서 왜 예배당까지는 못 걷는답니까? 문제는 너무 편하고 싶어한다는 데 있어요. 자기 책임을 게을리 할 만한 핑계를 찾기는 쉬운 법이지요.'

하지만 아가씨도 그런 게 아니란 걸 알 거예요. 저는 목사님께 노력해보겠다고 말씀드렸어요.

'목사님, 제가 예배당에 나가면 좋아질까요? 제 죄가 사해지면 좋겠고 제 죄 때문에 방해를 받지 않고 싶고, 하느님의 사랑이 제 가슴을 적시는 걸 느끼고 싶어요. 그런데 집에 앉아서 성경책을 읽고 기도를 드리는 게 부질없는 짓이라면 예배당에 나간들 무슨 소용이 있을까요?'

그러니까 목사님이 이렇게 말씀하시더군요.

'예배당은 하느님께서 당신을 경배하라고 지정해주신 곳이에요. 가급적이면 자주 찾는 게 우리들의 도리이지요. 안식을 얻고 싶으면 의무를 다하고 구해야 해요.'

그리고 여러 가지 많은 말씀을 해주셨지만 그분이 하신 좋은 말씀이 기억나지 않네요. 어쨌든 결론은 가능한 한 예배당에 자주 나가서, 기도서를 들고 가서 목사님 말씀을 복창하고, 일어서거나 무릎을 꿇고 앉아서 해야 할 모든 임무를 다하고, 기회가 있을 때마다 성찬을 받고, 목사님과 블라이 목사보의 설교를 새겨들으면 괜찮아진다는 얘기였지요. 제가 꾸준히 제 본분을 다하면 언젠가는 은총을 받는다면서.

그런데 목사님이 이러시더군요.

'하지만 그렇게 해도 안식을 얻지 못하면 별 수 없지요.'

그래서 저는 이렇게 여쭤보았어요.

'그럼 목사님, 제가 하느님께 버림받은 자라는 말씀이십니까?'

'그야 물론, 아주머니가 아무리 하늘에 닿으려고 해도 닿지 않는다면 좁은 문으로 들어가기를 구하여도 못 하는 자(누가복음 13장 24절)가 아니겠습니까?'

그러고 나서 오전 중에 호튼 로지 아가씨들을 못 봤냐고 물으셨지요. 그래서 아가씨들이 모스레인을 따라 가는 걸 보았다고 말씀드렸어요. 그랬더니 불쌍한 우리 고양이를 발로 차버리고 종달새처럼 신이 나서 아가씨들을 쫓아가시더군요. 저는 아주 슬펐답니다. 목사님께서 마지막에 하신 말씀이 가슴 깊이 박혀서 납덩이처럼 저를 짓눌러 더 이상 담고 있기 힘들 정도였거든요.

그래도 목사님 충고를 따랐어요. 별난 구석이 있는 분이긴 하지만 좋은 뜻에서 진심으로 하신 말씀 같았어요. 아시다시피 부자시고 젊으신 분이니 저처럼 늙고 가난한 여편네 마음을 제대로 헤아리지 못하시는 게 당연하지요. 그래도 저는 그분이 하신 말씀을 열심히 따랐어요. 아이고, 참, 제 쓸데없는 얘기 때문에 아가씨까지 괴롭혔네요."

"아니에요, 아주머니! 계속하세요. 다 말씀해주세요."

"참, 관절염은 많이 나았어요. 예배당에 나갈 수 있는 정도인지 아닌지는 모르겠지만요. 서릿발 날리던 어느 추운 일요일에 제 눈이 이렇게 됐거든요. 처음에는 이 정도로 염증이 심하지는 않았는데 조금씩 부어오르더군요. 아이고, 눈 얘기를 하려던 게 아니라, 아가씨한테 제 마음속 고통에 대해 털어놓고 싶어요. 솔직히 말해서, 예배당에 나간대도 눈이 좋아질 것 같지는 않고, 아니 전혀 그럴 것 같지 않지만 몸이 낫길 바라거든요. 그래도 마음의 병은 고치지 못했어요. 목사님 말씀에 귀를 기울이고 또 기울였고 기도서를 읽고 또 읽었어요. 소리 나는 구리와 울리는 꽹과리(고린도전서 13장 1절)처럼 부질없는 짓이었어요. 설교를 들어도 이해되질 않고 기도서를 보기만 하면 제가 얼마나 사악한 사람인지 깨닫게 되어서 좋은 구절을 읽지도 못하고, 좋아지지도 않았고, 선량한 기독교인들처럼 은총과 은혜로 느끼지 못하고, 괴롭고 힘든 고역처럼 생각되더군요. 제게는 모두 부질없고 어둡게만 보였어요. 그러다 그 무시무시한 좁은 문으로 들어가기를 구하여도 못하는 자(누가복음 13장 24절)라는 구절이 눈에 들어왔지요. 제 영혼이 아주 말라버리는 것 같았어요.

그런데 어느 일요일에 핫필드 목사님께서 성찬식을 거행하시며 하신 말씀 중에 '우리 중에 자기 자신의 양심을 달래지 못하고 안식과 조언을 원하는 자가 있으면 나나 다른 주님의 말씀을 성실히 전하는 사제에게 와서 슬픔을 털어놓아라!'(〈공도문〉, 성찬식을 위한 권면)라는 구절이 귀에 들어왔어요. 그래서 그 다음주 일요일 아침에는 예배가 시작되기 전에 무턱대고 제복실로 찾아가 목사님께 다시 말씀을 드릴 생각이었어요. 원래는 그런 방자한 행동을 하지 못하는 저입니다만 영혼이 병들었으니 사소한 예의까지 신경 쓰지 말자고 생각했지요. 하지만 목사님께서는 당장은 제 얘기를 들어줄 시간이 없다고 하시더군요.

그리고 그분은 '솔직히 아주머니께 더 해줄 말이 없어요. 전에 얘기한 대로, 성찬을 받고 꾸준히 본분을 다하세요. 그래도 소용이 없다면 별 수 없어요. 그러니 이제 절 귀찮게 하지 말아줘요.'라고 하시더군요. 그래서 저는 물러났어요. 그때 웨스턴 목사님 목소리가 들렸어요. 그분이 거기 계셨던 거예요. 그때가 호튼에서 처음 맞이하는 일요일이었는데, 제복실에서 목사님이 제복을 입는 걸 도와주고 계셨어요."

"그랬군요."

"그리고 그분이 핫필드 목사님께 제가 누구냐고 물으시더군요. 그런데 목사님은 '아휴, 징징대는 늙은 여편네야.' 라고 하셨어요. 제 마음이 몹시 아팠답니다. 그래도 제 자리로 돌아가서 전처럼 최선을 다해 제 본분을 다하려고 했어요. 하지만 마음이 진정되지 않더군요. 성찬까지 받았어요. 그렇게 성찬을 받아먹는 게 죄받을 짓처럼 여겨졌어요. 그래서 몹시 고통스런 기분으로 집으로 돌아왔어요.

그런데 다음날이었어요. 집도 치우지 않았는데 아이고, 아가씨, 제가 쓸고 닦고 할 상황이 아니었거든요. 그런데 웨스턴 목사님이 들어오시지 않았겠어요! 그제야 지저분한 물건을 치우고 쓸고 닦기 시작했어요. 핫필드 목사님처럼 제가 게으르다고 나무라실 줄 알았거든요. 그런데 제가 오해했지 뭐예요. 목사님은 조용하고 정중하게 제게 인사를 건넸어요. 그래서 저는 의자 먼지를 털어드리고 난롯불을 뒤적였어요. 그러다 핫필드 목사님 말씀이 생각나서, '목사님, 어쩌다 징징대는 늙은 여편네를 보려고 고생스럽게 예까지 와주셨는지요.' 라고 물었지요. 그분은 당황하신 것 같았어요. 그리고는 핫필드 목사님께서 그냥 농담하신 거라고 절 설득하려 하셨어요. 제가 납득하지 못하니까 이렇게 말씀하시더군요. '아주머니, 목사님 말씀에 너무 마음 쓰지 마세요. 그날 목사님 기분이 좀 언짢으셨어요. 아시다시피 세상에 완벽한 사람은 없잖습니까. 모세도 생각 없이 말했잖아요. 그럼 시간이 괜찮다면 잠시 앉아서 아주머니 마음속에 담아둔 의심과 두려움을 털어

놓으세요. 제가 고통을 덜어드릴게요.'

그래서 저는 웨스턴 목사님 곁에 앉았어요. 아시다시피 잘 알지도 못하는 분인데다 핫필드 목사님보다도 젊으시더군요. 게다가 인상이 썩 좋지도 않고, 처음에는 약간 언짢아하는 사람처럼 보였거든요. 하지만 말씀도 점잖게 하시고, 우리 집 불쌍한 고양이가 그분 무릎 위로 올라앉아도 가볍게 토닥이면서 미소를 지어주신 걸 보고 좋은 분이라는 생각이 들었어요. 전에 핫필드 목사님은 고양이가 올라앉으니까 질색을 하며 발로 걷어찼거든요. 고양이가 기독교인의 예의범절을 어찌 알겠어요. 그렇지 않나요, 아가씨?"

"그럼요, 아주머니. 그런데 웨스턴 목사님이 그 다음에 뭐라고 하시던가요?"

"아무 말씀 없으셨어요. 그저 잠자코 제 얘기를 들어주셨지만 절 한심하게 생각하는 기색은 찾아볼 수 없었어요. 그래서 그분께 제 심정을 전부 털어놓았어요. 좀 아까 아가씨에게 털어놓은 것처럼, 아니 그 이상으로요. 그러자 그분이 이런 말씀을 하시더군요.

'음, 핫필드 목사님께서 본분을 다하라고 하신 말씀은 옳은 말씀이지요. 하지만 예배당에 나가서 예배에 참석하라고 권하실 때는 그 방법만이 기독교인으로서의 본분을 다하는 것이라는 말씀은 아니었을 겁니다. 예배당에 나가면 앞으로 무엇을 해야 하고 그 일을 고역이거나 부담으로 여기지 않고 오히려 그 과정에서 기쁨을 얻을 수 있으리라고 생각하셨던 게지요. 그리고 그토록 아주머니를 괴롭히는 그 구절을 설명해달라고 부탁드렸으면 아마도 좁은 문으로 들어가기를 구하여도 못 하는 자가 많지만 그들을 막는 것은 자신의 죄이니라.라고 설명해주셨을 거예요. 큰 짐 보따리를 등에 진 사람이 좁은 문을 지나가기를 바라지만 짐을 버리지 않으면 통과할 수 없는 것과 같은 이치지요. 하지만 아주머니, 제가 자신 있게 말씀드릴게요. 방법만 안다면 기꺼이 버리지 못할 죄는 없답니다.'

그래서 제가 말씀드렸어요.

'그래요, 목사님. 정말 맞는 말씀이에요.'

그랬더니 그분이 이러시더군요.

'어쨌든 아주머니도 첫 번째 중요한 계율, 그리고 그와 비슷한 두 번째 계율을 알고 계시죠? 모든 법과 예언이 이 두 계율에 달려 있지 않습니까? 아주머니는 주님을 사랑하지 못한다고 하셨어요. 하지만 주님이 어떤 분이시고 무슨 일을 하시는지 옳게 생각하면 그분을 사랑할 수밖에 없다는 생각이 들어요. 주님은 우리의 아버지이자 가장 좋은 친구예요. 은총이나 선함, 기쁨이나 유익함이 모두 그분에게서 나와요. 그리고 악함이나 미워하거나 멀리하거나 두려워할 모든 원인은 주님의 적이자 우리 인간의 적인 사탄에게서 나오지요. 그렇기 때문에 사탄이 한 짓을 모두 사하기 위해 주님이 육신을 빌어 나타나시는 겁니다. 그래서 하느님은 사랑이심이라.(요한1서 4장 8절)라고 하는 겁니다. 우리 안에 사랑

이 많으면 많을수록 주님께 가까이 가고 주님의 영혼을 더 많이 얻게 됩니다.'

제가 다시 이렇게 물었어요.

'아, 목사님, 방금 그 말씀을 항상 염두에 두면 주님을 사랑할 수 있을 것 같아요. 하지만 이웃들은 어떻게 사랑할 수 있을까요? 그들이 절 괴롭히고 제 뜻을 거역하고 또 어떤 사람은 죄가 많으면요?'

그러자 목사님께서 이렇게 대답해주셨어요.

'사악하고 죄를 많이 지어서 우리 인간의 마음속에 잠자고 있는 악마를 불러내는 이웃을 사랑하기란 쉽지 않은 듯 보이지만, 그들도 주님이 만드셨고 주님께서는 그들도 사랑하신다는 사실을 잊어서는 안 됩니다. 또한 낳으신 이를 사랑하는 자마다 그에게서 난 자를 사랑하느니라.(요한1서 5장 1절)라고 했습니다. 주님께서 우리를 사랑하시어 독생자를 내주시고 우리를 위해 죽게 하셨으니 우리도 서로 사랑할 수밖에 없습니다. 하지만 우리를 아끼지 않는 사람에게 좋은 마음이 생기지 않는다 해도 그러므로 무엇이든지 남에게 대접을 받고자 하는 대로 너희도 남을 대접하라.(마태복음 7장 12절)는 말씀을 실천하도록 노력해야 합니다. 이웃의 잘못을 불쌍히 여기고 죄를 너그러이 용서하고 자신에게 하듯 이웃을 대접할 수 있지요. 이런 노력에 익숙해지면 노력하는 것만으로도 어느 정도 그들을 사랑하게 됩니다.

비록 이웃이 선하지 않더라도 이웃에게 선의를 베풀다 보면 말할 것도 없이 그들을 사랑하게 되지요. 우리가 주님을 사랑하고 섬기고자 한다면 주님을 닮아가려 하고 주께서 하시는 일을 하려 하고 인간에게 유익한 주님의 영광을 위해 노력하고 세계의 평화와 행복을 가져다줄 하느님 나라를 앞당기도록 노력해야 합니다.

살아가는 내내 최선을 다해 선을 실천하는 과정에서 우리 인간이 아무리 무력해 보여도, 가장 비천한 자라도 그렇게 할 수 있습니다. 사랑 안에 머무르면 우리가 그 안에 거하고 그가 우리 안에 거하시는 줄을 아느니라.(요한1서 4장 13절)라는 말씀이 가능해집니다. 행복을 많이 베풀면 베풀수록 살아 있는 동안 더 행복해질 뿐 아니라 삶의 노고를 마치고 천국에 가서 쉴 때 더 많은 보상을 받게 되지요.'

아가씨, 저는 목사님 말씀에 믿음이 갔어요. 제가 수없이 고민하고 또 고민했던 말들이거든요. 그분은 제 성경책을 집더니 여기저기에서 몇 구절 읽어주시면서 그날의 청명한 하늘처럼 명쾌하게 설명해주셨는데, 제 영혼에 서광이 비치는 듯했어요. 가슴이 훈훈해지면서 불쌍한 우리 아들과 세상 사람들 모두가 저와 함께 말씀을 듣고 기뻐했으면 좋겠다고 생각했지요.

그분이 가시고 나서 한나 로저스라는 동네 여자가 와서 빨래 좀 거들어달라고 하더군요. 저는 저녁거리 감자도 앉혀놓지 않았고 여태 아침 설거지도 하지 못해서 당장은 못 도와준다고 말했지요. 그랬더니 그 여편네가 저더러 지저분하고 게으르다고 탓하는 게 아니겠어요? 처음에는 약간 짜증이 났어요. 그래도 그 여자한테 듣기 싫은 소리를 하지 않고, 목소리를 낮춰서 새로 오신 목사님께서 들르셨다고 얘기했지요. 그리고 우리 집 일을 빨리 해치우고 그 집에 가서 일을 도와주었어요. 그러니까 그 여자도 누그러지더군요. 그 여자에 대한 제 마음도 따뜻해지고 우리는 좋은 친구가 되었어요. 그리고 아가씨, 유순한 대답은 분노를 쉬게 하여도 과격한 말은 노를 격동하느니라.(잠언 15장 1절)라는 말씀도 있잖아요. 남한테뿐 아니라 우리 자신한테 말할 때도 해당되지요."

"정말 맞는 말씀이에요. 우리가 항상 명심할 수 있다면."

"예, 명심할 수 있다면!"

"그 후에도 웨스턴 목사님이 찾아온 적 있나요?"

"예, 여러 번 오셨어요. 제 눈이 안 좋으니까 반 시간 정도 앉아서 성경을 읽어주셨어요. 하지만 아시다시피 다른 사람도 찾아가 보셔야 하고 다른 할 일도 있잖습니까. 목사님께 은총을! 그 다음 주 일요일에 아주 훌륭한 설교를 하셨어요! 수고하고 무거운 짐 진 자들아 다 내게로 오라. 내가 너희를 쉬게 하리라라는 구절과 그 다음에 나오는 두 구절(마태복음 11장 28절에서 30절까지)을 말씀하셨어요. 아가씨는 그때 교회에 안 오시고 고향에 가 계셨지요. 저는 아주 행복했답니다! 지금도 행복해요. 주님, 감사합니다! 요즘은 이웃들에게 조금씩 봉사하면서 기쁨을 찾아요. 비록 반봉사인데다 늙은 할망구지만요. 목사님 말씀처럼 이제 사람들이 저를 마음씨 고운 사람으로 보더군요. 지금 뜨고 있는 긴 양말은 토머스 잭슨 씨 주려고 해요. 좀 별난 양반이라 서로 많이도 싸워댔지요.

어떤 날은 아주 심하게도 싸워댔어요. 그래서 그 양반한테 따뜻한 양말 한 켤레 떠주면 좋겠구나 하고 생각했어요. 뜨개질을 시작한 다음부터 그 불쌍한 노인네가 좋아지네요. 웨스턴 목사님 말씀대로 된 거지요."

"아주머니가 행복해하고 또 아주 지혜로운 걸 보니 정말 기뻐요. 그런데 이제 일어서야겠어요. 집에서 절 찾을 거예요."

나는 낸시 아주머니에게 작별인사를 하며 시간이 나면 꼭 다시 오겠다고 약속하고 그 집을 나서는데 아주머니만큼 행복한 기분이 들었다.

언젠가 한 번은 폐결핵 말기인 가난한 일꾼의 집을 찾아가 성경을 읽어주었다. 우리 집 아가씨들이 그 집에 방문했다가 별 생각 없이 성경을 읽어주겠다는 약속을 했던 것이었다. 하지만 나중에는 고생스럽다며 나에게 대신 가달라고 애원했다. 나는 기꺼이 그 집을 찾아갔고 거기서도 병자와 그의 아내에게서 웨스턴 목사님을 칭찬하는 소리를 듣고 기분이 좋았다. 병자는 새로 오신 목사님이 자주 찾아와줘서 크나큰 안식과 은혜를 받았다며, 새 목사님은 핫필드 목사님과는 '전혀 다른 분' 이라고 했다.

웨스턴 씨가 호튼에 오기 전에 핫필드 씨가 간혹 그 집에 들를 때는 자기 생각만 하고서 바깥 공기가 집 안으로 들어오도록 문을 열어 두게 했다고 한다. 찬바람이 병자에게 얼마나 해로울지는 생각지도 않은 채 기도서를 펼쳐서 병자를 위해 서둘러 읽고는 급히 가버렸다고 한다. 힘들어하는 부인을 거칠게 나무라기도

하고, 매정하다고는 못 해도 경솔한 정도의 발언을 늘어놓기도 해서, 비탄에 빠진 이들 부부의 고통을 줄여주기는커녕 오히려 고통을 가중시키기만 했다고 하였다.

병자는 이렇게 말했다.

"그런데 웨스턴 목사님은 전혀 다른 태도로 저와 함께 기도를 올리고 제게 따뜻하게 말씀해주시고 자주 오셔서 성경을 읽어주시고 마치 형제처럼 제 곁에 앉으셨어요."

그러자 그의 부인이 큰소리로 말했다.

"정말 그랬다니까요! 한 3주 전에는 우리 집 양반이 추위로 덜덜 떨고 있었는데 난롯불이 맥없이 꺼져가는 모습을 보시더니 석탄이 다 떨어졌냐고 묻습디다. 석탄이 떨어졌지만 저희 부부 몸이 성치 않아서 가지러 가지 못한다고 말씀드렸더니, 세상에나, 저희를 도와주실 거라고 생각지도 못했는데, 다음날 석탄 한 자루를 보내왔지 뭐예요. 덕분에 따뜻하게 불을 잘 때고 있지요. 요즘 같은 겨울철에 어찌나 감사한 일인지. 아가씨, 이런 게 그분의 방식이에요. 가난한 사람들 집에 들러서 아픈 사람들을 보면 가장 필요한 게 무엇인지 알아보려 하고, 사람들이 스스로 구하지 못할 성싶으면 절대 성가셔하지 않고 가져다주셔요. 아무나 할 수 있는 일이 아니지요. 더구나 그분처럼 가진 게 없는 분이……. 아가씨도 아시겠지만 그분은 가진 돈이 얼마 없고 교구 목사님께 조금 받아쓰신다고 하는데, 사람들 말이 정말 적은 돈이라고 하더군요."

그러고 보니 상냥하다는 로잘리가 품위 없는 촌놈이라고 놀렸던 그분의 차림새가 떠올라서 나도 모르게 웃음이 났다. 그분의 은 시계와 옷차림은 핫필드 씨 것만큼 번쩍이거나 세련돼 보이지 않았다.

호튼 로지로 돌아오면서 나는 아주 흐뭇해하며 지치고 단조롭고 고된 일상에서 위안으로 삼을 만한 생각거리를 주셔서 감사하다고 주님께 감사의 기도를 올렸다. 나는 외로웠다. 짧은 기간 동안 휴가를 얻어 집에 다녀올 때를 빼고는 몇 달이 지나고 몇 년이 지나도 마음을 터놓거나 내 생각을 자유롭게 털어놓으며 공감이나 이해를 기대할 만한 대상이 단 한 사람도 없었기 때문이었다.

낸시 브라운을 제외하고는, 매순간 진실한 우정을 나누고 대화를 나누면서 기분이 좋아지고 현명해지거나 행복해지는 대상이 한 사람도 없었다. 내가 아는 한 나로 인해 큰 도움을 받은 사람도 없었다. 나와 함께 하는 이는 데면데면한 아이들과 세상 물정 모르는 고집불통 아가씨들뿐이었다. 사람을 지치게 만드는 아이들의 장난에서 벗어나 고독한 시간을 갖는 것만이 내가 간절히 바라는 유일한 보상이었다. 이런 사람들하고만 어울리다 보면 당장도 문제지만 앞으로도 심각한 문제가 될 터였다.

바깥세상은 내게 새롭고 고무적인 생각을 불러일으키지 못했다. 그리고 내 안에서 일어난 생각도 대부분 순식간에 깨지거나 병들어 사라질 운명이었다.

생각이 빛을 보지 못했기 때문이었다.

자주 보는 사람들끼리는 서로의 생각과 태도에 큰 영향을 미친다고 한다. 우리는 상대방의 말을 듣고 행동을 보면서 우리의 뜻과 맞지 않더라도 서서히 조금씩 자기도 모르는 사이에 상대방처럼 말하고 행동하게 된다. 이처럼 서로에게 동화되는 현상이 얼마나 강력한지를 새삼 강조할 생각은 없다. 다만 어떤 문명인이 문명의 손길이 닿지 않은 미개인들 속에서 십여 년을 살게 되었다면 미개인들을 교화시킬 정도의 대단한 역량을 지니지 않은 이상, 그 사람 역시 미개인이 되지 않았을까 하고 생각을 한다. 나 역시 학생들을 잘 가르치지 못해서 내가 그들에게 물들까 봐, 내 감정과 습관과 능력이 그들 수준으로 떨어지면서도 그들의 즐거운 마음과 명랑한 태도는 배우지 못할까 봐 몹시 걱정했다. 벌써부터 나는 지적 능력이 떨어지고 감정이 메마르고 영혼에 상처를 입은 듯해서, 이런 생활의 해로운 영향으로 인해 도덕적 감각이 둔화되거나 옳고 그름을 가려내는 기준을 혼동하지 않으려고 마음을 졸였다.

세상의 야만적인 기운이 나를 감싸려 해서 나는 내면의 천국으로만 파고들었다. 이런 상황에서 마침내 웨스턴 씨가 지평선 위에 밝게 빛나는 샛별처럼 나타나서 끔찍한 어둠의 공포에서 나를 구원해준 것이었다. 이제부터는 나보다 못한 삶이 아닌 고귀한 삶에 대해 생각할 수 있어서 기뻤다. 세상에 온통 블룸필드 집안사람들이나 머레이 집안사람들이나 핫필드나 애슈비 같은 사람들만 존재하는 것이 아니라서 기뻤다. 인간의 미덕이 공연한 상상의 산물이 아니어서 기뻤다. 누군가에 관해 좋은 평만 듣고 험담은 듣지 못하면 그 사람을 기꺼이 더 생각하기 마련이다. 요컨대, 내 생각을 하나하나 분석할 필요가 없다. 그때부터 일요일은 내게 특별히 행복한 날이 되었다.(나는 마차 뒤 구석자리에도 적응이 되었다.) 일요일마다 그의 설교를 듣고 그를 보게 되어서 좋았기 때문이었다. 비록 그의 외모가 잘생기지 않고 소위 호감 가는 외모도 아니었지만 내 눈엔 결코 못생긴 분이 아니었다.

키는 보통사람보다 약간, 아니 아주 약간 큰 편이었다. 완벽하게 균형이 잡힌 풍채에 가슴이 넓고 체격이 단단했다.

얼굴 선은 심하게 각이 진 편이어서 잘생겼다고 하긴 어려웠지만 내게는 강직한 성품이 엿보였다. 짙은 갈색 머리는 핫필드 씨만큼 깔끔하게 정돈되지는 않았지만 희고 넓은 이마 옆으로 가볍게 빗어 넘겼다.

눈썹이 지나치게 튀어나왔지만 짙은 눈썹 밑에는 눈동자가 빛나서 비범한 힘이 느껴졌으며, 갈색의 눈동자는 크지 않고 움푹 들어가 있었지만 반짝반짝 빛이 나며 풍부한 표정이 담겨 있었다. 입 부분에서도 성품이 드러났는데, 당찬 목표를 가진 사색가임을 말해주는 뭔가가 있었고, 웃을 때는, 아직 웃는 모습에 대해서는 말하지 않겠다. 당시에는 그가 웃는 모습을 전혀 보지 못했기 때문이다.

솔직히 말해서 그의 외모에서 편안한 인상은 받지 못했고 마을 사람들이 말하는 훌륭한 사람의 모습을 느끼지도 못했다. 나는 일찍이 그분에 대한 생각을 갖게 됐으며, 로잘리의 비난에도 불구하고 그분이 건전한 지각과 단호한 신념과 독실한 신앙심을 가졌으면서도 사려 깊고 엄격한 사람이라는 확신이 있었다. 여러 가지 훌륭한 점 외에도 진실한 자비심과 부드럽고 따뜻한 분이라는 사실을 알고는 전혀 기대하지 않았던 부분이었기 때문에 더욱 흐뭇했다.

12
소나기

낸시 아주머니 오두막을 다시 찾았을 때는 벌써 3월의 둘째 주였다. 낮에는 아무리 시간이 많더라도 한 시간도 온전히 내 시간으로 쓰기 힘들었다. 마틸다와 그 언니의 변덕 때문에 어디에도 순서나 규칙이 없어서 학생들 일로 바쁘지 않을 때 무슨 일을 하고 있든 간에, 이를테면 시련에 맞설 각오를 하며 발에 신을 신고 손에 지팡이를 잡고(출애굽기 12장 11절) 대기해야 했기 때문이었다. 게다가 학생들이 찾을 때 내가 당장 나타나지 않기라도 하면, 학생들이나 부인뿐 아니라 나를 데리러온 하인까지도 마치 내가 엄청난 죄라도 지은 양 대했기 때문이었다. 하인은 숨을 헐떡이며 나를 데리러 와서 소리를 질렀다.

"당장 공부방으로 가요, 아가씨. 아가씨들이 기다리잖아요!"

그리고 끔찍했던 순간은, 아이들이 정말로 가정교사를 기다리고 있던 날이다!

하지만 그날은 분명 한두 시간 정도는 여유가 있었다. 마틸다는 멀리 말을 타고 나갈 준비를 했고 로잘리는 애슈비 부인 댁 만찬에 참석하려고 치장하고 있었다. 그래서 나는 낸시 아주머니 오두막에 찾아갔다. 그때 아주머니는 온종일 고양이가 보이지 않는다고 걱정하고 있었다. 나는 기억나는 내 경험담을 들려주며 고양이가 이리저리 돌아다니는 습성이 있다는 말로 아주머니를 위로했다.

"사냥터 관리인들이 마음에 걸려요. 계속 무서운 생각이 드네요. 그 젊은 사람들이 집에 있었다면 우리 고양이 앞에 자기 개를 풀어놓고 불쌍한 고양이한테 겁을 줬을 거예요. 우리 불쌍한 녀석을 여러 번 괴롭혔거든요. 하지만 이제 그런 걱정은 하지 말아야겠네요."

아주머니는 눈병이 전보다 낫긴 했지만 아직 완전히 회복한 상태는 아니었다. 아들에게 주려고 나들이용 셔츠를 만들려고 애쓰고 있었지만 가끔가다 조금씩 손댈 수 있는 정도라고 했다. 그래서 옷을 만드는 속도가 느렸는데 그 불쌍한 청년은 그 옷을 간절히 원하고 있었다. 그래서 나는 성경을 읽고 나서 바느질을 거들어주겠다고 제안했다. 그날 저녁엔 시간이 많았고 해가 진 다음에 돌아가도 괜찮았기 때문이었다. 아주머니는 고마워하며 내 제안을 받아들였다.

"말벗이 생겼네요, 아가씨. 우리 고양이가 없으니 왠지 처량한 기분이 들어요."

성경을 읽고 나서 아주머니의 폭이 넓은 놋쇠 골무에 종이를 끼워 넣어 내 손가락에 맞춰 끼고 한참 바느질을 하고 있는데 웨스턴 씨가 아주머니네 고양이를 안고 불쑥 들어왔다. 나는 그제야 그가 웃을 줄도 알고 쾌활한 사람이라는 사실을 알았다.

"제가 아주머니께 좋은 일 하나 해드렸네요."

그는 나를 보더니 아는 체를 하며 가벼운 목례를 했다. 핫필드 씨나 다른 신사들한테 나는 아예 안중에도 없는 사람이었는데도 말이다.

"머레이 댁 사냥터 관리인의 손, 아니 총구 앞에서 아주머니네 고양이를 구해왔습니다."

"아이고, 감사합니다."

아주머니는 고마운 마음에 기쁨의 눈물을 글썽이며 애지중지하던 고양이를 그의 팔에서 받아들었다.

"잘 돌보세요. 그리고 토끼 사육장 근처에는 얼씬도 하지 못하게 하세요. 고양이가 다시 눈에 띄면 쏴버린다고 했거든요. 제가 제때 나타나서 말리지 않았다면 오늘도 죽였을지도 몰라요. 그런데 비가 오는 것 같은데요, 그레이 아가씨."

내가 바느질감을 내려놓고 그 집을 나서려는 모습을 보고 그가 조용히 말했다.

"제가 방해가 된 모양이군요. 금방 가겠습니다."

그러자 아주머니가 소리쳤다.

"소나기가 지나갈 때까지 두 분 다 여기 계세요."

아주머니는 난롯불을 뒤적이고 나서 의자 하나를 옆에 놓았다.

"봐요! 자리가 충분하잖아요."

나는 바느질감을 들고 창가로 갔다.

"저는 이쪽이 편해요, 고마워요."

아주머니는 내가 그곳에서 편히 있도록 친절을 베풀어주면서 웨스턴 씨의 외투를 솔질해서 옷에 묻은 고양이털을 털어주고, 모자의 빗물을 닦아주고 고양이에게 먹이를 가져다주면서 쉴 새 없이 말을 했다. 웨스턴 목사님이 베풀어준 호의에 감사의 인사를 하기도 하고, 고양이가 어떻게 사육장까지 갔는지 궁금해 하기도 하고, 못 찾았으면 어쩔 뻔했냐고 가슴을 쓸어내리기도 했다. 그는 조용히 부드러운 미소를 지으며 아주머니의 얘기를 듣다가, 아주머니가 여러 번 앉으라고 간청한 끝에 의자에 앉으면서도 다시 한 번 오래 머무를 뜻은 없노라고 말했다.

"다른 데 볼 일이 있어서요. 그런데(탁자 위에 놓인 책을 흘낏 보더니) 어떤 분이 아주머니께 성경을 읽어주셨나 보네요."

"예, 목사님, 그레이 아가씨가 친절하게도 성경 한 장을 읽어줬어요. 지금은 제 아들놈 셔츠 만드는 일을 도와주고 계세요. 그런데 저쪽이 추울까 봐 걱정되네요. 아가씨, 여기 난로 옆으로 오세요."

"아니, 괜찮아요. 여기도 따뜻해요. 비가 그치는 대로 가야 해요."

"어머나! 해지고 나서까지 있어도 된다고 했잖아요!"

아주머니가 속상해하자 웨스턴 씨가 모자를 집어들었다.

"안 돼요, 목사님. 제발 지금 가지 마세요. 비가 많이 쏟아지잖아요!"

"저 때문에 아주머니 손님께서 난로 옆으로 못 오시는 모양이네요."

나는 거짓 대답이 아무런 해가 되지 않기를 바라며 말했다.

"아니, 그런 거 아니에요, 웨스턴 씨."

그는 화제를 바꿔야 한다는 생각에 딱히 할 말도 없으면서 가벼운 말투로 이렇게 말했다.

"그레이 아가씨, 아가씨 댁 주인을 보시면 저와 화해 좀 시켜주셨으면 합니다. 아주머니 댁 고양이를 구할 때 그분이 옆에 계셨는데 제 행동을 탐탁하게 생각지 않는 모양이었어요. 고양이가 없어지면 아주머니가 몹시 힘들어하겠지만 토끼가 없어도 머레이 씨는 잘 지내시지 않느냐고 말씀드렸더니, 제 말에 화가 나서 제게 무례한 말을 하셨는데 저도 흥분해서 그만 말대꾸를 했거든요."

"아이고, 저런! 제 고양이 때문에 그분과 말다툼을 하셨군요!"

"아니, 전 괜찮아요. 별로 신경 쓰지 않아요. 제가 심하게 무례한 말을 하진 않았어요. 머레이 씨는 화가 나면 말이 꽤 거칠어지시더군요."

"아이고, 목사님! 어쩐다지요!"

"자, 그럼, 전 정말 가봐야겠어요. 여기서 1마일 정도 떨어진 곳에 가봐야 하거든요. 깜깜할 때 돌아오지 않게 해주세요. 이제 비도 웬만큼 그친 것 같네요. 그럼 안녕히 계세요, 아주머니. 그리고 그레이 아가씨도 안녕히 계세요."

"안녕히 가세요, 웨스턴 씨. 하지만 머레이 씨와 화해하는 일은 제게 기대하진 마세요. 저도 그분을 만나기 힘들거든요."

그는 음울하게 체념한 듯 말했다.

"그래요? 그럼 할 수 없군요!"

그리고 특유의 보일 듯 말 듯한 미소를 지으면서 이렇게 덧붙였다.

"신경 쓰지 마세요. 저보다 그분이 사과하셔야 할 것 같으니까요."

그리고 그는 오두막을 떠났다. 나는 시간이 허락할 때까지 계속 바느질을 했다. 그리고 아주머니에게 작별인사를 하면서 아주머니가 자꾸 고맙다고 하면 오히려 부담스럽다고 말해주었다. 아주머니가 내 입장이고 내가 아주머니 처지였어도 분명 같은 일을 해주었을 것이라고 말해주고는 서둘러 호튼 로지로 돌아왔다. 공부방에 들어서자 어지럽게 널린 찻상과 찻물이 쏟아져 흥건히 고인 쟁반과 기분이 몹시 좋지 않은 마틸다가 눈에 들어왔다.

"선생님, 대체 어디 있었어요? 반 시간 전에 차를 마셨는데 내가 직접 만들고 나 혼자서 마셔야 했단 말이에요! 일찍 나타났으면 좋았을 텐데요."

"낸시 아주머니 댁에 갔었어. 말 타러 가서 아직 돌아오지 않은

줄 알았지."

"비가 퍼붓는데 어떻게 말을 타요? 그놈의 소나기가 퍼붓는 바람에 짜증나 죽겠구먼. 한참 달리려는데 갑자기 쏟아지잖아요. 집에 돌아왔더니 차 마실 사람도 없고! 내가 좋아하는 차를 직접 못 만드는 거 알잖아요."

"난들 소나기가 올 줄 알았나."(정말로 마틸다가 소나기 때문에 다시 돌아올 줄은 몰랐다.)

"어련하시겠어요. 선생님은 비를 안 맞았으니 다른 사람 따윈 안중에도 없었겠죠."

마틸다의 험악한 비난에도 나는 잘 참아내고 오히려 명랑한 기분까지 들었다. 마틸다에게 돌아간 피해보다 낸시 아주머니에게 베풀어준 도움이 더 크다는 사실을 알았기 때문이었다. 어쩌면 어떤 다른 생각 때문에 기분이 좋아지고, 너무 오래 우러나서 씁쓸한 맛이 나는 차가운 차 한 잔도 맛있게 느껴지고, 난장판이 된 찻상과 퉁명스런 마틸다의 얼굴이 예뻐 보였을지도(사실 그렇게 말할 뻔했다.) 모를 일이었다. 마틸다는 곧 마구간으로 내려갔고 나는 혼자 남아 조용히 식사를 즐겼다.

13
달맞이꽃

그즈음 로잘리는 일주일에 두 번씩 예배당에 나갔다. 그녀를 숭배하는 시선을 받는 기회가 있으면 단 하나라도 놓치고 싶지 않았기 때문이었다. 그녀는 어디를 가든, 해리 멜덤과 그린 씨가 있든 없든 간에, 누군가가 그녀의 매력을 알아볼 사람이 있을 것이라고 믿었으며, 예배당에서의 직책상 정당하게 그녀를 맞이할 권한이 있는 핫필드 목사는 물론이었다.

로잘리와 마틸다는 날씨가 좋은 날에는 집까지 걸어다녔다. 마틸다는 답답한 마차가 싫어서 걸었다. 로잘리는 마차 안에 있으면 사람들의 시선을 받지 못해서 걸었으며, 예배당에서 그린 씨 댁 정원 입구까지의 처음 1마일을 동행하는 사람들과의 유쾌한 만남이 즐거워서 걸었다. 그린 씨 댁 정원에서부터는 반대 방향으로 호튼 로지까지 사유지 길이 나 있었다. 반면에 더 멀리 가야 하는 휴 멜덤 경의 저택까지는 큰길이 곧장 나 있었다. 덕분에 집으로 가는 길에 항상 동행이 생겼다. 누이와 함께 걸어가거나 혼자 걸어가는 해리 멜덤을 만나거나, 역시 누이들과 함께 있는 그린 씨를 만나거나, 아니면 호튼 로지의 손님이었을 법한 신사들을 만났다.

내가 그 집 아가씨들과 함께 걸어갈지 그 집 부모들과 마차를 타고 갈지는 전적으로 아가씨들의 변덕에 달렸다. 그들이 나를 '데려가기로' 하면 걸어갔다. 무슨 이유에선지 저희들끼리 걷기로 하면 나는 마차를 탔다. 나도 걷는 편이 좋았지만 나를 원치 않는 사람을 방해하기 싫은 마음에 늘 수동적인 태도를 보였다.

그리고 그들에게 시시각각 마음이 변하는 이유를 묻지 않았다. 사실 그러는 편이 나았다. 묵묵히 따르고 보살펴주는 일은 가정교사의 몫이고 저희들의 즐거움만 생각하는 건 학생들의 몫이었으니까. 하지만 걸어가는 날에는, 처음 절반 정도의 거리는 몹시 불쾌했다. 앞서 말한 아가씨들과 신사들 중 누구도 내게 아는 체를 하지 않아서 그들과 나란히 걸으며 매우 기분이 나빠졌다.

내가 그들의 대화를 듣거나 그들의 일행이 되고 싶어하는 것처럼 보였고, 반면에 그들은 내가 없는 것처럼 저희들끼리 대화하면서 우연이라도 내게 눈길이 가면 마치 허공을 보았을 뿐 나를 보지 않은 척하거나 아니면 모르는 척했다.

그들 뒤를 따라 걸어도 기분이 상하기는 마찬가지였다. 뒤에 서 있으면 스스로를 하찮은 존재라고 인정하는 듯 보였기 때문이었다. 솔직히 말해서, 나는 스스로를 그들만큼 귀한 존재라고 생각했고 그들도 그런 내 생각을 알아주길 바랐다. 그리고 일개 하인으로서 본인의 위치를 잘 알아서 그들처럼 귀한 신사숙녀들과 함께 걷지 못하고, 주인집 아가씨들이 좋은 벗이 없을 때 함께 걷기로 하고 대화까지 나눠줘서 황송해할 것이라고 상상하지 않기를 바랐다.

부끄러운 얘기지만, 나는 그들의 존재를 의식하지 않고 관심 없는 척하면서 마치 혼자만의 사색에 빠지거나 주변 사물에 대한 성찰에 몰입한 것처럼 보이려고 무척 애를 썼다. 뒤처져 걸을 때는 눈에 띄는 새나 벌레 혹은 나무나 꽃을 찬찬히 관찰하면서, 아가씨들이 일행에게 작별인사를 고하고 한적한 사유지 길로 접어들 때까지 일부러 속도를 늦춰 혼자 걸으려고 했다.

특히 기억에 남는 날이 있다. 3월이 끝날 무렵의 어느 화창한 오후였다. 그린 씨와 누이들은 밝은 햇살과 상쾌한 바람을 맞으며, 손님들과 담소를 나누면서 집까지 걸어갈 요량으로 마차를 그냥 돌려보냈다. 손님들은 어떤 장교와 어떤 중위(멋쟁이 군인 두어 명), 그리고 어떻게든 그들 사이에 끼려는 머레이 집안 아가씨들이었다.

이런 식의 만남은 로잘리가 매우 좋아하는 모임이었다. 하지만 내 취향과는 맞지 않아서 나는 뒤처져 걸으며 푸릇푸릇한 담과 막 싹이 트기 시작한 울타리 사이를 걸으면서 나무들을 살펴보고 곤충들을 관찰하며 일행을 한참 앞세운 다음 즐거운 듯 지저귀는 종달새의 노랫소리를 들었다. 그러자 인간을 미워하는 마음이 부드럽고 깨끗한 바람과 따뜻한 햇살아래서 눈 녹듯 녹아내렸다. 하지만 그 자리에 다시 어린시절의 아릿한 향수와 지나간 행복에 대한 그리움과 찬란한 미래에 대한 갈증이 일어났다.

키 작은 잔디와 푸른 잎이 돋아난 식물로 뒤덮이고 싹이 트기 시작한 울타리로 둘러싸인 가파른 담벼락을 훑어보다가, 고향의 나무가 무성한 골짜기나 푸른 언덕을 생각나게 하는 낯익은 꽃을 꼭 따고 싶었다. 고향의 누르스름한 황무지도 물론 그리웠다. 이런 걸 찾으면 여지없이 눈물이 가득 고였다. 하지만 당시에는 눈물도 하나의 유희였다.

그러다 나는 떡갈나무의 비틀린 뿌리 사이 높은 곳에서 어여쁜 달맞이꽃 세 송이가 너무나 사랑스럽게 빠끔히 머리를 내민 모습을 발견하고는 금세 눈물이 났다. 하지만 꽃이 너무 높은 곳에 피어 있던 탓에 한두 송이 꺾어가려는 바람을 접어야 했다. 담벼락을 오르지 않는 한 손이 닿지 않았던 것이다. 그때 뒤에서 발걸음소리가 들려서 단념하고 돌아서려는데, "제가 꺾어드릴까요, 그레이 아가씨?"라는 귀에 익은 낮은 목소리가 들려서 깜짝 놀랐다.

눈 깜짝할 사이에 꽃 몇 송이가 내 손에 들려 있었다. 물론 웨스턴 씨였다. 그분이 아니고서 대체 누가 나를 위해 그런 수고를 마다하지 않았겠는가?

나는 고맙다고 했다. 내 말투가 따뜻했는지 차가웠는지는 모르겠다. 분명한 것은 내가 느꼈던 고마운 마음을 절반도 표현하지 못했다는 점이다. 어쩌면 그렇게 고마워하는 게 바보 같은 짓이었을지 모른다. 하지만 당시의 내게는 그런 친절이 그의 훌륭한 성품과 갚을 수도 없고 잊을 수도 없는 친절한 행동처럼 보였다. 내게는 그런 정중한 행동이 낯설었고 호튼 로지의 반경 25마일 이내에서 그 누구에게도 그런 친절을 받으리라 예상치 못했기 때문이었다.

그래도 그분이 나타나서 전혀 불편하지 않은 것은 아니었다. 나는 걸음을 빨리해서 학생들을 바짝 뒤쫓아 갔다. 웨스턴 씨가 내 행동을 눈치 채고 아무 말 없이 보내줬더라면 1시간 후쯤 많이 후회했을 것이다. 하지만 그는 그렇게 하지 않았다. 내게는 다소 빠른 걸음이었지만 그 사람에게는 평소의 걸음걸이였다.

"제자 분들이 선생님을 혼자 뒀네요."

"네, 더 근사한 일행이 있으니까요."

"그럼 힘들게 쫓아가지 마세요."

나는 발걸음을 늦췄다. 하지만 이내 그런 행동을 후회했다. 그는 말이 없었고, 내게도 도무지 할 말이 생각나지 않았으며, 그가 난처해할까 봐 걱정됐다. 그러는 중에 결국 그가 침묵을 깨며 특유의 차분하고 갑작스런 말투로 내게 꽃을 좋아하는지 물었다.

"네, 많이 좋아해요. 특히 들꽃이 좋아요."

"나도 들꽃을 좋아하는데. 다른 꽃들은 딱히 정이 가는 게 없어서 관심이 가지 않아요. 한두 가지를 빼고는. 어떤 꽃 좋아해요?"

"달맞이꽃이랑 블루벨이랑 히스꽃이오."

"제비꽃은요?"

"별로요, 목사님 말씀처럼 딱히 정이 가지 않아요. 우리 집 근처 언덕이랑 계곡에는 향기로운 제비꽃이 없거든요."

"집이 있으시니 마음이 참 푸근할 것 같아요."

그가 잠시 멈추었다가 다시 말을 이었다.

"아무리 멀고 자주 찾아가보지 못해도, 어딘가 그리워할 곳이 있으니까요."

"정말 그래요. 집이 없었다면 살아가지 못했을 거예요."

나는 진지하게 대답했지만 곧 후회하고 말았다. 분명히 어리석게 비쳤을 것이다.

그는 따뜻한 미소를 지으며 말했다.

"아니, 살 수 있어요! 우리를 살게 해주는 생명의 끈은 생각보다 질겨요. 아무리 힘껏 잡아당겨도 끊어지지 않았던 경험을 해보지 못한 사람은 상상할 수도 없지요. 집이 없으면 많이 슬프겠지만, 그래도 살아갈 수 있고, 생각만큼 그렇게 비참하지도 않아요. 사람 마음은 인도산 고무 같아서 조금만 더해도 감정이 북받쳐 오르지만 아무리 더해도 터지지는 않아요. '아무것도 아닌 일' 이 생겨도 상심하지만 '있는 문제에서 조금만 덜어져도' 살 만하지요. 우리 몸 바깥에는 그 자체로 필요한 힘이 생겨서 외부의 폭력에 저항할 수 있게 해준답니다. 우리를 흔드는 모든 힘은 우리를 더 강인하게 만들어줘서 나중에 입을 타격에 맞서게 해주지요. 쉬지 않고 노동하면 손이 닳아 없어지는 게 아니라 피부가 두꺼워지고 근육이 단단해지는 것과 같은 이치예요. 그래서 하루라도 고된 노동을 하면 숙녀 분의 손바닥이 까지지만 강인한 농부의 손바닥은 아무렇지 않은 것이지요.

어느 정도는 제 경험에 나온 얘기입니다. 저도 아가씨처럼 생각하던 시절이 있었어요. 집과 집에 얽힌 감정만이 삶을 견딜 수 있게 해준다고 믿었고, 그런 게 없다면 삶이 견디기 힘든 짐처럼 버겁게 느껴지리라는 생각에 사로잡힌 적이 있어요. 지금 제게는 집이 없어요. 호튼에서 방 두 칸을 빌렸으니 그것도 집이라면 집일 수 있겠지만. 어쨌든 불과 12개월 전에 제게 하나 남은 가족이자 가장 사랑하는 가족을 잃었어요. 그래도 저는 여전히 숨쉬고 있을 뿐 아니라 이번 생에서 희망과 위안을 완전히 잃진 않았어요. 하지만 하루가 끝나갈 무렵 아무리 초라한 오두막에라도 활활 타오르는 벽난로 앞에 옹기종기 모여든 가족들을 보면 그들의 행복에 질투가 나는 건 막지 못하겠더군요."

"목사님 앞에 어떤 행복이 놓여 있을지 모르시잖아요. 이제 시작일 뿐이에요."

"저의 가장 큰 행복은 남을 돕는 능력과 의지입니다."

우리는 어떤 농가로 들어가는 길에 놓인 회전식 덧문에 이르렀다. 아마 웨스턴 씨가 '도움을 주려는' 집인 것 같았다. 그는 나를 떠나 덧문을 지나서 예의 그 단호하고 가뿐한 걸음걸이로 걸어갔고, 나는 홀로 걸으며 그가 남긴 몇 마디를 곱씹었다.

그가 이곳에 오기 몇 달 전에 어머니를 잃었다는 얘기를 들은 적이 있었다. 아마도 그의 어머니가 하나 남은 가족이자 가장 사랑하는 분이었으리라. 그러니 그에게는 집이 없었다. 그가 정말 가여웠다. 가여운 마음에 눈물이 나려고 했다. 그래서 그의 이마에 성숙하고 진지한 그림자가 드리웠을 터이고, 덕분에 관대한 로잘리나 그들 부류의 사람들로부터 침울하고 시무룩하다는 평을 들었던 것이었다.

나는 생각했다.

'하지만 저분은 가족을 잃는 슬픔을 안고도 그렇게 비탄에 빠져 있지 않아. 오히려 적극적으로 삶을 이끌어가잖아. 저분 앞에는 도움을 줄 만한 넓은 세상이 펼쳐 있고, 좋은 사람들을 사귈 수도 있고, 원한다면 가정도 이룰 수도 있어. 언젠가는 분명 가정을 이루고 싶겠지. 주님께서 그 가정을 함께 이루어갈, 저분이 선택할 만한 배필을 내려주시고, 저런 분이 이룰 만한 그런 행복한 가정을 만들어주시겠지! 얼마나 기쁜 일인지!'

하지만 내가 무슨 생각을 하든 중요하지 않았다.

나는 이 책을 시작하면서 아무것도 감추지 않고 독자들이 원한다면 같은 사람으로서 공감하며 읽어 내려가도록 할 생각이었다. 하지만 하늘에 계신 모든 천사에게는 기꺼이 보일 수 있어도, 같은 인간, 아니 가장 친하고 가장 좋아하는 사람에게조차 드러내고 싶지 않은 어떤 생각을 누구나 가지고 있다.

그때 마침 그린 가(家) 사람들은 자기들 집으로 들어갔고, 머레이 가(家) 아가씨들은 사유지 길로 들어섰다. 나는 그쪽으로 서둘러 갔다. 아가씨들은 젊은 장교들이 얼마나 멋진 사람들인지 얘기하느라 한창 열을 올렸다. 그러다 로잘리가 나를 보고는 음흉하게 웃으며 큰소리로 물었다.

"오호라, 그레이 선생님! 이제야 오셨네요? 왜 그렇게 한참을 뒤처져 계셨는지! 내가 웨스턴 씨에 대해 함부로 말할 때 열심히 그 사람 편을 들더니. 흠! 왜 그랬는지 알겠네요!"

나는 기분 좋게 웃어넘기려 했다.

"이봐, 머레이 아가씨, 무슨 바보 같은 소리야? 그런 말도 안 되는 소리해봤자 난 관심 없어."

하지만 그녀는 계속해서 참기 힘든 말을 내뱉었고 마틸다도 덩달아서 말을 꾸며냈다. 나는 항변해야겠다는 생각이 들었다.

"무슨 실없는 소리들이야! 우연찮게 웨스턴 씨도 방향이 같기에 잠깐 같이 걸으면서 얘기 몇 마디 나눈 걸 가지고 왜 그렇게 야단들이야? 그전에는 그분이랑 얘기한 적 없어. 한 번만 빼고."

그들은 신이 나서 물었다.

"어디서요? 어디요? 언제요?"

"낸시 아주머니 댁에서."

로잘리가 까르르 웃어댔다.

"오호라! 거기서 만난 거군요? 야, 마틸다, 선생님이 왜 그렇게 낸시 브라운 집에 가는지 알았어! 웨스턴 씨랑 연애하러 가는 거야!"

"정말로 대꾸할 가치가 없구나! 거기서 그분을 딱 한 번 만났어. 그리고 그분이 거기 들를 줄 내가 어떻게 알았겠니?"

아이들이 철없이 소동을 피우고 성가시게 함부로 말해서 화가 치밀었지만 불편한 상황이 오래 가지는 않았다. 아이들은 원하는 만큼 놀려대더니 다시 장교와 중위 얘기로 돌아갔다. 그 남자들 얘기로 말다툼을 하고 평가를 하는 사이 내 감정도 누그러졌다. 내 마음은 왜 화가 났었는지도 잊은 채 즐거운 생각으로 흘러갔다.

우리는 정원을 따라 올라가서 저택에 들어섰다. 계단을 올라 내 방에 들어가는 사이 머릿속엔 한 가지 생각이 가득 찼고 가슴은 단 하나의 간절한 소망으로 충만했다. 방에 들어가서 문을 닫고 무릎을 꿇은 채 간절하면서도 차분히 기도를 올렸다. '땅에서도 이루어지나이다.' (주기도문)로 시작해서 끝까지 외려고 했지만, '아버지여, 아버지께는 모든 것이 가능하오니 이 잔을 내게서 옮기시옵소서. 아버지의 원대로 하옵소서.' (마가복음 14장 36절)라는 구절이 튀어나왔다. 이런 소망은, 이런 기도는 누구라도 나를 비난할 만한 기도였다. '주께서 멸시하지 아니하시리이다.' (시편 51장 17절)라고 기도하며 이 말씀이 진심이라는 생각이 들었기 때문이다. 다른 이의 행복을 나 자신의 행복만큼, 아니 다른 사람의 행복이야말로 내가 간절히 원하는 소망이었던 것 같았다. 나는 스스로를 속였을지도 몰랐다. 하지만 그런 생각 때문에 물어볼 자신감과 헛되이 묻는 게 아니라는 희망이 생겼다.

달맞이꽃에 관해 말하자면, 나는 그중 두 송이를 유리병에 꽂아

내 방에 놓아두었다. 나중에 완전히 시들어 하녀가 치워버렸고, 꽃잎은 성경책 사이에 꽂아둬서 아직도 간직하고 있으며 영원히 간직할 생각이다.

14
교구 목사

다음날은 그 전날만큼이나 화창했다. 마틸다는 아침식사를 마치자마자 듣기 싫은 수업 몇 개를 듣는 둥 마는 둥 서둘러 끝내고 1시간 동안 피아노를 마구 두들겨대며 나와 피아노에게 성깔을 부렸다. 그녀의 어머니가 방목장이나 마구간이나 사냥개 사육장 등 그녀가 좋아하는 놀이터로 내빼기만 하면 휴일을 주지 않겠다고 했기 때문에 억지로 앉아 있었던 것이었다. 로잘리가 새로 유행하는 소설책을 벗삼아 밖에 나가 한적하게 여유를 즐기는 사이, 나는 공부방에 남아 대신 그려주겠다고 약속한 수채화를 그리느라 여념이 없었다. 로잘리가 그날 안에 마무리해 달라고 졸랐던 그림이었다.

내 옆에는 성질이 다소 까칠한 테리어 한 마리가 앉아 있었다. 원래는 마틸다의 개였지만 이제는 녀석이 싫어하고 성질이 고약한 놈이라며 팔아버리려 했다. 사실은 아주 멋진 개였다. 하지만 마틸다는 아무짝에도 쓸모없고 제 주인도 못 알아보는 녀석이라고 못마땅해 했다.

마틸다는 아주 작은 강아지였던 녀석을 사왔을 때는 아무도 건드리지 못하게 하면서 혼자서만 독점하려 했다. 하지만 얼마 안 가서 혼자서 돌보는 일이 귀찮고 싫증이 나서 강아지를 돌보게 해달라는 내 간청을 선심 쓰듯 받아주었다. 나는 강아지가 갓 태어났을 때부터 다 자랄 때까지 정성껏 보살펴주면서 녀석의 사랑을 받았다. 녀석의 사랑이야말로 내가 그 집에서 겪은 온갖 수모를 보상하고도 남을 정도로 내게 소중했다. 하지만 불쌍한 스냅의 즐거운 기분이 원래 주인의 심한 욕설과 거친 폭력과 꼬집힘에 노출됐고 조만간 '처분되어' 거칠고 냉정한 새 주인에게 보내질 위험에 처했다. 내가 어쩔 수 있었겠는가? 그 개를 험하게 다뤄서 나를 싫어하게 만들 수도 없는 노릇이었다. 그렇다고 마틸다가 그 개를 따뜻하게 보살펴 줄 리도 없었다.

이런 사정으로 공부방에 앉아 붓질을 하는데 머레이 부인이 당당하고 부산스러운 걸음으로 방에 들어왔다.

"아니, 선생님. 어떻게 오늘 같은 날 방에서 그림이나 그릴 수 있나요?"(부인은 내가 취미로 그림을 그린다고 생각한 모양이었다.) "어째서 보닛을 쓰고 아가씨들과 함께 나가지 않았는지 모르겠네요."

"부인, 로잘리 아가씨는 책을 읽을 테고, 마틸다 아가씨는 개들이랑 놀 거예요."

"선생님이 마틸다와 좀 더 놀아주려고 했다면 걔가 그렇게 개나 말이나 마부들이랑 어울려 다니진 않겠지요. 그리고 선생님이 로잘리하고 오순도순 얘기라도 나눴다면 애가 허구한 날 책이나 들고 들판을 쏘다니진 않았겠지요. 하지만 선생님을 화나게 할 생각은 없어요."

불쾌한 기분으로 내 얼굴이 벌겋게 달아오르고 손이 떨리는 모습을 본 모양이었다.

"제발 화를 가라앉히세요! 선생님한테는 무슨 말을 할 수가 없군요. 로잘리가 어디 있는지 말해줘요. 그런데 걔는 왜 그렇게 혼자 있는 걸 좋아한대요?"

"읽을거리가 생기면 혼자 있고 싶다고 하네요."

"그런데 왜 가까이 정원에서는 못 읽는 건지. 왜 꼭 들판이나 골목으로 나가야 한대요? 그리고 핫필드란 사람은 왜 그렇게 우리 애 앞에 자주 나타날까요? 우리 애 말이, 지난주에 그 사람이 말을 끌고 우리 애를 따라서 모스길까지 같이 갔다는군요. 그때 내가 내 방 화장실 창으로 어떤 이가 정원 문을 지나 우리 애가 자주 가는 곳으로 성큼성큼 걸어가는 걸 봤는데, 지금 생각해보니 그 사람이 분명해요. 선생님이 가서 우리 애가 거기 있는지 알아봐주세요. 그리고 지체 높은 집 아가씨가 그렇게 혼자 쏘다니면서 수작부리는 사람들 눈에 띄는 건 좋지 못한 행동이라고 잘 타일러주세요. 정원도 없고 돌봐줄 가족도 없는 가난하고 버려진 계집아이들이나 하는 짓이라고 말해줘요. 그리고 내가 걱정하는 것처럼 그 애가 핫필드 씨랑 친하게 지내는 걸 아버지가 아시는 날에는 엄청 혼이 날 거라고 일러주세요. 아휴! 선생님이, 아니 가정교사들이 아이들 어머니 마음을 절반이라도 헤아리고 걱정해준다면 내가 이런 일로 시달리지 않아도 될 텐데요. 지금이라도 우리 애를 잘 지켜보면서 그 애랑 친하게 지내셔야 해요. 그럼 가세요, 어서. 허비할 시간이 없어요."

부인은 내가 그림도구를 치우는 모습을 지켜보면서 일장연설을 마무리한다는 뜻으로 문 앞에서 기다렸다.

부인 말대로 로잘리는 정원 너머 그녀가 좋아하는 장소에 있었다. 그런데 유감스럽게도 혼자가 아니었다. 키가 크고 건장한 핫필드 씨가 옆에서 어슬렁거렸다.

내게는 곤란한 상황이었다. 두 사람만의 은밀한 시간을 방해해야 하는데 어떻게 한단 말인가? 핫필드 씨는 나처럼 별 볼 일 없는 사람 때문에 물러갈 사람이 아니었다. 그 사람 반대편으로 로잘리에게 다가가서 그를 못 본 척하며 환영받지 못할 내 모습을 드러내는 무례한 짓은 할 수 없었다. 그렇다고 들판 위쪽으로 올라가 누가 찾는다고 소리를 지를 배짱도 없었다. 그래서 나는 어정쩡한 방법으로 천천히 걷다가 그들에게 서서히 다가가서 내 모습을 보고도 그가 물러서지 않는다 해도 지나가면서 어머니가 찾으신다고 로잘리한테 말해주기로 마음먹었다.

그녀는 정말 아름다운 자태로 정원 담장 너머로 이제 막 싹이 트기 시작한 긴 가지를 늘어뜨린 마로니에 나무 아래를 천천히 걸으며 한 손에는 책을 들고 다른 손으로는 우아한 은매화 가지를 만지작거렸다. 반짝이는 고수머리 한 가락이 작은 보닛에서 빠져 나와 바람결에 부드럽게 흩날렸으며, 허영심이 충족되어 하얀 두 뺨은 붉게 상기되었고, 미소 머금은 푸른 눈동자는 힐긋 그녀의 추종자에게 향하다가 다시 은매화 가지를 내려다보았다. 하지만 앞서 달리던 스냅이 그녀의 드레스를 물고 늘어져서 건방지기도 하고 장난스럽기도 한 그녀의 태도를 방해했다. 그러자 핫필드 씨가 지팡이로 스냅의 머리통을 냅다 후려치고는, 녀석이 깽깽대며 내게로 돌아와서 시끄럽게 짖어대는 걸 보고 몹시 통쾌한 표정을 지었다. 하지만 곧 내가 다가오는 모습을 발견하고는 자리를 뜬 것 같았다. 나는 몸을 굽혀 개를 쓰다듬어주면서 그의 고약한 행동에 항의라도 하려는 듯이 개가 불쌍하다는 몸짓을 보여주는데 그의 목소리가 들렸다.

"머레이 아가씨, 언제 다시 뵐까요?"

로잘리가 대답했다.

"예배당에서 뵙겠죠. 제가 산책하는 시간에 맞춰 우연히 여기를 지나칠 일이 없으시다면요."

"저는 언제라도 이곳에 볼 일을 만들 수 있습니다. 아가씨를 언제 어디서 뵐 수 있는지 알기만 한다면요."

"알려드리고 싶어도 그럴 수 없네요. 제가 워낙 불규칙한 사람이라 내일 뭘 할지 오늘 알 수가 없거든요."

핫 필드 씨는 농담반 진담반으로 은매화 가지를 향해 손을 내밀며 말했다.

"그럼 그 가지를 제게 주시겠어요? 다시 만날 때까지 고이 간직하고 싶어요."

"싫어요, 드리지 않겠어요!"

그는 사활이라도 걸린 일인 양 간곡히 부탁했다.

"주세요! 제발! 그걸 안 주신다면 전 아마 세상에서 가장 비참한 사람이 될 거에요. 아가씨는 쉽게 베풀 수 있고 제게는 큰 상이 될 친절을 거절하며 그처럼 잔인하게 대하지 말아주세요!"

그때까지도 나는 그들에게서 몇 발자국 떨어져서 그가 떠나기를 참을성 있게 기다렸다.

그때 로잘리가 말했다.

"그래요, 알았어요. 가지고 가세요."

그가 신이 나서 나뭇가지를 받아들며 뭔가를 소곤거리자 그녀는 얼굴을 붉히며 머리를 옆으로 뺐다. 하지만 아주 언짢지만은 않았음을 말해주듯 어렴풋하게 웃어보였다. 그런 다음 그는 예의를 갖춰 작별인사를 하고 자리를 떴다.

그녀는 내 쪽으로 돌아서며 말했다.

"뭐 저런 사람이 있대요? 선생님이 오셔서 어찌나 다행인지! 저 사람을 떼어내지 못하는 줄 알았어요. 아버지가 저 사람을 보실까 봐 진짜 겁났어요."

"오래 같이 있었어?"

"아니요. 그렇게 오래 있진 않았지만 아주 시건방진 사람이에요. 항상 내 주위를 맴돌면서 근처에 볼 일이 있거나 목회일이 있어서 우연히 지나는 것처럼 둘러대지만 실제로는 가여운 저를 지켜보다가 아무 때나 불쑥 나타나지 뭐예요."

"어쨌든, 네 어머니는 네가 정원 밖으로 나가지 않길 바라시는구나. 혹시 나가더라도 나처럼 분별 있는 어른이랑 동행해서 훼방꾼이 붙지 못하게 하길 바라신단다. 핫필드 씨가 빠른 걸음으로 대문 앞을 지나가는 모습을 보시고 그 길로 너를 찾아서 보살피라고 나를 보내셨어. 그리고 경고를 하셨는데……."

"아휴, 어머니는 정말 짜증난다니까! 내가 내 앞가림도 못 하는 줄 아신다니까! 전에도 핫필드 씨 때문에 날 귀찮게 하더니. 그래서 어머니한테 나를 믿으시라고, 내 지위나 신분은 가장 훌륭한 남자와 어울린다는 걸 결코 잊지 않겠다고 얘기했는데. 당장 내일이라도 그렇게 훌륭한 남자가 내 앞에 무릎을 꿇고 아내가 되어 달라고 애원하길 바란다고 말했어요. 어머니의 걱정이 얼마나 대단한 착각인지 알려줬는데도 또 그러신다니까.

내가 핫필드 같은 사람이랑, 윽, 생각만 해도 짜증나! 어째서 내가 어리석게 사랑에 빠질 거라고 생각하시는지! 사랑에 빠지다니, 여자로서 수치스런 일이에요. 사랑이라니! 사랑이란 말도 싫어요! 그런 말이 우리 여성에게 쓰인다니 아주 불쾌해요! 뭐, 호감 정도라면 몰라도. 그래도 1년에 700파운드도 안 되는 돈으로 겨우 입에 풀칠이나 하는 핫필드 씨 같은 사람과는 절대 안 될 일이에요. 그 사람이랑 얘기를 나누는 건 나쁘지 않아요. 똑똑하고 재미있는 사람이니까. 토머스 애슈비 경이 그 사람 반만이라도 됐으면 좋으련만. 그리고 같이 놀 사람이 필요한데 여기까지 올 만큼 배짱 있는 사람이 없어요.

우리가 외출할 때 어머니는 나보고 토머스 경하고만 어울리라고 하세요. 그 사람이 없으면 사람들이 나를 보고 얘기를 부풀려서 내가 다른 사람과 약혼을 했다거나 약혼할 거라는 소문을 전할까 봐 걱정돼서 아무것도 못 해요. 아니, 그보다는 토머스 경의 늙은 어머니가 내 행실을 보거나 듣고서 자기네 잘난 아들에게 맞는 배필이 아니라고 생각할까 봐 두려운 거죠. 자기 아들이 기독교 세계에서 가장 막나가는 난봉꾼인 걸 모르는 사람처럼, 그리고 그런 사람한텐 웬만한 집안 딸이라도 과분하다는 걸 모르는 사람처럼요."

"정말이니? 너희 어머니도 그 사실을 아시면서 그 사람이랑 결혼하라는 거니?"

"당연히 어머니도 아시죠! 나보다 더 많이 아실걸요. 내가 실망할까 봐 얘기해주지 않는 거예요. 내가 그런 데 전혀 신경 쓰지 않는다는 걸 모르세요. 별로 대단한 일이 아니니까. 어머니 말씀대로 결혼하면 괜찮아질 거예요. 돌아온 탕자가 좋은 남편이 되는 법이잖아요. 얼굴만 그렇게 못생기지 않았어도, 난 얼굴만 보거든요. 어쨌든 이런 시골에는 고를 사람이 없고 아버지는 우릴 런던에 보내주지 않을 테고……."

"그럼 핫필드 씨가 훨씬 낫겠네."

"그래요, 그 사람이 애슈비 파크의 주인이었다면 당연하지요. 하지만 누구랑 같이 살든 전 꼭 애슈비 파크를 손에 넣어야 해요."

"하지만 핫필드 씨는 요즘 네가 자기를 좋아한다고 생각할거야. 그가 착각한 걸 알고 나서 얼마나 실망할지는 걱정되지 않니?"

"전혀요! 그런 주제넘은 착각을 했으니 당연한 대가를 치러야지요. 감히 내가 자기 같은 사람을 좋아할 거라고 착각하다니. 그 사람이 꿈에서 깨는 모습을 보는 것도 재밌는 구경거리예요."

"그렇다면 빠를수록 좋아."

"싫어요. 솔직히 말해서, 그 사람이랑 노는 게 재밌어요. 그리고 그 사람도 내가 자기를 좋아한다고 생각하지 않아요. 내가 책임질게요. 이런 일을 얼마나 똑똑하게 처리하는지 선생님은 모르세요. 내가 자기를 좋아하도록 만들 수 있다고 생각할지도 모르죠. 그러니 응분의 대가를 치러야 해요."

"글쎄다. 그런 추측에 이유를 너무 많이 대지 않도록 조심하렴. 그럼 됐어."

하지만 내 충고는 전혀 소용이 없었다. 오히려 그녀는 자신의 소망과 계획을 내게 들키지 않으려고 주의했을 뿐이었다. 그 후로는 핫필드 씨에 관해서는 아무 말도 하지 않았다. 하지만 마음속 깊은 곳에서 우러나온 감정은 아니더라도 그녀의 생각은 그에게가 있어서 다시 한 번 그와 이야기할 기회를 엿보고 있는 것이 분명했다.

어찌됐든 나는 부인의 뜻에 따라 한동안 그녀가 산책을 나설 때 동행했다. 그녀는 여전히 큰길에 인접한 들과 골목을 배회했다. 그녀는 나와 얘기를 나눌 때나 들고 간 책을 읽을 때나, 하던 일을 멈추고 주변을 둘러보거나 큰길을 쳐다보면서 혹시 누가 다가오는지 확인했다. 말을 탄 사람이 터벅터벅 지나가면 그가 누가 됐든지 그녀에게서 욕을 들어먹는 걸 보면 핫필드 씨가 아니라는 이유만으로 미움을 받는 것이 분명했다.

'저 애는 분명 본인이 생각하는 것이나 남에게 보이는 것 이상으로 핫필드 씨에게 관심이 있어. 저 애 어머니가 불안해하는 데도 어느 정도 일리가 있어.'

사흘이 지나도 목사는 나타나지 않았다. 나흘째 오후, 그들에게 의미 있는 들판의 정원 말뚝 옆에서 산책을 하며 각자 책 한 권씩 들고 있었다.(나는 그녀가 내게 볼 일이 없어질 때를 대비해 항상 할 일을 마련해두었다.) 그녀가 갑자기 소리를 쳤다.

"아참! 그레이 선생님, 마크 우드한테 가서 그 사람 부인에게 반 크라운을 갖다 주시면 정말 고마울 텐데, 일주일 전에 갖다 주거나 보내줬어야 했는데 깜빡했거든요. 여기요!"

그녀는 내게 지갑을 던지며 아주 빨리 말을 이었다.

"돈은 지금 꺼내보지 않아도 돼요. 지갑째 들고 가서 원하시는 대로 꺼내주세요. 나도 같이 가고 싶지만 이 책을 마저 읽고 싶거든요. 책을 다 보면 그쪽으로 갈게요. 어서 가요, 그리고 아참, 잠깐만요. 마크 우드한테 책을 좀 읽어주는 게 좋겠지요? 가기 전에 집에 들러서 좋은 책 몇 권 골라 가세요. 어떤 책이든 상관없어요."

나도 원하던 일이라서 그녀의 말대로 했다. 하지만 갑자기 서두르면서 부탁을 하는 걸 보니 뭔가 미심쩍은 구석이 있는 것 같아 그곳을 떠나기 전에 잠깐 돌아보았는데, 아래쪽 문으로 핫필드 씨가 들어서려던 참이었다. 가는 길에 그를 만나지 않게 하려고 책을 가져가라며 나를 집으로 보냈던 것이었다.

'걱정하지 말자! 별 문제 없을 거야. 불쌍한 마크 씨에게 반 크라운을 주고 또 좋은 책도 읽어주면 좋아할 거야. 그리고 저 목사님이 로잘리의 마음을 빼앗는다 해도 그녀의 자존심이 조금 상하는 것뿐이잖아. 저 둘이 나중에 결혼한다면 최악의 운명에서도 구제받는 셈이고. 로잘리는 저 사람에게 꽤 괜찮은 짝이 될 테고 저 사람도 그럴 테고.'

마크 우드는 앞에서 말한 적이 있는 폐병에 걸린 일꾼이었다. 그때 그는 하루가 다르게 쇠약해져갔다. 로잘리는 선심 쓰는 척하며 꺼져가는 생명에게서 은총을 얻은 셈이었다. 반 크라운은 마크 우드에게 큰 도움이 되지 않을 수 있는데도, 그는 머지않아 과부가 되고 애비 잃은 자식이 될 아내와 아이들을 위해 그 돈을 받고 좋아했다.

나는 잠시 앉아 마크와 지친 그의 아내를 위로하고 교화시켜주기 위해 책을 읽어주고서 그 집을 나섰다. 하지만 몇 걸음 걷지 않아서 필시 그 집으로 오는 길이었을 웨스턴 씨를 만났다.

그는 평소처럼 조용하고 무덤덤한 태도로 내게 인사를 건네고 잠시 멈춰서 병자와 그의 가족이 어떤지 물어보고는, 자기도 모르게 오빠 같은 태도로 스스럼없이 내가 방금 읽은 책을 가져가 몇 장을 넘기더니 짧지만 재치 있는 촌평을 하고 돌려주었다. 그리고 그가 좀 전에 들렀던 다른 가난한 사람들 얘기와 낸시 아주머니 얘기를 들려주고 그의 발치에서 까불던 성질이 약간 고약한 내 개 테리어에 대한 얘기도 하고 마지막으로 날씨가 좋다는 말을 남기고 가버렸다.

그날 그가 한 말을 구구절절이 써놓지 않은 이유는 내게 재밌게 들렸던 만큼 독자에게도 흥미롭게 들릴 것 같지 않아서이지 그가 한 말을 잊었기 때문이 아니다. 나는 전혀 잊지 않았다. 그 말들을 잘 기억한다. 그날뿐 아니라 그 후 며칠 동안 그가 남긴 말을 여러 번 되풀이해서 떠올렸다. 헤아릴 수 없이 많이 생각해서 그의 깊고 분명한 목소리와 영리하게 반짝이는 갈색 눈과 유쾌하지만 너무나 순식간에 스쳐간 미소까지 모두 떠올렸다. 이런 고백이 한심하게 들릴까 걱정되지만, 괜찮다. 벌써 고백해버렸다. 그리고 이 책을 읽는 독자는 작가인 내가 누구인지 모를 테니까.

내가 행복감에 젖어 주변의 모든 것에 만족해하며 걷는데 로잘리가 다급히 다가왔다. 가벼운 발걸음과 홍조 띤 두 뺨과 화사한 미소를 보니 무슨 일 때문인지 그녀도 행복해보였다. 그녀는 내게 달려와서 나를 끌어안고 숨도 돌리지 않고 말했다.

"선생님, 아주 영광인 줄 아세요. 제일 먼저 선생님한테 소식을 전하는 거니까요."

"어머, 무슨 소식인데?"

"아, 엄청난 얘기예요! 우선 아까 선생님이 가자마자 핫필드 씨가 왔거든요. 아버지나 어머니한테 들킬까 봐 어찌나 겁이 나던지! 하지만 선생님을 다시 부를 수가 없었어요. 그래서 어머, 이런! 지금은 다 얘기해드릴 수 없어요. 저기 정원에 마틸다가 있네요. 가서 이 얘길 해줘야겠어요. 어쨌든 핫필드 씨가 뻔뻔스럽게 엄청난 찬사를 퍼붓고 대단히 다정하게 굴었어요. 아니, 그러려고 애썼지만 노력만큼은 안 되는 것 같았어요. 애당초 그런 사람이 아니거든요. 나중에 그 사람이 무슨 얘기했는지 다 들려 드릴게요."

"그래서 넌 뭐라고 했니? 그게 더 궁금하구나."

"그것도 다음에 얘기해줄게요. 그때는 기분이 꽤 괜찮던데요. 그 사람 비위를 맞춰주고 상냥하게 대해주면서도 어떤 식이든 긍정적인 쪽으로는 반응을 보이지 않았어요. 그런데 저 잘난 인간이 제멋대로 해석하고 급기야 마음대로 상상하더니, 무슨 일이 있었게요? 글쎄, 나한테 청혼했지 뭐예요!"

"그래서 넌……."

"저는 거만하게 자리에서 일어나 아주 차가운 표정으로 그런 일이 생겨서 놀랐으며 내 태도를 오해하지 말아달라고 했지요. 그 사람 안색이 변하는 걸 봤어야 하는데! 얼굴이 완전히 하얗게

질렀어요. 그 사람을 매우 존경하지만 청혼은 받아들일 수 없다고 말해줬어요. 내가 받아들인다 해도 부모님께서 절대 허락하지 않을 거라고요.

그러니까 그 사람이, '그럼 부모님께서 허락해주신데도 아가씨는 안 되겠습니까?' 라고 묻더라고요. 그래서 나는 '물론이죠, 핫필드 씨.' 라고 냉정하게 대답해서 그의 모든 희망을 일거에 날려버렸어요. 아, 어찌나 실망하던지, 실망감 때문에 세상이 무너진 것같이 보이던데요! 나까지도 그 사람이 안쓰러워 보일 지경이었어요!

그런데 그 사람이 다시 안간힘을 쓰더라구요. 한참을 서로 말없이 있는 동안 그 사람은 마음을 진정시키고 나도 나름대로 진지하려고 애썼어요. 웃음이 터지려 했거든요. 웃어버린다면 다 끝이니까. 그런데 그가 애써 미소를 짓더니, '솔직히 말해주세요, 아가씨. 제가 휴 멜덤 경처럼 부자거나 그분의 장남처럼 장래가 촉망되는 사람이었다 해도 저를 거절했을까요? 명예를 걸고 솔직히 답해주세요.' 라지 뭐예요. 그래서 '물론이죠. 그렇다고 해도 제 대답이 달라지지 않아요.' 라고 말해줬어요. 물론 새빨간 거짓말이었지만 그가 아직도 자기 매력에 자신감 넘치는 듯 보여서 다시 한 번 확실하게 돌을 던져버리기로 한 거죠. 그 사람이 내 얼굴을 빤히 쳐다보더군요. 하지만 내가 표정 관리를 하도 잘해서 거짓말이 아니라고 생각하더군요.

그 사람이 '그럼 다 끝난 것 같네요.' 라고 말하는데 고통스럽고 실망스러워 그 자리에서 금방 죽을 것 같은 표정이더라고요. 실망한 만큼 화도 났겠지요. 그 사람은 몹시 고통스러워했는데, 반면에 잔인하게 그런 고통을 안겨준 나는 그 사람의 어떤 표정과 무슨 말에도 전혀 흔들리지 않고 침착하고 냉정하고 거만해서 나중에는 그 사람이 적의를 보이더군요. 몹시 냉소적으로 이렇게 말하더군요.

'이런 대답을 들을 줄 전혀 몰랐어요. 아가씨가 여태껏 한 행동과 그런 행동으로 내게 심어준 희망에 대해 할 말이 있지만, 제가 참겠습니다. 다만 조건이…….'

'조건이라니요, 핫필드 씨?' 저는 그 사람의 건방진 태도에 몹시 기분이 상했어요.

그 사람은 금세 목소리를 낮추더니 약간 비굴한 말투로 이렇게 말했어요.

'그렇다면 제 청을 들어주십사 부탁드립니다. 제발 이 일을 아무에게도 말하지 말아주세요. 이 일에 대해 입을 다물어주시면 우리 둘 다에게 불편한 일이 생기지 않을 거예요. 제 말은, 모두 없었던 일로 할 수 있어요. 제 감정이라면 완전히 없애지 못한다 해도 제 마음속 깊은 곳에만 간직하겠습니다. 고통의 원인을 잊지는 못하겠지만 용서하려고 노력할 겁니다. 아가씨가 제게 얼마나 깊은 상처를 주었는지 아실 거라 생각지는 않아요. 알아달라고 하지도 않을 거고요. 하지만 이미 제게 남기신 상처 이외에, 미안합니다. 고의든 아니든, 이미 그렇게 하신 거니까요. 이처럼 안타까운 일을 남들에게 한 마디라도 발설해서 제 상처를 더 건드린다면 저도 할 말이 있다는 사실을 아셔야 합니다. 아가씨는 제 사랑에 모욕을 주었지만 저는 결코…….'

그 사람이 말을 멈추었지만 핏기가 가신 입술을 깨물고 무서운 표정을 짓는 바람에 저도 더럭 겁이 나더라구요. 하지만 자존심 때문에 꼿꼿이 서서 오만하게 대답했죠.

'제가 남에게 이 일을 떠벌릴 거라고 생각하시는 이유를 모르겠네요, 핫필드 씨. 하지만 제가 그러기로 하면 목사님이 아무리 협박하셔도 소용없어요. 신사 분이라 협박 따윈 하시지 않겠지만요.'

'죄송합니다만, 저는 아가씨를 진심으로 사랑했고 지금도 정말로 좋아하니 아가씨를 화나게 할 마음은 없어요. 지금까지도 그랬고 앞으로도 아가씨를 사랑한 만큼 그 어떤 여성도 사랑하지 못하겠지만, 살면서 그 누구에게도 이렇게 함부로 취급당한 적이 없어요. 오히려 여성이야말로 가장 착하고 부드럽고 책임감이 강한 하느님의 자식이라고 생각해왔습니다. 지금까지는.' (그 잘난 척하는 인간이 이런 말을 하는 모습을 상상해보세요!) '오늘 아가씨 덕분에 새롭고 어려운 교훈을 배웠고 제 삶의 행복이 달려 있는 중요한 부분에서 실망했으니 제가 고통스런 모습을 보여도 너그러이 봐주십시오. 저와 함께 있는 게 싫으시면,' (그 사람한테 전혀 관심이 없다는 걸 보여주려고 이리저리 둘러보며 딴 짓을 했거든요.) '저와 같이 있는 게 싫으시면 제 청을 들어주신다고 약속해주세요. 그럼 당장 물러가겠습니다. 여자들은 얼마든지 있고, 이 교구에만 해도 아가씨가 함부로 거절해버린 제안을 기꺼이 받아줄 숙녀 분들이 꽤 많습니다. 빼어난 미모로 제 마음을 완전히 빼앗아서 그들의 매력을 보지 못하게 한 아가씨를 몹시 싫어할 사람들입니다. 그들에게 한마디만 흘려도 아가씨에게 불리한 소문이 돌면서 아가씨의 장래에 심각하게 흠집을 내고 아가씨나 아가씨 어머니께서 엮어보려는 다른 신사 분과도 잘될 가능성이 줄어들 겁니다.'

난 금방이라도 분통이 터질 것 같아서 물었어요.

'무슨 뜻이에요?'

'이 일은 처음부터 끝까지 좋게 봐준다 해도 연애장난으로밖에 보이지 않습니다. 이런 일이 세상에 퍼져 나가면 아가씨도 꽤나 불편하실 겁니다. 특히 저를 흠모하는 숙녀 분들에게 구실만 준다면 기꺼이 이 문제를 떠벌리면서 덧붙이고 과장될 테니까요. 하지만 남자로서 명예를 걸고 약속드립니다. 아가씨에게 불리한 평판을 불러일으킬 만한 말은 한 마디도 새나가지 않게 할 거예요. 다만 조건이…….'

'좋아요, 알겠어요. 아무 말도 하지 않겠어요. 그래야 안심이 되신다면 아무한테도 말하지 않지요, 뭐.'

'약속하시는 겁니까?'

그 사람을 당장 보내버리고 싶어서 말했어요.

'약속해요.'

그 사람이 비통한 목소리로 인사를 하더군요.

'그럼 안녕히 계세요!'

그는 자존심이 슬픔을 감추지 못하는 듯한 모습으로 돌아서 가버렸어요. 아마 집에 가서 혼자 상념에 잠겨 울고 싶다고 생각했겠죠. 집에 도착하기도 전에 눈물을 터트리지 않는다면요."

나는 그녀의 배신행위에 겁이 나서 말했다.

"하지만 벌써 약속을 깨트렸잖니?"

"맞다! 선생님한테만 말한 거예요. 선생님은 어디 가서 얘기하지 않잖아요."

"물론 말 안 하지. 하지만 네 동생한테도 말할 거라며. 그리고 네 입으로 얘기하지 않는다 해도, 마틸다는 남동생들이 집에 돌아오면 말할 테고 그리고 브라운한테도 말할 테고. 브라운이 소문을 내거나 소문의 도구가 되어 온 세상에 퍼트리겠지."

"아니, 안 그럴 거예요. 그 애한테는 말해주지 않을 거니까. 비밀을 꼭 지킨다고 약속하지 않으면."

"하지만 어떻게 일개 하녀한테 교양 있는 주인보다 약속을 잘 지키길 기대할 수 있겠니?"

로잘리가 불쑥 내 말을 잘랐다.

"알았어요. 그럼 그 애한테는 아무 말도 하지 않을게요."

나는 계속 추궁했다.

"하지만 물론 어머니한테는 말하겠지. 그리고 어머니는 아버지한테 말할 테고."

"당연히 어머니한테 말해야죠. 그거야말로 가장 신나는 일인데요. 이제야 어머니가 날 걱정할 필요가 없다는 사실을 알려드릴 수 있으니까요."

"정말? 그러니? 뭐가 신나는지 모르겠구나."

"그리고 또 한 가지는 내가 핫필드 씨를 그렇게 우아하게 짓밟아줬다는 거예요. 그리고 또 하나는, 있잖아요, 선생님도 여자의 허영심을 알아줘야 해요. 인정해요, 나한테 우리 여자들의 가장 본질적인 속성이 전혀 없는 척하지 않을게요. 그리고 불쌍한 핫필드 씨가 정열적으로 고백하고 아첨하듯이 청혼하면서 보여줬던 강렬한 열망과 거절당하고 나서 그 잘난 자존심으로도 감추지 못했던 슬픔을 봤더라면 내가 왜 이렇게 기뻐하는지 알았을 거예요."

"내 생각엔 핫필드 씨가 슬퍼할수록 네가 기뻐하지 말아야 할 것 같은데."

로잘리는 짜증난다는 듯이 고개를 가로저으며 말했다.

"쳇, 말도 안 돼요! 선생님은 날 이해 못 하거나, 아님 이해하지 않으려 하네요. 선생님이 너그러운 분인 걸 몰랐다면 아마 날 질투한다고 생각했을 거예요. 언젠가 선생님도 내가 왜 이렇게 기뻐하는지 알 거예요. 그 무엇보다도 대단한 일이거든요. 한마디로 말하면, 내가 신중하고 절제하면서 감정에 흔들리지 않아서 기쁜 거예요. 선생님도 스스로 원한다면 이해할 거예요.

나는 놀라서 당황하거나 혼란스러워하거나 불편해하거나 어리석게 행동하지 않았어요. 해도 마땅한 행동을 하고 해야 할 만한 말을 하면서 줄곧 당당했으니까요. 여기 이 사람은요, 제인 그린과 수잔 그린이 숨이 멎을 정도로 잘생겼다고 칭찬할 정도로 정말 잘생긴 사람이에요. 아마 그를 선망한다던 여자들 중 두 사람이겠죠. 그리고 아주 똑똑하고 재치 있고 재미있는 사람이에요. 아, 물론 선생님은 똑똑하다고 생각하지 않으시겠지만 어쨌든 같이 있으면 재미있는 사람이에요. 어디 내놔도 부끄럽지 않고 쉽게 질리지 않는 사람이에요. 솔직히 말해서 해리 멜덤보다는 그 사람이 더 좋은 것 같아요. 요즘엔 더요. 그리고 그 사람도 내게 푹 빠져 있는 게 분명하고. 흠, 나 혼자 무방비 상태로 있을 때 그 사람이 다가왔는데도 나한텐 그를 거절할 지혜와 자존심과 힘이 있었어요. 경멸하며 냉정하게요. 이 정도면 기뻐할 만하지 않나요?"

"그럼 핫필드 씨가 휴 멜덤 경처럼 부자라 해도 거절했을 거라는 말은 사실이 아니잖아. 그런데도 그렇게 말한 게 잘한 일이니? 그리고 약속을 지킬 마음이 눈곱만큼도 없으면서 그가 청혼했다가 거절당한 일을 아무한테도 말하지 않겠다고 약속한 건 잘한 일이니?"

"물론이죠! 달리 어쩔 수 있었겠어요? 선생님은 이해를 못 하시네요. 그리고 기분이 별로 좋아 보이지 않네요. 참, 마틸다가 있었지. 동생이랑 어머니가 뭐라고 하는지 들어봐야지."

그녀는 자리를 뜨면서 내가 공감해주지 않아 기분이 상했고 분명 내가 자길 질투한다고 생각하는 듯했다. 하지만 난 질투하지 않았다. 적어도 질투하지 않았다고 확신한다. 그녀가 안타까웠다. 그 무정한 허영심이 놀랍고도 구역질났다. 아름다움을 아주 고약하게 써버리는 사람에게 그토록 아름다운 외모가 주어지면서도, 자신과 남을 이롭게 하는 사람에게는 그런 아름다움이 주어지지 않는 이유가 궁금했다.

물론 하느님께서 가장 잘 아시겠지. 그녀만큼 쓸모없고 이기적이고 무정한 남자도 있을 테고, 이런 여자는 그런 남자들을 벌주는 데 잘 쓰이리라.

15
산책

다음날 오후 4시, 로잘리는 거드름을 피우듯 하품을 하며 뜨개질 감을 내려놓고 무심하게 창문을 바라보며 말했다.

"아이 참! 핫필드 씨가 많이 힘들어하지 않았으면 좋으련만! 이제 밖에 나갈 일도 없네. 기다릴 일이 없으니까. 요즘은 날이 길고 지루한데 신나는 파티도 없어. 이번 주에도 다음주에도 딱히 할 일도 없어."

로잘리의 한숨소리를 듣고 마틸다가 끼어들었다.

"한심하군! 그 사람이 그렇게 화를 냈으니, 다시는 안 올걸. 혹시 그 사람을 좋아했던 거 아냐? 그냥 그 사람이랑 사귀고 귀여운 해리는 내게 넘겨주시지 그래."

"흥! 이봐, 마틸다, 내 남자는 모든 여자가 침을 흘릴 만한 미남이어야 해. 물론 나 혼자 독차지하겠지만. 솔직히 핫필드 씨를 놓쳐서 아쉬운 건 사실이야. 그 자리를 채워주겠다고 다가오는 괜찮은 남자들은 얼마든지 환영해주지. 내일은 일요일인데, 그 사람이 어떤 모습일지, 예배는 진행할 수 있을지 걱정이다. 침착한 척하면서 웨스턴 씨한테 예배를 맡기겠지, 아마도."

마틸다가 비꼬듯이 참견했다.

"아닐걸! 그 사람 같은 멍청이는 그럴 정도로 섬세하지 않아."

로잘리는 약간 기분이 상했다. 하지만 결국 마틸다의 말이 들어맞았다. 실연당한 남자, 핫필드 씨는 평소처럼 목회 일을 수행했다. 로잘리는 그가 몹시 창백하고 풀이 죽어 보인다고 주장했다. 약간은 창백해졌을지 몰라도 크게 눈에 띌 정도는 아니었다. 평소처럼 제복실에서 웃음소리가 흘러나오지 않았고 떠들썩한 대화에서도 그 큰 목소리가 들리지 않아 다소 풀이 죽은 것 같았지만, 예배당지기를 나무랄 때는 모든 사람이 돌아볼 정도로 언성이 높아졌다.

설교단과 성찬대를 오가는 모습은 더욱 당당해졌으면서도, '너희 모두가 나를 존경하고 사랑하는 걸 알고 있다. 만약 그렇지 않은 자가 있다면 그를 완전히 물리칠 것이다!' 라고 말하는 듯한 평소의 무례하거나 자만하거나 자기만족적인 오만한 태도는 줄어들었다.

하지만 가장 큰 변화는 그가 한번도 머레이 집안 가족석 쪽으로 눈길을 주지 않았으며 우리가 예배당을 떠날 때까지 밖으로 나오지 않았다는 점이다.

핫필드 씨는 분명 심한 타격을 입었다. 하지만 자존심 때문에 애써 감추었던 것이다. 그는 아름답고 상당히 매력적일 뿐 아니라 지위와 재산까지 겸비한 여인을 아내로 맞이하려던 꿈이 깨져서 실망했다. 퇴짜를 맞아 굴욕감을 느꼈고 로잘리의 태도 때문에 깊은 상처를 입었다.

그가 겉으로는 감정을 비추지 않고 예배 보는 내내 로잘리에게 눈길 한번 주지 않아서 그녀가 얼마나 실망했는지 알았다면 적지 않은 위안을 받았을 터였다. 물론 로잘리는 그가 그녀 생각을 떨치지 못해서라거나 기회만 있었다면 그녀를 돌아보았을 것이라고 우겼다. 그리고 우연히라도 그가 그녀에게 눈길을 주었다면 그녀의 매력을 거부하지 못했기 때문이라고 주장했을 터였다. 또한 한 주 동안 재밋거리가 없어져서 그녀가 얼마나 생기를 잃고 불만스러워했는지 알았더라도 그에게는 큰 위안이 됐을 터였다. 그리고 건포도 케이크를 너무 빨리 먹어치워서 손가락을 빨면서 후회하는 아이처럼 '그를 그렇게 성급히 해치워서' 얼마나 자주 후회했는지 알았어도 기뻐했을 터였다.

그러던 어느 화창한 아침, 로잘리는 마을까지 산책 나가는데 내게 동행해달라고 부탁했다. 동네 부인들 사이에 평판이 좋은 괜찮은 가게에서 베를린산 털실을 조금 사러 간다고 했다. 그러나 사실상 핫필드 목사를 만나거나, 아니면 가는 길에 그녀의 추종자를 만나지 않을까 하는 생각으로 길을 나섰다고 보는 편이 맞을 것이다. 마을까지 가는 길에 그녀는 '도중에 핫필드 씨를 만나면 그 사람이 어떻게 나올지, 무슨 말을 할지' 물었고, 그런 씨네 대문 앞을 지날 때는 '그 사람, 그 한심한 멍청이가 집에 있을지' 궁금해 했다. 멜덤 부인의 마차가 우리 옆을 지나칠 때는 '해리는 이렇게 좋은 날에 뭘 하고 있을지' 궁금해 했다. 그러고는 그의 형더러는 '결혼해서 런던에 가 살다니 멍청하지 않냐' 고 비난하기 시작했다.

그래서 내가 물었다.

"어머, 너도 런던에서 살고 싶어하는 줄 알았는데."

"그래요, 여긴 너무 따분하니까. 그래도 그 사람 형이 떠나고 나니까 더 따분해졌잖아요. 그 사람이 결혼만 안 했어도 재수 없는 토머스 대신 그 사람이랑 결혼하면 되는데."

그런 다음, 진흙투성이 길 위에 찍힌 말 발자국을 들여다보고 '신사 분이 지나간 흔적인지' 궁금해 하면서 '덩치 크고 어설픈 짐마차용 말' 이라고 하기엔 발자국이 너무 작다는 결론을 내렸다. 그리고 '말을 탄 사람이 누구였을지' 궁금해 하면서, 발자국을 보니 그날 아침에 지나간 게 틀림없으니 혹시 돌아오는 길에 만날 수 있을까 생각했다. 이윽고 마을에 도착해서는 행색이 초라한 마을 사람 몇몇만 지나다니는 걸 보고는, '저 멍청이들은 왜 집구석에 처박혀 있지 않고 쏘다니는지' 의아해하다가, '저 사람들의 못생긴 얼굴이나 지저분하고 한심한 옷차림은 보고 싶지 않다며 이런 꼴을 보려고 호튼까지 나온 게 아니다.' 며 투덜댔다.

고백컨대, 그때 나 역시 마음속으로 누군가를 만나거나 그의 그림자라도 스쳐가지 않을까 궁금해 했다. 그가 사는 셋방을 지나칠 때는 그가 창가에서 보고 있지 않을까 하는 생각까지 하게 되었다.

로잘리는 가게에 들어가면서 털실을 사는 동안 나에게 문밖에서 있다가 누군가 지나가면 알려달라고 했다. 하지만 유감스럽게도 마을 사람 외에는 아무도 눈에 띄지 않았다. 그때 제인과 수잔 그린 자매가 하나로 난 길을 따라 내려오고 있었는데 산책을 다녀오는 모양이었다.

로잘리가 물건을 사들고 나오면서 투덜댔다.

"저 계집아이들! 쟤들은 왜 제 오빠를 달고 다니지 않는 거야? 그 얼간이라도 있는 게 낫잖아!"

하지만 그녀는 명랑하게 웃으면서 그린 자매를 맞이하며 몹시 반가워했다. 자매들은 양옆으로 로잘리를 끼고 섰다. 세 사람은 서로 별로 친하지도 않으면서 젊은 여자들이 모이면 으레 그렇듯 이야기꽃을 피우면서 깔깔대며 걸어갔다. 나는 또다시 혼자라는 기분으로 이런 날에는 늘 그랬듯이 그들이 즐거운 시간을 보내도록 뒤처져 걸었다. 말도 못 하고 듣지도 못하는 귀머거리나 벙어리처럼 그린 자매들 옆에서 걷는 일은 썩 달갑지 않았기 때문이었다.

하지만 이번에는 나 혼자가 아니었다. 웨스턴 씨를 떠올리는 순간 놀랍게도 정말 그가 나타나서 나와 동행이 되어주었다. 처음에는 아주 기이했는데, 나중에 돌이켜 생각해보니 그가 내게 말을 걸었다는 점만 빼면 이상할 것도 없었다. 그런 날 아침에 그가 사는 집 근처에서 그를 만나는 게 당연하지 않은가. 그를 생각하고 있었다는 문제 역시 우리가 함께 걸은 날 이후로 나는 줄곧 그를 생각해왔으니 이상할 게 없었다. 그러니 놀랄 일이 전혀 아니었다.

"또 혼자 계시네요, 그레이 아가씨."

"네."

"저분들은 어떤 사람들이에요? 그린 씨 댁 아가씨들 말이에요."

"저도 잘은 몰라요."

"이상하네요. 가까이 살고 계시니 자주 만날 텐데요!"

"글쎄요, 발랄하고 착한 아가씨들인 것 같아요. 하지만 목사님이 저보다 더 잘 아실 거예요. 저는 한 번도 얘기를 나눠본 적이 없거든요."

"그렇구나! 수줍어하는 분들은 아닌 것 같던데."

"지위가 비슷한 사람한테는 그래요. 하지만 저 같은 사람은 전혀 다른 세계에 사는 사람이라고 생각하나 봐요!"

그는 아무 말이 없었다. 그러다 잠시 후에 이렇게 답했다.

"제 생각에는, 그레이 아가씨, 이런 일 때문에 집 없이는 살 수 없다고 생각하시는 것 같아요. 그렇지 않은가요?"

"꼭 그런 건 아니에요. 저는 원래 사람들과 함께 있는 걸 몹시 좋아하는 사람이라 친한 사람 없으면 잘 지내지 못해요. 그리고 제가 친하거나 함께 하고픈 사람은 모두 우리 고향 집에 있어요.

그분들이 없어지면 절대 못산다고까지는 할 수 없어도 그런 고독한 세상에서 살고 싶지는 않은 거예요."

"그런데 왜 그분들만 함께 하고 싶다고 하는 거죠? 사교적이지 못해서 친구를 사귀지 못하는 건가요?"

"아니요, 하지만 아직 친구가 없는 건 사실이에요. 제 처지로는 친구를 사귈 가능성도 없고 그냥 아는 사람을 만들기도 어려워요. 제 잘못이기도 하지만 전부 제 탓만은 아닐 거예요."

"어느 정도는 사회 탓이기도 하고, 어느 정도는 주변 사람들 탓이기도 하고, 또 어느 정도는 아가씨 탓이기도 해요. 아가씨랑 비슷한 지위에서도 주목받고 귀하게 대우받는 분들이 적지 않아요. 제자 분들과는 친구가 될 수 있지 않나요. 나이도 한참 어리지 않으니까요."

"그렇죠, 그 아이들도 가끔은 좋은 친구가 되어줘요. 하지만 제가 그 아이들을 친구라 부를 수 없고 걔들도 저를 친구라 부를 생각이 없어요. 자기들 수준에 맞는 다른 친구들이 있으니까요."

"아가씨가 저분들에 비해 너무 똑똑한 것 같네요. 혼자 계실 땐 뭘 하세요? 책을 많이 읽나요?"

"시간 여유가 있고 읽을 책이 있으면 책 읽는 걸 가장 좋아해요."

그는 책에 관한 일반적인 얘기에서 특별한 주제의 책 얘기로 넘어갔고 급하게 화제를 바꿔가며 이야기를 주도했다. 그러다 보니 반 시간도 안 되는 짧은 시간 동안 우리는 서로의 취향과 생각에 관해 꽤 많은 대화를 나눴지만 그는 자기 생각을 그럴듯하게 꾸미지 않았다. 자기의 생각과 취향을 말하기보다는 내가 무슨 생각을 하고 뭘 좋아하는지 알아내고 싶어 하는 듯 보였다. 하지만 그런 목적을 달성할 만한 재치나 기술은 없는 듯 보였다. 현실적이고 분명한 자기 생각을 통해 교묘히 내 감정이나 생각을 끌어내거나 내가 눈치 채지 못하게 조금씩 자기가 듣고 싶은 얘기로 화제를 돌리지 못했다. 그래도 그 사람의 다소 갑작스럽고 단순하고 솔직한 태도가 전혀 불쾌하지 않았다.

나는 나 자신에게 물어보았다.

'그런데 저분은 어째서 나의 도덕적 능력과 지적 능력에 관심이 있으신 걸까? 내가 무슨 생각을 하고 어떤 기분인지가 저 사람한테 왜 중요하지?'

대답 대신 내 가슴이 고동쳤다.

얼마 안 가 제인과 수잔 자매가 집에 도착했다. 그들이 대문 앞에 서서 로잘리에게 같이 들어가자고 조르는 모습을 보면서 나는 웨스턴 씨가 어서 가서 내가 그와 함께 있는 모습을 들키지 않기를 바랐다. 하지만 안타깝게도 그는 가여운 마크 우드를 다시 한 번 방문해야 해서 머레이 댁 저택 근처까지 우리와 같은 길을 걸어야 했다.

하지만 로잘리가 일행과 헤어지고 내 쪽으로 돌아오는 것을 보고는 나를 뒤로 한 채 빠른 걸음으로 지나쳐갔다. 그녀 옆을 지나가면서 무뚝뚝하고 무례하게 고개만 까딱한 것이 아니라 정중하게 모자를 들어올려 인사를 전하자 그녀는 달콤한 미소를 머금고 답례한 후, 그의 옆에 서서 걸으며 특유의 명랑하고 붙임성 있는 태도로 그에게 말을 붙였다. 그렇게 우리 셋은 나란히 걸었다.

서로 잠깐 말이 없다가 웨스턴 씨가 내 쪽을 향해 몇 마디 말을 건네면서 좀 전에 우리가 나눴던 얘기를 꺼냈다. 그런데 내가 미처 답하기도 전에 로잘리가 끼어들면서 자기 생각을 장황하게 늘어놓았고 그가 대꾸해주었다. 그때부터 대화가 끝날 때까지 그녀는 그를 혼자 독차지했다.

어느 정도는 내가 어눌하고 재치도 없고 자신감도 부족한 탓도 있었다. 그래도 어쨌든 모욕감이 들었다. 그리고 불안해서 몸이 떨릴 정도였다. 나는 질투심에 사로잡혀 청산유수로 흘러나오는 그녀의 달변을 들었고, 불안한 기분으로 가끔씩 그녀의 얼굴에 떠오르는 눈부시게 빛나는 미소를 보았다.(내 생각에) 그녀는 자기 말이 잘 들리고 자기 모습이 잘 보이게 하려고 조금 앞서 걸었다.

그녀가 하는 말은 별것 아닌 신변잡기였지만 재미가 있었고 그녀는 한순간도 할 말이 없어 입을 다물거나 적절한 표현을 찾아내지 못한 적이 없었다. 핫필드 씨와 같이 걸을 때처럼 건방지거나 무례하지도 않았다. 웨스턴 씨 같은 성격이나 기질을 가진 남자가 특히 기분 좋게 받아들일 만한 부드럽고 유쾌하고 명랑한 태도를 보여줬다.

그가 떠나자 그녀는 웃음을 터트리며 중얼거렸다.

"해낸 것 같군!"

"뭘 해냈다는 거야?"

"저 남자를 꼼짝 못 하게 했다고요."

"대체 그게 무슨 말이야?"

"저 남자, 집에 가서 내 꿈을 꿀 거라는 뜻이죠. 내가 저 사람 마음에 화살을 쏘았거든요!"

"그걸 어떻게 알아?"

"확실한 증거가 많아요. 무엇보다도 아까 걸으면서 나를 바라보던 얼굴이오. 건방진 얼굴이 아니었어요. 이 부분에 대해선 혐의를 풀어줄게요. 공손하고 부드럽고 사랑이 담긴 얼굴이었어요. 하하! 생각만큼 멍청한 얼간이는 아니던데요!"

나는 뭔가 목에 걸린 것 같은 기분으로 아무 말도 하지 않았고 어떤 말도 할 수 없었다. 나는 속으로 외쳤다.

'오, 이런! 화제를 돌리자! 내가 아니라 그분을 위해서!'

로잘리는 정원을 지나가면서 몇 가지 시답지 않은 얘길 꺼냈는데(내 심정을 눈곱만큼이라도 내색하고 싶지 않았지만) 나는 단답형으로 겨우 대꾸할 수 있을 뿐이었다.

그녀가 내게 고통을 주려던 것인지 그저 혼자 재미삼아 그러는 것인지 알 수 없었으며 중요하지도 않았다. 다만 양 한 마리를 가진 가난한 자와 양 수천 마리를 가진 부자(사무엘후서 12장)가 떠올랐다. 내 희망이 깨지는 문제와 별도로 웨스턴 씨에게 무슨 일이 벌어질지 몰라서 겁이 났다.

마침 저택에 도착해 나는 방에 들어가 혼자 있게 되어서 안도했다. 가장 먼저 침대 옆 의자에 주저앉아 머리를 기대고 한껏 울어버리고 싶었다. 정말 간절히 그러고 싶었다. 그런데 반드시! 감정을 억제하고 삼켜야 했다. 공부방 식사 시간을 알리는 얄미운 종소리가 들렸기 때문이었다. 나는 아무렇지 않은 얼굴로 미소를 짓고 웃기도 하고 말도 안 되는 말을 지껄이고, 그리고 그래, 먹기까지 했다. 마치 아무 일 없다는 듯이, 기분 좋은 산책을 마치고 돌아온 사람처럼.

16
희생양

다음주 일요일은 4월 중에서도 가장 음산한 날로 검은 구름이 무겁게 내려앉고 줄기차게 소나기가 쏟아졌다. 머레이 집안사람들은 아무도 그날 오후에 예배당에 갈 생각이 없었지만 로잘리만은 예외였다. 그녀는 무슨 구실을 대서라도 평소처럼 오후에 예배당에 가려고 했다. 그래서 마차를 대령하고 나를 대동했다. 나도 물론 싫지는 않았다. 예배당에 가면 어떤 조롱과 비난을 받을 두려움 없이 하느님이 창조하신 가장 아름다운 피조물보다 더 반가운 사람의 모습을 볼 수 있기 때문이었다. 누구의 방해도 받지 않고 달콤한 음악보다 아름다운 그의 목소리를 들을 수 있었다. 깊은 관심을 갖고 있는 영혼과 영적으로 만날 수 있고, 가장 순수한 생각과 가장 영적인 영감을 흠뻑 빨아들이며 더없는 행복을 느낄 수 있었다. 다만 나 자신을 속이고 하느님보다 그분의 피조물에 관심을 두면서 하느님까지 속이고 있다고 호되게 꾸짖는 소리가 마음 깊은 곳에서 너무 자주 들려온다는 문제가 있었다.

때로는 이런 생각 때문에 고통스럽기도 했지만 내가 사랑하는 건 저 남자가 아니라 그의 선한 모습이라는 생각으로 고통스런 마음을 달랬다.

무엇에든지 참되며 무엇에든지 사랑받을 만하며 무엇에든지 칭찬받을 만하며 무슨 덕이 있든지 무슨 기림이 있든지 이것들을 생각하라.(빌립보서 4장 8절)

우리는 마땅히 하느님이 이루신 일을 경배해야 한다. 하느님의 능력은 너무도 풍부하고 그분의 성령은 너무도 빛나서, 오직 알아야 할 뿐 평가해서는 안 되는 하느님의 충실한 종복이자 달리 마음 쓸 일 없는 내게 하느님의 능력이 느껴지지 않는 것은 없었다.

로잘리는 예배가 끝나기가 무섭게 예배당을 나섰다. 우리는 문 앞에 서 있어야 했다. 비가 내리는데 마차는 아직 도착하지 않았기 때문이었다. 해리 멜덤이나 그린 씨도 없었는데 그녀가 왜 그렇게 성급히 나왔는지 몰랐다. 그 이유는 금방 밝혀졌다. 그녀는 웨스턴 씨가 나오면 이야기를 나누고 싶었던 것이었다. 그가 예배당에서 나와 우리 둘에게 인사를 하고 지나치려 했는데 로잘리가 불러 세웠다. 처음에는 고약한 날씨 얘기를 하더니, 나중에는 그 다음날에 호튼 로지로 찾아와 문지기네 집에 사는 할머니의 손녀딸을 만나줄 수 없느냐고 물었다. 열병을 앓고 있는 소녀가 목사님을 만나고 싶어한다는 이유를 댔다. 그는 그렇게 하겠다고 약속했다.

"그럼 언제쯤 오시겠어요? 목사님이 언제 오실지 할머니가 알고 싶어할 것 같아서요. 그런 사람들은 지체 높은 사람들이 찾아오면 필요 이상으로 집 안을 치워두려 하잖아요."

로잘리가 얼마나 경솔한 사람인지 잘 보여주는 말이었다.

웨스턴 씨는 오전 중에 한 시간가량 짬을 내서 찾아가겠다고 말했다. 그때 마침 마차가 도착했고 로잘리를 예배당 뜰로 모셔가려고 마부가 우산을 펴고 기다렸다. 나는 뒤따라 갈 참이었다. 그런데 웨스턴 씨에게도 우산이 있었다. 그는 비가 너무 많이 오니 내게 우산을 씌어주겠다고 제안했다.

"전 괜찮아요. 비를 맞아도 상관없어요."

나는 당황하면 상식적으로 생각하지 못하는 경향이 있었다.

"괜찮지 않으실 텐데요? 우산 쓴다고 손해 볼 건 없잖아요."

그가 미소를 짓는 걸 보니 기분이 상하지 않은 모양이었다. 성격이 나쁘거나 사람 마음을 몰라주는 사람이라면 그런 식으로 호의를 거절당하면 기분 나빠했을 터였다.

그의 진심 어린 제안을 거절하지 못해서 우리는 함께 마차로 향했다. 그는 내게 손을 내밀어 마차에 오르도록 도와주었는데, 굳이 그럴 필요까진 없는 과도한 친절이었다. 그의 기분을 상하게 할까 봐 두려운 마음에 거절하지 않았다. 헤어지면서 그가 보낸 눈길 하나, 옅은 미소 하나. 비록 찰나였지만 나는 거기서 내 가슴에 단 한 번도 타오른 적 없는 밝은 희망의 불꽃을 지피는 어떤 의미를 읽었다. 아니 읽었다고 생각했다.

로잘리의 예쁜 얼굴에 불쾌한 기색이 역력했다.

"마부를 보내려고 했는데, 좀 기다리지 그러셨어요. 웨스턴 씨 우산까지 신세 지지 않아도 됐을 텐데요."

나는 어렴풋한 미소를 지으며 다른 때라면 상처를 입었을 그녀의 말을 기분 좋게 넘겼다.

"난 우산 쓰지 않아도 괜찮은데 웨스턴 씨가 권하시는 바람에 거절하기가 그렇더라고. 그분의 기분을 상하게 할까 봐 염려도 되고."

마차가 움직이기 시작했다. 로잘리는 앞으로 몸을 숙여 웨스턴 씨 옆을 지나칠 때 창밖을 내다보았다. 그는 인도를 따라 집을 향해 걸으면서 고개를 돌리지 않았다.

로잘리는 다시 자리에 털썩 주저앉으며 말했다.

"얼간이! 이쪽을 쳐다보지 않다니, 네가 뭘 놓쳤는지 모를 거다!"

"뭘 놓쳤는데?"

"내 인사요. 저 사람을 일곱 번째 하늘로 보내버릴 만한 인사요!"

나는 아무 말도 하지 않았다. 그녀의 화난 모습에 남모를 기쁨이 솟구쳤다. 그녀가 화나서 기쁜 게 아니라 그녀가 화날 만한 이유가 있다고 생각하니 기뻤던 것이다. 내 희망이 그냥 내 소망과 상상의 산물만은 아니라는 증거 때문에 기뻤던 것이다.

잠시 후에 로잘리가 평소의 쾌활한 목소리로 입을 열었다.

"핫필드 씨 대신에 웨스턴 씨를 사로잡을 생각이에요. 화요일에 애슈비 파크 무도회가 열리잖아요. 어머니 말씀이, 그날 토머스 경이 제게 청혼할 것 같대요. 그런 일은 보통 무도회장 한쪽에 숨어서 남자는 쉽게 유혹에 빠지고 여자는 가장 매력적으로 보이는 날에 이루어지거든요. 그러니 내가 곧 결혼할 거라면 지금 이 순간을 즐겨야 해요. 내게 푹 빠져서 하찮은 마음을 받아달라고 애원하는 사람이 핫필드 씨만 있는 건 아니니까."

나는 짐짓 관심이 없는 척하며 물었다.

"웨스턴 씨를 네 희생양으로 삼을 생각이라면, 너도 타협해야 할 거야. 네가 심어준 환상을 채워달라고 요구하면 너도 물러서기 힘들 거야."

"나한테 결혼해달라고 하진 못할걸요. 나도 그건 원하지 않고. 너무 앞서갔잖아요! 그 사람이 내 위력을 느끼게 하겠어요. 뭐, 벌써 느끼는 것 같지만. 그 사람이 그걸 인정하게 만들겠어요. 그가 무슨 환상을 품든지 혼자 간직하면서 삭이는 그 모습만으로 나를 기쁘게 해야 해요. 당분간은."

나는 마음속으로 외쳤다.

'고얀 것! 어떤 착한 사람이 네 말을 그분께 속삭여줄걸!'

나는 너무나 화가 나서 그녀의 말에 소리 내어 대꾸하지 못했다. 그날 우리는 더 이상 웨스턴 씨 얘기를 꺼내지 않았다.

하지만 다음날 아침, 아침식사를 마치자마자 로잘리가 공부방으로 들어왔다. 동생 마틸다는 나와 함께 공부를 하고 있었다. 아니, 공부라기보다는 수업을 받았다는 편이 맞겠다. 엄밀히 말해 공부를 한 것은 아니었으니까.

로잘리가 마틸다에게 말했다.

"마틸다, 11시쯤에 나랑 산책 나가자."

"안 돼, 언니! 고삐랑 안장도 새로 주문해야 하고, 쥐잡이꾼한테 개에 관해서 할 얘기가 있어. 선생님이랑 같이 가."

"싫어, 너랑 갈래."

로잘리는 마틸다를 창문 쪽으로 데려가 귀에다 뭐라고 속삭였다. 그러니까 마틸다가 같이 가겠다고 동의했다.

11시라면 웨스턴 씨가 문지기네 집을 방문하기로 한 그 시간이었다. 그녀가 계략을 꾸미는 과정을 지켜본 터라 기억하고 있었다.

식사를 하면서 나는 그들이 걷는 사이 웨스턴 씨가 그들을 따라잡았을 일을 찬찬히 생각해보았다. 그들이 함께 오래도록 걸으며 이야기를 나누면서 그가 얼마나 좋은 사람인지 알게 되었을 모습을 상상해보았다. 그리고 그가 그들과 그 황송한 동행에 얼마나 기뻐할지를 떠올렸다.

17
나의 고백

이왕 모든 것을 고백하기로 작정했으니 한 가지 더 인정할 것이 있다. 당시 나는 그 어느 때보다 옷차림에 신경을 썼다. 옷차림에 관해서는 아는 게 별로 없어서 그다지 할 말이 많지는 않다. 하지만 그때 난 잠깐씩이나마 거울을 들여다보면서 내 모습을 관찰하곤 했다. 하지만 거울 속에 비친 내 모습에 기분이 좋았던 적은 없었다. 특징적인 이목구비와 움푹 들어간, 창백한 두 뺨과 흔한 짙은 갈색 머리에서는 예쁜 구석을 찾을 수 없었다. 이마가 이지적으로 보이고 짙은 잿빛 눈동자에 표정이 담겨 있을지 몰라도 그게 무슨 소용이란 말인가? 그리스인처럼 낮은 눈썹과 다정다감하지 않은 커다란 검은 눈동자를 누가 좋아하겠는가?

아름답기를 바라는 건 어리석은 짓이다. 현명한 사람이라면 자신의 아름다움을 바라지도 않고 남의 아름다움에도 신경 쓰지 않는다. 내면을 잘 가꿔서 마음이 따뜻한 사람이라면 외적인 아름다움에 흔들리지 않는다.

우리 어린 시절에 선생님들이 하던 말이다. 그리고 우리가 아이들에게 하는 말이다. 모두 현명하고 지당하신 말씀임에는 의심의 여지가 없다. 하지만 이런 말씀이 현실에도 통할까?

사람이라면 즐거움을 주는 대상을 사랑하기 마련인데 예쁜 얼굴이 해를 주지 않는다면 그보다 더 큰 즐거움을 주는 대상이 어디 있겠는가? 가령, 어떤 꼬마가 새를 좋아한다고 하자. 왜일까? 생명이 있고 감정이 있고 연약하고 해롭지 않기 때문이다. 마찬가지로 두꺼비도 살아 있고 감정이 있고 연약하고 해롭지 않다. 하지만 두꺼비를 괴롭히지는 않아도 우아한 자태와 부드러운 털과 반짝이는 눈동자를 뽐내는 새만큼 두꺼비를 좋아하지는 않는다.

아름답고 상냥한 여자는 두 가지 자질 모두에 대해 찬사를 듣지만 특히 아름다운 외모는 뭇 남성들의 찬사를 받는다. 하지만 외모와 성격이 모두 별로인 여자는 대단한 죄라도 지은 양 욕을 들어먹는데, 그 까닭은 평범한 외모가 보는 이에게 불쾌하게 비치기 때문이다. 한편 평범하게 생겼지만 착한 여자가 조심스럽고 눈에 띄지 않는 삶을 산다면 가까운 사람들을 제외하고는 그녀가 착한 사람인지 아무도 모른다. 사람들은 오히려 그녀의 착한 심성과 성격을 좋지 않게 평가하게 되는데, 본래 아름답지 않는 대상을 본능적으로 싫어하게 마련이라는 이유밖에 없다. 하지만 천사 같은 외모로 사악한 마음을 감추고 기만적인 매력으로 평범한 여자한테는 참을 수 없었던 잘못과 거짓을 덮어버리는 여자의 경우는 그 반대이다.

아름다운 자는 하늘이 주신 다른 재능처럼 감사히 여기고 잘 활용해야 하며, 아름답지 않은 자는 안분지족하고 아름답지 않아도 최선을 다해야 한다. 과대평가된 면이 없지는 않지만 아름다움은 분명 하느님의 선물이지 혐오할 대상이 아니다. 이런 생각은 사랑할 수 있고 그 사랑을 돌려받을 가치가 있다고 믿는 많은 사람의 전유물이다. 하지만 이런 면이 부족한 사람은 자기가 느끼고 전해준 행복을 주고받지 못하게 된다.

마찬가지로 작은 반딧불이 애벌레가 빛을 내는 힘을 싫어할 수 있다. 애벌레가 빛을 내지 않으면 근처를 이리저리 날아다니는 나방이 수천 번이나 지나치면서도 그 옆에서 빛을 내지 않을지 모른다. 가까이서 펄럭이는 날갯짓 소리가 들릴지도 모른다. 나방은 애벌레를 찾으려 하고 애벌레는 나방의 눈에 띄고 싶지만 힘이 없어 그 모습을 드러내지 못하고, 목소리가 없어 부르지 못하고, 날개가 없어 함께 날아오르지 못한다. 나방은 다른 짝을 찾고 애벌레는 혼자 살다가 외롭게 죽고 말 것이다.

그 즈음 내가 사로잡혀 있었던 상념들이다. 이런 상념을 지루하고 장황하게 늘어놓고, 더 깊이 파고들어가 다른 상념을 들춰내 대답하기 어려운 질문을 던지고, 독자가 이해하지 못했기 때문에 편견을 품고 나를 조롱하게 만들 만한 얘기로 끌어갈 수 있다. 하지만 그렇게 하지 않겠다.

그럼 이제 로잘리 얘기로 돌아가 보자. 그녀는 머레이 부인과 함께 화요일 무도회에 참석했다. 눈부시게 차려입은 그녀는 기대와 매력에 한껏 들떴다. 애슈비 파크는 호튼 로지에서 9마일 남짓 떨어져 있어서 모녀는 일찍 출발해야 했고 나는 한동안 보지 못했던 낸시 아주머니 댁에서 저녁 시간을 보낼 요량이었다. 하지만 맘씨 좋은 내 제자는 내가 낸시 아주머니 집은커녕 공부방 근처에서 벗어나지 못하도록 세심하게 배려했다. 내게 악보 베끼는 일을 맡겨서 잠들기 전까지 꼬박 붙들어놓은 것이었다.

다음날 오전 11시쯤 그녀는 방에서 나오기가 무섭게 나를 찾아와 소식을 전해주었다. 토머스 경이 무도회에서 청혼했으며, 그 일은 그녀의 계략을 꾸미는 기술은 아닐지라도 그녀 어머니의 현명함에 체면을 세워주었다. 내가 보기엔 그녀가 먼저 계획을 세우고 성공을 기다린 것 같았다.

물론 청혼은 받아들여졌고 신랑감은 그날 당장 찾아와서 머레이 씨와 결혼문제를 상의할 참이었다.

로잘리는 애슈비 파크의 안주인이 된다는 생각에 신이 났다. 결혼식과 그 화려함과 영광, 해외에서 보낼 신혼여행과 런던 등지에서 보낼 화려한 나날들에 대한 기대로 한껏 들떴다. 당분간은 토머스 경하고도 그럭저럭 잘 지냈는데, 그를 본 지 얼마 되지 않았고 춤도 같이 추고 그가 그녀의 비위를 맞춰주었기 때문이었다. 하지만 결국에는 너무 빨리 결혼하는 일을 피하고 싶어하는 듯했다. 그녀는 결혼식이 몇 달 뒤로 미뤄지기를 바랐다. 그건 나도 마찬가지였다. 불운한 결혼을 서두르면서 돌이킬 수 없는 발걸음을 떼려는 불쌍한 어린아이에게 심사숙고해서 결정할 시간을 주지 않는 것은 못 할 짓이었다.

나는 '어머니처럼 근심스럽게 걱정하는' 척하지는 않았지만 진짜 자식을 위한 일이 무엇인지 생각하지 못하는 머레이 부인의 무정함에 놀랐다. 나는 경고도 하고 충고도 해보았지만 문제를 바로잡으려는 노력은 수포로 돌아갔다. 로잘리는 내 말을 웃어넘길 뿐이었다. 로잘리가 결혼하기 싫었던 이유는 아는 남자들 속에서 마음껏 교태를 부려보고 싶은 마음에서였다. 결혼해버리면 그럴 자격을 상실해버리니까. 이런 이유 때문에 그녀는 내게 약혼했다는 비밀을 털어놓기 전에 우선 누구에게도 발설하지 말라는 약속을 받아냈다. 그녀의 속마음을 알고 나서 전보다 더 함부로 교태를 부리는 모습을 보니 그녀가 더는 가엽다는 생각이 들지 않았다.

'무슨 일이 생기든, 다 로잘리 탓이야. 토머스 경이 쟤한테 그렇게 부족한 사람은 아니야. 하루라도 빨리 남을 기만하고 상처 줄 수 있는 자격을 박탈당하는 편이 낫겠어.'

결혼식은 6월 1일로 정해졌다. 중요한 무도회로부터 결혼식 날까지는 6주 남짓의 시간이 있었다. 로잘리는 능숙한 솜씨와 확실한 노력으로 그 짧은 시간 동안에도 많은 일을 저질렀다. 특히나 토머스 경은 그 기간 동안 대부분의 시간을 런던에서 보냈는데, 사람들 말로는 변호사와 문제를 처리하고 결혼식을 준비하러 갔다고들 했다.

그는 로잘리와의 사이에 불길이 꺼지지 않도록 자주 연애편지를 보내서 옆에 있어주지 못한 공백을 메우려 했다. 하지만 이런 식의 노력은 사람들의 관심을 끌지 못했으며 그가 직접 방문하는 방법만큼 이목을 끌지 못했다. 게다가 애슈비 부인의 거만하고 까다로운 성격 탓에 결혼소식이 퍼지지 않았고 또 부인의 건강이 좋지 않아 장래 며느릿감의 방문도 받지 않았다. 이런저런 이유로 두 사람의 결혼 소식은 흔한 경우와 달리 아주 가까운 사람들만 알고 있었다.

로잘리는 가끔씩 내게 토머스 경이 보낸 편지를 보여주며 그가 얼마나 착하고 헌신적인 남편인지 알려주려 했다. 그리고 다른 사람의 편지도 보여주었는데, 바로 불쌍한 그린 씨가 보낸 편지였다. 그는 용기, 아니 로잘리의 표현대로 자기가 생각을 직접 밝힐 '배포'는 없었지만 한 번의 거절만으로는 물러서지 않았다. 그는 편지를 쓰고 또 썼다.

연모하는 여인의 마음을 얻으려는 행동을 두고, 그 여인이 지었던 찡그린 표정을 보고, 경멸하는 비웃음소리를 듣고, 굴하지 않는 그의 노력에 퍼부은 모욕적인 비난을 들었더라도 그가 그런 식으로 나오지는 않았을 것이다.

"너, 약혼했다고 당장 밝히지 그러니?"

"아니, 그 사람이 알면 안 되지요! 그가 알면 그 집 누이들도 알게 되고 모두가 알게 될 텐데, 그럼 내 '그것'도 끝장이에요. 게다가 내가 약혼했다고 말해주면 약혼이 유일한 장애물이고 내가 만약 자유의 몸이었다면 자기와 만났을 거라고 멋대로 생각할 텐데, 다른 사람도 그렇지만 특히 그 사람이 그런 생각을 갖는 건 더더욱 싫단 말이에요. 그 사람이 보낸 편지 따윈 관심도 없어요."

그녀는 거만하게 이렇게 덧붙였다.

"자기 하고 싶은 대로 편지를 보내라고 해요. 나중에 만나면 서투른 풋내기처럼 보일 거예요. 나로선 더 재밌는 일이지요."

한편, 해리 멜덤도 이 집에 자주 찾아오거나 집 근처를 지나다녔다. 마틸다가 욕하고 비난하는 걸로 보니, 로잘리가 예의를 차리는 이상으로 그에게 관심을 보인 모양이었다. 말하자면 부모가 인정하는 인물 외에 다른 사람에게도 추파를 던졌던 것이었다.

핫필드 씨를 다시 한 번 유혹하려 하기도 했다. 뜻대로 되지 않자 그의 도도한 무관심을 한층 더 오만한 태도로 되갚아주며 전에 웨스턴 씨에게 퍼부었던 멸시와 혐오의 말을 고스란히 핫필드 씨에게 내뱉었다.

그러면서 한순간도 웨스턴 씨에게서 눈길을 떼지 않았다. 그를 만날 수 있는 기회가 있으면 단 한 순간도 놓치지 않았고, 갖가지 기교를 부려 그를 유혹하려 했으며, 정말로 그를 사랑하기라도 하듯이, 그리고 삶의 행복이 온통 그에게서 사랑을 돌려받는 데 달려 있다는 듯이 그를 갈구했다.

나로서는 그녀의 행동이 전혀 이해되지 않았다. 소설에서 읽었다면 괴상한 일이라고 여겼을 터였다. 사람들에게 들은 얘기라면 와전됐거나 과장된 얘기라고 여겼을 터였다. 하지만 내 두 눈으로 똑똑히 보았고 그로 인해 고통을 받았으니, 술의 노예가 된 사람처럼 허영심이 지나쳐도 심장이 굳어버리고 팔다리가 말을 듣지 않고 감정이 타락해지는구나 하는 생각만 들었다. 목구멍까지 차오르도록 먹고도 더 이상 먹지 못할 음식을 탐하면서도 굶주리는 형제에게는 단 한 조각도 양보하지 않으려는 생물이 비단 개(犬)뿐이 아니구나 하는 생각이 들 뿐이었다.

로잘리는 가난한 마을 사람들에게 마구 퍼주는 인심 좋은 아가씨가 되었다. 마을 사람들 중에 그녀를 아는 사람들이 많아졌고, 전에 없이 자주 가난한 사람들의 초라한 오두막을 기웃거렸다. 덕분에 자기를 낮출 줄 알고 마음씨 착한 아가씨라는 명성을 얻었다. 사람들의 칭찬은 자연히 웨스턴 씨의 귀에 들어갔다. 그녀는 마을 사람들의 오두막을 오가면서 매일 그를 볼 수 있었다. 게다가 사람들이 하는 소리를 듣고 그가 언제 어디로 갈지, 어린아이에게 세례를 해주러 가는지 노인이나 아픈 사람이나 슬퍼하는 사람이나 죽어가는 사람을 만나러 가는지 주워들을 수 있었다. 그녀는 이런 정보를 바탕으로 교묘하게 계획을 세웠다.

로잘리는 이처럼 마을을 돌아다닐 때 갖가지 방법으로 설득하고 매수해서 자기 계획에 끌어들인 동생을 데리고 가기도 했고 혼자 가기도 했지만 나를 데려간 적은 한 번도 없었다. 따라서 나는 웨스턴 씨를 만나거나 그가 다른 사람과 말하는 목소리라도 듣는 기쁨을 빼앗겨버렸다. 아무리 마음이 아프고 고통스러워도 내게는 큰 힘이 되었을 기쁨 말이다.

예배당에서도 그를 볼 수 없었다. 로잘리가 그럴싸한 구실을 내세워 그 집에 들어간 이후로 줄곧 내 자리였던 가족석의 구석자리를 빼앗아버렸기 때문이었다. 머레이 부부 사이에 끼어 앉지 않는 한 설교단을 등지고 앉아야 했고 결국 그렇게 했다.

그즈음 나는 아가씨들과 집까지 걸어다니지 않았다. 세 사람이 걷고 두 사람만 마차를 타는 게 남들 보기 좋지 않다고 머레이 부인이 말했다는 핑계였다. 아가씨들은 화창한 날에는 걷고 싶어했기 때문에 나는 어른들과 함께 가는 영광을 누려야 했다. 아가씨들 말은 이랬다.

"게다가 선생님은 우리보다 걸음이 느리잖아요. 항상 뒤처져 오시잖아요."

모두 거짓으로 꾸며낸 핑계라는 걸 알았지만 나는 그들의 요구에 반대하지 않았다. 왜 그러는지 이유를 잘 알았기 때문이었다.

그처럼 잊지 못할 6주가 지나는 동안 나는 한 번도 오후에 예배당에 나가지 않았다. 감기에 걸리거나 몸이 좋지 않으면 그걸 놓치지 않고 나를 집에 머물게 했다. 어떤 날은 오후에 예배당에 가지 않을 거라고 말해놓고 나중에 마음이 바뀐 척하며 내게는 말도 없이 떠나면서 내가 오랫동안 계획이 바뀐 걸 알아내지 못하도록 조처를 취해놓았다.

그리고 집에 돌아와서는 예배당에서 나서면서 웨스턴 씨와 나눴던 대화를 생생하게 전해주었다.

마틸다가 이렇게 말했다.

"그런데 선생님이 아프신지 묻던데요. 그래서 아프지는 않은데 예배당에 오기 싫어한다고 말해줬어요. 아마 선생님이 못되게 변했다고 생각할 거예요."

주중에도 그를 만날 기회가 교묘히 차단되었다. 불쌍한 낸시 아주머니나 다른 마을 사람 집에 찾아가지 못하도록 로잘리가 여가 내내 내게 일거리를 주었다. 그림을 마무리하거나 악보를 베끼거나 뭔가 해야 할 일이 끊이지 않아서 잠깐씩 정원 주변을 산책하는 정도가 전부였다.

어느 날 아침, 그들은 웨스턴 씨를 찾아 기다렸다가 말을 붙인 다음 한껏 들뜬 기분으로 돌아와서는 내게 그들이 나눈 대화를 들려주었다.

"선생님 안부를 또 묻던데요."

마틸다가 말을 꺼내자 로잘리가 조용히 입을 닫으라는 눈짓을 보냈다. 그래도 마틸다는 아랑곳하지 않고 이렇게 말했다.

"왜 우리랑 함께 나오지 않느냐고 묻더니 밖에 나오지 않는 걸 보니 몸이 안 좋은가 보다고 생각하더라고요."

"그 사람이 언제 그랬어? 대체 무슨 소리를 하는 거야!"

"뭐, 사실이잖아! 그 사람이 그랬잖아. 그리고 언니가…… 하지 마!…… 하지 말라니까!…… 꼬집지 말란 말이야! 그리고 언니가요, 선생님이 건강은 좋은데 항상 책에 파묻혀 살면서 다른 데는 흥미를 느끼지 않는다고 말했어요."

'그분이 도대체 날 뭐라고 생각할까?

나는 이렇게 생각하며 물었다.

"낸시 아주머니는 내 안부를 묻지 않던?"

"물었어요. 선생님이 독서와 그림에 빠져서 다른 일은 못 한다고 말했어요."

"하지만 그건 사실이 아니잖아. 너무 바빠서 아주머니를 뵈러 가지 못했다고 말해줬으면 솔직한 말이 됐을 텐데."

로잘리가 불쑥 끼어들었다.

"아니잖아요. 아이들 가르칠 일도 줄었으니 여유 시간이 많잖아요."

그처럼 제멋대로이고 말이 안 통하는 아이들과 입씨름해봤자 소용이 없었다. 그래서 흥분하지 않기로 했다. 나는 벌써부터 듣기 싫은 소리가 들리면 입을 닫는 데 익숙해져 있었다. 또한 가슴이 쓰리게 아파도 침착하게 미소를 지어보이는 데도 익숙해졌다. 나 같은 입장에 처한 사람만이 내 심정을 이해할 수 있으리라.

나는 애써 초연한 척 미소를 지으며 그들의 얘기를 들어주었다. 웨스턴 씨와 만난 얘기며 그와 나눴던 대화를 내게 들려주며 그들은 매우 재미있어 했다. 그리고 그들이 웨스턴 씨에 관한 것이라고 주장하는 말들을 들었지만 웨스턴 씨의 성격으로 보아 전혀 없는 말을 지어낸 것은 아니더라도 과장하거나 호도한 내용이었다. 그가 채신머리없게 두 사람, 특히 로잘리에게 아첨하며 말을 걸었다고 해서 그 말에 토를 달고 미심쩍은 생각을 드러내고 싶은 마음이 굴뚝같았지만 그렇게 하면 내가 관심을 갖는 것도 보여줘야 하기 때문에 감히 그렇게 하지 못했다.

내게 들려준 다른 얘기들은 사실인 것도 같았고 사실일까 봐 두렵기도 한 말이었다. 하지만 나는 그를 걱정하는 마음과 그들에게 화난 마음을 무관심한 표정 밑에 숨겨야 했다. 다른 얘기도 그들이 무슨 얘길 했고 어떤 행동을 했는지를 어렴풋이 암시해줄 뿐이어서 자세히 듣고 싶었지만 감히 묻지 못했다.

힘들고 지친 시간이 그렇게 흘러갔다. 나는 '로잘리는 곧 결혼해. 그럼 희망이 생길 거야.' 라고 위안할 수도 없었다.

로잘리가 결혼하면 바로 휴가를 받을 참이었다. 내가 집에 다녀올 때면 웨스턴 씨도 떠나고 없을 터였다. 그와 교구 목사 사이에 갈등이 생겨(물론 교구 목사의 잘못이다!) 다른 곳으로 옮길 거라는 소문을 들었다.

안 돼! 하느님께 기도하는 것 외에, 비록 그분은 모를지라도 매력적이고 살랑거리는 로잘리 머레이보다 내가 더 그분의 사랑을 받을 자격이 있다는 생각을 하며 스스로를 위로했다. 나는 그분의 미덕을 알아볼 수 있지만 로잘리는 아니었다. 나는 그분의 행복을 위해 내 삶을 바칠 생각이었다. 하지만 로잘리는 일시적인 허영을 채우기 위해 그분의 행복을 파괴하려 했다.

나는 가슴절절하게 외쳤다.

'오, 그분이 우리의 차이를 알아챌 수 있다면! 하지만 안 돼! 그분께 내 마음을 들키면 안 돼. 하지만 그분이 껍데기뿐인 로잘리의 마음, 무가치하고 무정하고 경솔한 로잘리의 태도를 알기만

한다면 위험에 처하지 않을 텐데, 그분이 위험하지만 않으면 다시는 만나지 못하더라도 난 그럭저럭 행복할 텐데!'

이쯤에서 내가 그 사람을 향해 막무가내로 늘어놓은 어리석고 나약한 모습에 독자들이 싫증을 낼까 봐 걱정이다. 이런 얘기는 당시에도 밝히지 않았고 그 집에 언니와 어머니가 있었더라도 말하지 않았을 말들이다.

이 문제에 있어서만큼 나는 철저하고 단호하게 가면을 썼다. 내 기도와 눈물과 소망과 두려움과 슬픔은 나 자신과 하느님만 아셨다.

우리가 슬픔이나 불안으로 고통스럽고 혼자만 묻어두어야 할 강렬한 감정에 억눌리면서도, 아무에게서도 동정을 받지도 구하지도 못하지만, 그 감정을 없애지도 못하고 결코 없어지지도 않으면, 우리는 자연히 시에서 위안을 구하자 시를 찾기도 한다. 그런데 이런 시는 우리의 경험과 조화를 이루는 다른 사람의 시이든지, 아니면 음악성은 떨어지지만 더 적절하고 그래서 심금을 울리며 한동안은 위로가 되자거나 너무 강렬해서 억눌린 감정을 북받쳐 오르게 하는 시이더라도 마음을 일깨우고 부담을 덜어줄 수도 있다.

이번 말고도 웰우드 저택이나 호튼 로지에 있으면서 향수병에 시달릴 때마다 나는 두 번이고 세 번이고 이처럼 비밀스런 자원에서 위안을 찾았다. 이번에는 그 어느 때보다 위안을 갈구했다. 그 어느 때보다 더 많은 위로가 필요한 것 같았다. 이 기둥이 증거가 되나니 내가 이 무더기를 넘어 네게로 가서 해하지 않을 것이오. 네가 이 무더기, 이 기둥을 넘어 내게로 와서 해하지 아니할 것이라.(창세기 31장 52절)처럼 나는 여전히 과거의 고통과 경험의 유산을 간직한다.

과거의 발자취는 흔적도 없이 지워졌다. 그곳의 풍경은 변했을지 몰라도 기둥은 아직 그곳에 남아 그것이 세워질 때 삶이 어땠는지 일깨워준다.

독자들이 내 시 나부랭이를 보고 싶을까 봐 짧은 시 한편을 보여주겠다. 모든 행이 냉담하고 무심한 듯 보이지만 강렬한 슬픔에서 나온 시어이다.

"오, 내 영혼에 고이 간직한
희망을 앗아갔네,
내 영혼의 기쁨인
그 음성을 듣지 못하게 하네.

그토록 보고 싶어하는
그 얼굴을 보지 못하게 하고,
당신의 미소를 앗아가고
당신의 사랑을 앗아갔네.

오, 원 없이 빼앗아가라 해라,

하나의 보물은 여전히 내 것이려니,
당신을 생각하고 싶은 마음,
그리고 당신의 가치를 느끼는 내 마음.

그렇다! 그들은 내게서 이것만은 빼앗지 못했다. 밤이고 낮이고 그를 떠올리는 마음, 그리고 그가 생각할 가치가 있는 분이라는 사실을 아는 마음! 누구도 나만큼 그를 몰랐다. 누구도 나만큼 그의 진가를 알지 못했다. 아무도 나만큼, 내가 그분을 사랑한다면 나만큼 그분을 사랑할 수 없었다. 한편으로는 문제도 있었다. 내 생각은 전혀 하지 않는 사람을 그토록 생각해야 하다니 대체 무슨 일인가? 어리석지 않은가? 잘못되지 않았는가?

하지만 그분을 생각하면서 그토록 행복하고 그 마음을 간직하면서 아무에게도 말하지 않는다면 아무 문제가 없지 않을까? 이렇게 나 자신에게 묻곤 했다.

이런 식으로 합리화한 덕분에 나를 짓누르는 속박에서 벗어나려 애쓰지 않아도 되었다.

하지만 이런 생각이 기쁨을 가져다주었다 하더라도 고통스럽고 불안한 기쁨이어서 기쁨이라기보다는 고통에 가까웠다. 나는 생각보다 많은 상처를 입었다. 더 지혜롭거나 경험이 많은 사람이라면 분연히 떨쳐버렸을 기쁨이었으니까.

하지만 그 빛나는 사람에게서 고개를 들어 음울한 잿빛의 쓸쓸한 미래, 내 앞에 놓인 무미건조하고 무망하고 고독한 길로 눈을 돌리기란 진정 서글픈 일이었다.

그토록 슬퍼하고 절망에 빠져 있는 것은 내 잘못이었다. 하느님을 벗삼아 하느님의 뜻을 실천하는 일을 삶의 기쁨이자 위업으로 삼아야 했다. 그러나 믿음은 약했고 열정은 너무 강렬했다.

그 고통스런 시간 동안 내게는 두 가지 다른 고통의 원인이 있었다. 하나는 사소해보일지 모르지만 많이 울게 한 일이었다. 스냅! 말도 못 하고 못생긴 녀석이지만 반짝이는 눈망울과 따뜻한 마음씨를 지녔던 나를 사랑해주는 단 하나의 친구였는데, 마을의 쥐잡이꾼에게 팔려갔다. 그는 개들을 험하게 다루기로 악명 높은 사람이었다.

또 하나의 고통은 아주 심각했다. 집에서 온 편지를 보니 아버지 병환이 심각한 듯 보였다. 방정맞게 불길한 내색은 하지 않았지만 나는 나날이 소심해지고 풀이 죽어갔고 끔찍한 불행이 우리를 기다리는 것 같아 몹시 두려웠다. 고향 언덕에 먹구름이 드리우고 성난 폭풍우가 포효하며 화목한 우리 집을 불행으로 몰아넣는 소리가 들리는 듯했다.

18
환희와 비탄

이윽고 6월의 첫째 날이 되었다. 로잘리 머레이는 애슈비 부인이 되었다. 웨딩드레스를 입은 로잘리는 눈부시게 아름다웠다.

결혼식이 끝나고 예배당에서 돌아오자마자 그녀는 공부방에 뛰어들어와 몹시 흥분되고 상기된 표정으로 웃었다. 환희에 찬 듯 보이기도 하고 초조해 보이기도 했다. 내게는 그렇게 보였다.

"아, 선생님! 나, 이제 애슈비 부인이 됐어요! 다 끝이에요! 내 운명은 결정됐어요. 이제 망설일 것도 없어요! 선생님한테 축하의 말을 듣고 작별인사를 하러 왔어요. 난 떠나요. 파리로, 로마로, 나폴리로, 스위스로, 런던으로……. 오, 정말! 앞으로 정말 많은 것을 보고 듣게 되겠지요! 날 잊지 말아요. 나도 선생님을 잊지 않을게요. 내가 착한 제자는 아니었지만요. 자! 어서 축하해줘요!"

"이게 정말 좋은 일인지 확실히 알기 전까지 네게 축하해줄 수가 없구나. 그래도 잘된 일이기를 간절히 바란단다. 진심으로 네 행복을 빌고 축복해줄게."

"그럼 안녕히 계세요. 마차가 기다리고 사람들이 부르네요."

그녀는 내게 다급히 키스를 하고 나가다가 갑자기 돌아서서는 내가 기대했던 것 이상의 애정을 담아 나를 꼭 안아주고는 눈물을 가득 머금은 채 떠났다.

불쌍한 녀석! 그때 나는 정말로 그녀를 사랑했다. 내게 남겼던 상처와 수많은 잘못들을 진심으로 용서해주었다. 그녀는 상상도 못 할 테지만. 하느님께도 그녀를 용서해달라고 기도드렸다.

경사를 치른 후 허전한 마음으로 그날 오후는 나만의 시간을 가졌다. 마음이 산란하여 평소 하던 일을 하지 않고 책을 들고 한참을 정처 없이 거닐었다. 책을 읽기보다는 사색에 잠겼다. 이런저런 생각할 일이 많았다. 모처럼 자유를 만끽하며 오랜 벗 낸시 아주머니를 다시 찾아갔다. 한동안 많이 바빠서 찾아오지 못했다고 사과할 생각이었다. 참으로 무심하고 매정해보였을 터였다. 얘기를 나누거나 성경을 읽어주거나 일감을 거들어 주는 등 아주머니에게 필요한 일을 해주고 싶었다. 그리고 물론 경사스런 그날의 광경을 전해주고 혹시나 웨스턴 씨가 호튼을 떠나는 소식을 전해듣고 싶었다. 하지만 아주머니는 그런 소식은 들은 바 없다고 했고 나도 아주머니 말대로 뜬소문이기를 바랐다.

아주머니는 나를 보고 매우 반가워했다. 다행히 이제 내 도움이 필요 없을 정도로 눈이 많이 나았다. 그녀는 결혼식에 많은 관심을 보였다. 하지만 결혼식 날의 풍경과 화려했던 결혼 피로연과 신부에 관해 자세히 전해주는 사이 아주머니는 가끔 한숨을 쉬고 머리를 가로저으며 다 잘되길 바란다고 말했다. 아주머니도 나처럼 로잘리의 결혼이 기쁘기만 한 일이 아니라 슬픈 일이라고 생각한 모양이었다. 한참을 앉아서 결혼식 이야기뿐 아니라 이런저런 이야기를 나눴다. 하지만 아무도 오지 않았다!

고백하자면 나는 가끔씩 문 쪽을 쳐다보면서 그 어느 날처럼 문이 열리고 웨스턴 씨가 나타나주길 바랐다. 집으로 돌아오는 골목과 들녘에서도 몇 번이고 걸음을 멈추고 뒤를 돌아보며 필요 이상으로 천천히 걸었다. 화창한 날이긴 했어도 더운 날은 아니었다. 결국 누구를 만나기는커녕 일터에서 돌아오는 일꾼 몇을 제외하고는 사람 그림자도 보지 못한 채 집으로 돌아왔다. 공허감과 절망감이 엄습했다.

하지만 일요일이 다가오고 있었다. 그날은 그를 볼 수 있었다. 로잘리도 가고 없으니 예전에 앉던 구석자리에 앉아 그를 보게 되었다. 그의 모습과 목소리와 태도를 보면 로잘리의 결혼 때문에 크게 상심했는지 판단할 수 있으리라.

다행히 그에게서는 조금의 변화도 보이지 않았다. 두 달 전과 달라진 게 없었다. 목소리, 겉모습, 태도, 모두 변함이 없었다. 눈빛은 여전히 날카로웠고 설교는 일말의 거짓 없이 설득력 있고 명료했으며 말과 행동은 진지하고 간결해서 청중들의 눈과 귀가 아닌 가슴을 울렸다.

나는 마틸다와 걸어서 집으로 돌아왔지만 그분은 우리와 동행하지 않았다! 마틸다는 재밋거리를 잃어버려 슬프고 단짝이 없어져서 크게 상심했다. 남동생은 기숙학교에 있고 언니는 결혼해서 떠나버렸다. 아직 어려서 사교계에 들어가지 못했지만 언니 로잘리를 보아온 터라 어느 정도 취향을 알아가기 시작했다. 이처럼 무료한 시절에 특정 계급의 신사들과 가까이 지내는 맛을 알아갔으며 사냥에 따라나서지도 않고 총조차 만지지 않았다. 사냥에 따라나서지는 못했지만 아버지나 사냥터지기가 개를 앞장세우고 나가는 걸 보거나 돌아와서 사냥한 새에 관해 이야기를 나눌 때는 뭔가 아련한 느낌이 있는 듯했다. 게다가 마차꾼과 개 조련사와 말과 사냥개와 함께 지내는 즐거움도 박탈당했다. 그녀의 어머니가 시골에 사는 불리한 처지에도 불구하고 큰 자랑거리인 맏딸을 기분 좋게 여읜 탓에, 다음으로 작은딸에게 눈을 돌리면서 망아지같이 제멋대로인 마틸다의 행실에 놀라며 그때가 애를 바로잡을 적기라고 판단하고 어머니로서의 권위를 무기로 마당과 마구간과 개사육장에 나가지 못하도록 엄명을 내렸다. 마틸다는 물론 진심으로 복종하지 않았다.

늘 그랬듯이 제멋대로 행동하고 화가 나기 시작하면 가정교사에게 해서는 안 될 정도로 무례하게 굴었고 벌을 주는 방법으로도 고집을 꺾지 못했다. 허구한 날 벌어진 어머니와 딸 사이의 말다툼 끝에는 남부끄러울 정도의 폭력이 난무했다. 그럴 때면 아버지까지 불러들여 욕지거리를 하고 협박을 해서 어머니가 금지시킨 일들을 재차 확인해주어야 했다. 오죽하면 아버지조차도 '여보, 쟤는 훌륭한 젊은이로는 키울 수 있어도 정숙한 숙녀로는 키우기 힘든 것 같소.' 라고 말했을까. 마틸다는 결국 자기한테서 눈을 떼지 않는 어머니 모르게 가끔 도망치는 것 말고는 금지된 곳에는 가지 않는 편이 낫다는 걸 깨달았다.

마틸다 일로 내가 수많은 질책과 무언의 가시 돋친 비난을 받지 않았으리라 생각해선 안 된다. 말로 표현하지만 않았을 뿐이지 더 깊게 생채기를 내는 비난이었다. 왜냐하면 겉으로 말하지 않았으니 나서서 변명할 여지도 없기 때문이었다. 다른 흥밋거리로 마틸다를 재미있게 해주면서 어머니의 지시사항과 금지사항을 일깨워주라는 명령을 여러 번 받았다. 나는 최선을 다해 그 명령을 따랐다. 하지만 마틸다는 마음에 들지 않는 일은 재미있어하지 않았고 취향에 맞지 않는 일은 하지 않았다. 단순히 금지사항을 일깨워주는 수준을 넘어서 최대한 나긋나긋하게 충고해주었지만 도통 소용이 없었다.

"아니, 선생님! 진짜 이상하네요. 선생님 성격에 맞지 않는다면 할 수 없군요. 하지만 어떻게 마틸다의 마음을 얻지 못하는 것은 물론이요, 로버트나 조셉만큼도 그 애와 친하게 지내지 못하다니 이상하네요!"

"그 사람들은 마틸다가 제일 좋아하는 일에 대해 잘 얘기할 수 있으니까요."

"어쨌든 가정교사 입에서 그런 말이 나오다니 별난 일이군요! 가정교사가 아니고서 누가 어린 아가씨의 취향을 만들어준다는 건지! 내가 아는 많은 가정교사들은 우아하고 교양 있는 정신과 행실에 관해서 자기 제자와 완전히 동일시해서 제자에 대한 안 좋은 소리가 들리면 낯을 붉혀요. 제자를 비난하는 소리가 조금만 들려도 자기를 비난하는 소리보다 더 부끄럽게 여기지요. 나는 그런 게 자연스러운 일 같은데."

"부인은 그러신가요?"

"그럼요. 물론 나이 어린 아가씨의 교양과 품위는 그 애 자신이나 환경보다는 가정교사가 만들어주는 거잖아요. 가정교사로서 성공하고 싶다면 그 일에 온 힘을 쏟아야 해요. 모든 생각과 야망을 다 바쳐서 그 한 가지 목적을 이뤄야 해요. 가정교사의 능력을 판단할 때는 당연히 그녀가 가르친 제자를 보고 판단해요.

현명한 가정교사들은 이 점을 알아요. 자기는 그늘진 뒤편에 숨어 있지만 제자의 장점과 단점은 만천하에 공개된다는 점, 그리고 제자를 어떻게 가르칠지 모르면 성공하길 바랄 수 없다는 점을 알지요. 그레이 선생님, 다른 직업이나 전문적인 일도 마찬가지예요. 성공하고 싶으면 주어진 일에 몸과 마음을 바쳐야 해요. 나태해지고 자기 멋대로 하기 시작하면 똑똑한 경쟁자들에게 금방 따라잡히고 맙니다.

아이들을 무관심하게 내버려둬서 망치는 선생과 못된 본보기를 보여서 아이들을 망치는 선생 사이에는 선택에 여지가 없거든요. 이런 식으로 말하는 걸 이해해 줘요. 다 선생님을 위한 거니까. 남들 같으면 번거롭게 이런 말 하지 않고 그냥 다른 사람을 구할 거예요. 물론 그게 손쉬운 방법이지요. 하지만 나는 선생님 같은 처지에 있는 사람에게 이런 자리가 얼마나 소중한지 알거든요. 선생님과 헤어지고 싶지 않아요. 내가 한 말을 생각해보고 조금 더 신경 써 주면 아주 잘해낼 거라고 믿어요. 그리고 학생의 마음을 움직일 수 있는 어려운 기술을 조만간 얻게 되리라고 확신해요."

나는 부인에게 잘못된 기대를 하고 계신 거라고 말해주고 싶었다. 하지만 부인은 자기 말을 마치자마자 미끄러지듯 사라졌다. 하고 싶은 말을 한 다음에는 내 대답 따윈 들을 마음이 애당초 없었던 것이다. 나는 말을 들어야지 말할 입장이 아니었다.

하지만 앞서 말했듯이 마틸다는 결국 어느 정도 어머니의 권위에 굴복했고(진작 그러지 않아서 유감이었다.) 재밋거리는 모두 잃어버린 채, 마부와 멀리까지 말을 타고 다녀오거나 나와 산책하거나 아버지 영지에 있는 오두막과 농가를 방문하면서 그곳에 사는 나이 든 사람들과 이야기를 나누며 시간을 죽이는 일 말고는 할 일이 없었다.

그러던 어느 날 산책을 하다가 우연히 웨스턴 씨를 만났다. 그토록 오래도록 기다려온 일이었다. 하지만 잠시 그 사람이 가든지 내가 물러서든지 하길 바랐다. 가슴이 미친 듯 뛰어서 내 마음이 겉으로 드러날까 두려웠다. 하지만 그가 좀처럼 내 쪽을 보지 않아서 나도 이내 평정을 되찾았다. 그는 마틸다와 내게 인사를 하더니 마틸다에게 근간에 언니 소식을 들었는지 물었다.

"그럼요. 파리에서 편지를 보냈는데 아주 잘 지내고 행복하대요."

그녀는 마지막 말을 특히 힘주어 말하며 버릇없게 교활한 눈빛을 보냈다. 그는 그 눈빛의 의미를 알아채지 못하고 역시 '행복'이란 말을 힘주어 말하며 진지하게 대답했다.

"앞으로도 계속 행복하시길 바랍니다."

마틸다가 새끼토끼를 쫓던 개를 따라 뛰어가기 시작해서 내가 어렵게 물었다.

"그럴 것 같나요?"

"글쎄요, 모르겠어요. 토머스 경이 제 생각보다 좋은 사람일지도 모르겠지요. 하지만 제가 보고 들은 바로 생각해보면, 그렇게 젊고 명랑하고, 한마디로 재미있는 분이, 그분의 유일한 잘못은 아니지만 그렇게 경솔하게 처신하다니 안타까워요. 절대 사소한 잘못이 아니에요. 그 사람은 다른 사람들에게 책임을 떠넘기고 너무도 많은 유혹에 노출된 분이니까요. 아가씨가 그런 남자 품에 안기다니 안타깝네요. 그분 어머니 뜻이었지요?"

"그래요, 그리고 로잘리 뜻이기도 했어요. 제가 말리려고 애썼지만 항상 비웃기만 했거든요."

"말려보셨군요? 그럼 나쁜 일이 벌어져도 선생님 잘못이 아니니까 다행이네요. 머레이 부인이라면 자신의 행동을 어떻게 변명할지 궁금하군요. 그분을 잘 안다면 한번 물어볼 텐데요."

"도리에 어긋난 듯 보여요. 그런데 어떤 사람들은 지위와 재산을 가장 중요하게 생각하더군요. 자식들에게 그것만 물려줄 수 있으면 할 도리를 다했다고 믿거든요."

"맞아요, 하지만 결혼까지 해본 사람들이 그처럼 잘못 생각한다는 게 이상하지요?"

그때 마틸다가 숨을 헐떡이며 돌아왔다. 갈기갈기 찢긴 어린 토끼가 들려 있었다. 웨스턴 씨가 마틸다의 명랑한 얼굴을 보고 이해가 안 간다는 듯한 표정으로 물었다.

"머레이 아가씨, 그 토끼를 죽이려 한 건가요, 구하려 한 건가요?"

마틸다는 정직하게 대답했다.

"구하는 척했어요. 토끼 나올 때가 아니거든요. 하지만 죽는 걸 봐서 더 재밌었어요. 두 분 다 나도 어쩌지 못하는 모습을 봤지요? 프린스가 이 녀석을 잡으려고 작정을 했거든요. 등을 잡아채서는 순식간에 죽여 버리지 뭐예요! 대단하지 않았나요?"

"대단해요! 어린 아가씨가 새끼토끼를 쫓다니."

그의 말에는 냉소적인 분위기가 서려 있었지만 마틸다는 알아채지 못했다. 그녀는 어깨를 으쓱하며 "흠!" 이라고 말하며 돌아서면서 내게 재미있었는지 물었다.

나는 별로 재미없었다고 말했다. 하지만 그녀가 토끼를 쫓는 모습을 자세히 보지는 못했다고 털어놨다.

"녀석이 두 배로 부풀어 오른 거 봤어요? 어른 토끼처럼? 소리 지르는 거 못 들었어요?"

"그런 거 못 들어서 다행이구나."

"어린애처럼 울어대더라고요."

"불쌍해라! 그걸로 뭘 할 거니?"

"가요. 제일 처음 나오는 집에 주고 갈 거예요. 집에 가져가지 않으려고요. 개한테 물어죽이게 했다고 아버지한테 혼나니까."

웨스턴 씨가 떠나고 우리도 갈 길을 갔다. 그런데 어느 농가에 토끼를 넘겨주고 케이크와 커렌 와인을 얻어먹고 돌아가다가 무슨 일인지 볼일을 보고 돌아오던 그를 다시 만났다. 그는 들고 있던 예쁜 초롱꽃 한 다발을 내게 내밀면서 미소를 지었다. 지난 두 달간 거의 만나지 못했는데도 내가 초롱꽃을 좋아한다는 사실을 잊지 않은 것이었다.

단순한 호의에서 나온 행동이었다. 찬사의 말이나 대단한 호의나 로잘리가 말한 '경건하고 부드러운 사랑의 표현'이라고 해석할 만한 표정은 없었다. 그래도 내가 흘린 사소한 말 한마디를 기억해주다니 특별한 뭔가가 있었다. 내가 다시 나타날 시간을 그렇게 정확히 알고 있었다니 분명 뭔가 있었다.

그가 말문을 열었다.

"듣기로는, 엄청난 책벌레라서 공부에만 전념하고 다른 즐거움은 누리지 않으신다던데요."

옆에서 마틸다가 소리쳤다.

"맞아요, 정말이에요!"

"아니에요, 믿지 마세요. 다 지어낸 소리예요. 우리 집 아가씨들은 지인들에게 폐를 끼쳐가면서까지 아무 얘기나 지어내는 걸 좋아해요. 아가씨들 말은 가려서 들어야 해요."

"저도 근거 없는 소문이기를 바라지요, 조금은."

"왜요? 여자가 공부하는 데 반대라도 하시나요?"

"아니요. 하지만 너무 공부에만 몰두해서 다른 일에 시큰둥한 사람은 별로예요. 특별한 경우가 아니라면 허구한 날 틀어박혀 공부만 하는 건 시간낭비이고 몸과 마음을 상하게 한다고 생각해요."

"음, 저는 그 정도의 시간도 의지도 없어요."

우리는 다시 헤어졌다.

이런! 이런 게 뭐 그리 대단하단 말인가? 나는 왜 그와의 대화를 구구절절이 쓴 것일까? 독자들이여, 내게는 활기찬 저녁 시간과, 달콤한 꿈을 꾸는 밤과, 행복하고 희망찬 아침을 가져다주는 중요한 일이었기 때문이다. 혹자는 천박한 활기와 어리석은 꿈과 이루어지지 않을 희망이라고 할지도 모르겠다. 나도 부인하지는 않겠다. 내 마음속에도 그런 의심이 너무 자주 일어났으니까. 소망은 부싯깃과 같다. 부싯돌과 강철 숫돌만 있으면 불꽃을 일으키지만 온 마음을 다해 집중하지 않으면 이내 사라져버리고 만다. 순식간에 발화하고 한순간에 희망의 불꽃을 일으킨다.

하지만 맙소사! 바로 다음날 아침, 꺼질 듯 말 듯 깜빡거리던 내 희망의 불꽃이 어머니에게서 온 한 통의 편지로 인해 맥없이 사그라지고 말았다. 아버지의 병환이 악화됐다는 소식에 아버지가 다시 회복하지 못할까 걱정스러웠다. 휴가를 떠날 날이 멀지 않았지만 너무 늦게 도착해서, 살아서 다시는 아버지를 보지 못할까 봐 몹시 두려웠다. 이틀 뒤에 온 편지에서 언니는 아버지가 위독하며 임종이 다가왔다고 썼다.

그래서 나는 당장 휴가를 내서 지체 없이 출발하고 싶다고 허락을 구했다.

머레이 부인은 나를 똑바로 쳐다보면서 내가 성급히 부탁하면서 보여준 예사롭지 않은 힘과 대담한 태도를 이상하게 여기며 서두를 일이 아니라고 말했다. 하지만 결국에는 출발하라고 허락하면서 이런 말을 잊지 않았다.

"그렇게 소란피울 거 없어요. 잘못된 경고일지도 모르잖아요. 혹여 사실이라 해도, 글쎄요, 자연스런 일 아닌가요. 누구나 언젠가는 죽잖아요. 나는 세상에서 나 혼자만 고통받는다고 생각하지 않아요."

그러고는 O시까지 타고 갈 마차를 마련해두었다고 말했다. 부인은 이렇게 덧붙였다.

"그리고 그레이 선생님, 한탄은 그만두고 자기에게 주어진 특권에 감사하세요. 가난한 성직자가 죽어서 가족이 파탄에 이른 집은 얼마든지 있어요. 선생님한테는 계속 후원해주고 배려해주는 힘 있는 사람들이 있잖아요."

나는 부인의 '배려'에 감사를 표하고 내 방으로 올라가서 서둘러 떠날 준비를 했다. 보닛을 쓰고 숄을 두르고 몇 가지 물건을 커다란 트렁크에 쑤셔 넣고 아래층으로 내려왔다. 하지만 아무도 서두르지 않았기 때문에 좀더 여유 있게 준비했어도 됐을 뻔했다. 마차가 도착하기까지는 아직 시간이 많이 남아 있었다.

마침내 마차가 문 앞에 와서 섰고 나는 출발했다. 얼마나 음울한 여정이었던가! 전에 집으로 가던 길과 얼마나 달랐던가!

너무 늦게 도착하는 바람에 중간 기착지까지 가는 마지막 마차를 놓쳐서 말 한 필이 끄는 마차를 타고 8마일 정도를 간 다음 다시 사륜 경마차로 갈아타고 울퉁불퉁한 언덕길을 올라야 했다. 10시 반경에 집에 도착했다. 가족들은 아무도 잠자리에 들지 않았다.

어머니와 언니가 마중을 나왔는데 슬픈 표정에 말이 없고 얼굴이 창백했다! 너무나 충격을 받고 무서워서 그토록 알고 싶었던 얘기를 묻지 못했다.

어머니가 격한 감정을 누르려고 애쓰며 말했다.

"아그네스"

언니가 소리 높여 울음을 터트렸다.

"아, 아그네스!"

나는 간신히 물었다.

"아버지는 어떠셔?"

"돌아가셨어!"

물론 예상했던 말이었다. 그렇다고 해서 충격이 덜어지지는 않았다.

19
편지

아버지의 시신은 무덤으로 들어갔다. 그리고 우리는 슬픈 얼굴로 상복을 입고 소박한 아침상을 떠나지 못한 채 앞날에 관해 상의했다.

어머니는 강인한 정신력으로 이처럼 고통스런 상황에서도 무너지지 않았다. 어머니의 영혼은 압도될지언정 꺾이지는 않았다. 언니는 나에게 호튼 로지로 돌아가라고 하고, 어머니는 언니네 부부가 살고 있는 교구 목사관에서 함께 살자고 했다. 언니는 형부인 리처드슨 씨도 간절히 원한다면서 그 방법이 모두에게 좋으리라고 확신했다. 어머니의 사교 경험이 그들에게 이루 말할 수 없을 정도로 큰 도움이 될 테고 그들은 최선을 다해 어머니를 행복하게 모실 것이라고 했다. 하지만 억지도 부려보고 간청도 해보았지만 소용이 없었다. 어머니는 떠나지 않기로 마음먹었다. 결코 딸의 따뜻한 마음과 뜻에 의문을 품어서가 아니었다. 하느님께서 건강과 정신력을 허락하시는 한 어머니의 생활은 스스로 건사하며 누구에게도 짐이 되고 싶지 않기 때문이었다. 상대방이 부담을 느끼는지 아닌지는 상관없었다. 형부네 목사관에 살 상황이 되면 다른 어디도 아닌 그 집을 선택할 것이었다. 하지만 당장은 그런 처지가 아니니까 가끔 방문하는 경우 말고는 그 집으로 들어가지 않을 것이었다. 물론 병들거나 재난을 당해 도움이 꼭 필요해지거나 고령으로 허약해져 혼자 살기 힘들어지면 할 수 없겠지만.

"얘야, 아니다. 리처드슨과 네가 여유가 있다면 네 식구들을 위해 저축해두어야 한다. 아그네스랑 나는 우리가 알아서 할 거야. 꾸준히 너희들을 가르친 덕에 내 재능이 녹슬지 않았단다. 하느님께서는 내가 쓸데없이 불평하는 짓은 그만두길 바라시지."

어머니의 두 눈에서 쉴 새 없이 눈물이 쏟아졌다. 아무리 애써도 막을 수 없는 모양이었다. 하지만 어머니는 눈물을 훔쳐내고 굳게 결심한 듯 머리를 가로저으며 말을 이었다.

"열심히 노력해서, 인구는 많지만 건전한 동네에서 좋은 위치에 자리 잡은 아담한 집 한 채 구할 생각이다. 거기에 어린 여학생 몇을 데려다가 하숙을 치고 공부도 가르칠 거야. 학생들을 구할 수 있으면. 그리고 주간 학생들이 찾아오거나 그 아이들도 가르칠 수 있을 거야. 너희 아버지 친척들이나 옛 친구 분들이 학생들을 보내주거나 우리를 추천해줄 거야. 나 혼자 하진 않을 거다. 아그네스, 넌 어떻게 생각하니? 지금 있는 집에서 나와서 같이 해볼래?"

"저도 그러고 싶어요. 제가 모은 돈으로 새 집에 가구를 들여놓을게요. 돈은 은행에서 바로 찾을 수 있어요."

"돈은 필요해지면 찾자. 우선 집을 구하고 사전 준비를 해야 한단다."

언니는 조금이나마 가진 돈을 보태주겠다고 했다. 어머니는 앞으로 경제 계획을 세워야 한다며 언니의 제안을 거절했다. 내 돈과 가구를 팔아 벌 수 있는 돈, 그리고 아버지가 빚을 청산하고 나서 어머니를 위해 모아둔 돈을 합치면 크리스마스 전까지 충분히 버틸 수 있다고 했다. 그리고 그때가 되면 나와 어머니가 힘을 합쳐 뭔가 이루게 되리라면서.

이것이 우리의 계획으로 결정되었다. 의문사항을 그 자리에서 해결하고 준비도 바로 마쳐야 했다. 어머니가 분주하게 이것저것 알아보고 준비하는 동안 나는 4주간의 휴가를 마치고 호튼 로지로 돌아가서 학교를 열게 되어 바빠지기 때문에 일을 그만두겠다고 알려야 했다.

우리가 이 일을 의논하던 날은 아버지가 돌아가신 지 2주가 지난 어느 날 아침이었다. 그때 어머니에게 편지가 한 통 날아왔다. 어머니는 안색이 변했다. 걱정스럽게 주변을 챙기고 과도한 슬픔에 압도된 터라 안 그래도 요즘 들어 부쩍 창백해진 얼굴이었다.

어머니가 중얼거리며 성급히 봉투를 뜯었다.

"우리 아버지 편지구나!"

어머니는 오랜 세월 동안 친정 소식을 듣지 못했다. 나는 물론 편지에 무슨 말이 적혀 있을지 궁금해 하며 어머니가 편지를 읽는 내내 표정을 살펴보다가 어머니가 화가 난 듯이 입술을 깨물고 눈살을 찌푸리는 모습을 보고 놀랐다. 편지를 다 읽고 기분이 상한 어머니는 편지를 식탁에 던지면서 쓴웃음을 지으며 말했다.

"너희 외할아버지가 친히 편지를 보내셨구나. 내가 필시 오래도록 '불행한 결혼' 을 후회했을 거라면서, 내가 그것만 인정하고 아버지의 충고를 무시해서 힘들게 살았다고 털어놓기만 하면 나를 다시 귀족부인으로 만들어주겠다는구나. 내가 오랫동안 지위가 하락했어도 가능하기만 하다면 말이다. 그리고 내 딸들을 당신 유서에 넣어주겠다는구나. 아그네스, 내 서류함을 가져오고 내 편지를 당장 보내렴. 당장 답장을 쓸 거다. 하지만 그전에 너희들의 유산을 빼앗아야 하니 너희한테도 내가 무슨 말을 쓸지 알려주는 게 맞겠지.

내가 내 삶의 자랑거리이자 노년의 삶에서 위안이 될 내 딸들을 낳은 걸 후회하거나 내가 가장 사랑하는 동반자와 함께한 30년 세월을 후회하리라고 생각하신다면 아버지가 착각하시는 거라고 말해줄 생각이다. 그리고 나 때문에 생긴 일들이 아니라면 그 불행이 세 배나 더 컸더라도 나는 기꺼이 너희 아버지와 함께 헤쳐 나가고 내 힘이 닿는 데까지 위안을 주겠다고 말해줄 거야.

내 남편의 병이 10배나 컸더라도 그의 병환을 돌보면서 있는 힘껏 보살펴준 걸 후회하지 않을 것이라고 말해줄 테다. 남편이 더 돈 많은 부인과 결혼했더라도 고난과 시련이 찾아왔을 것이며 그 누구도 나만큼 남편에게 힘을 줘서 극복하게 하지 못했을 거라는 데 자부심을 느낀다고, 내가 남보다 잘나서가 아니라 내가 그를 위해 만들어졌고 그는 나를 위해 태어났기 때문이라고, 그리고 우리가 함께 살면서 서로가 없었더라면 누리지 못했을 행복한 나날을 누렸던 만큼 그가 아플 때 간호해주고 그가 고통스러울 때 위로해 줄 수 있어서 후회하지 않는다고 말해줄 생각이다.

애들아, 이렇게 써도 되겠니? 아니면 지난 30년간 우리에게 일어난 일들을 몹시 후회한다고 적을까? 내 딸들이 태어나지 않았으면 좋았을 것이라고 적을까? 딸들이 그토록 불행을 겪었으니 할아버지가 따뜻한 마음으로 떼어주는 유산 몇 푼을 감사히 받겠다고 적을까?"

물론 언니와 나는 어머니의 결심을 지지했다. 언니는 아침상을 치웠다. 나는 서류함을 가져왔다. 어머니는 순식간에 편지를 써서 부쳤다. 그날 이후, 신문 부고란에서 소식을 접하기 전까지 할아버지에게서 아무런 소식도 듣지 못했다. 할아버지 소유의 모든 재산은 물론 얼굴도 본 적 없는 부유한 사촌들에게 돌아갔다.

20
작별인사

우리는 학교를 열기 위해 이름난 바닷가 마을 A읍에 집 한 채를 빌렸다. 처음에 데리고 시작할 학생 두세 명을 미리 약속을 받았다. 내가 6월 중순경에 호튼 로지로 돌아가는 바람에 그 집 계약을 마무리하고 학생들을 끌어 모으고 전에 살던 집에 있던 가구를 팔아 새 가구를 들여놓는 일은 어머니가 맡았다.

우리는 가난한 사람들을 불쌍히 여긴다. 그들에겐 가족의 죽음을 애도할 여유가 없고 가슴이 찢어질 듯한 고통을 안고도 묵묵히 일해야 하기 때문이다. 그런데 열심히 일하는 것이 우리를 압도하는 슬픔을 이겨내고 절망에서 벗어나기 위한 확실한 처방이 아닐까? 제대로 된 위안거리가 아닐지는 모른다. 즐길 여유가 없을 때 삶의 걱정거리에 얽매이고, 가슴이 찢어질 만큼 아프고 마음이 산란하여 혼자 조용히 울고만 싶을 때도 억지로 일해야 하는 건 어려운 일이다. 하지만 누리지 못할 휴식을 탐하기보다 열심히 일하는 게 낫지 않을까? 우리를 짓누르는 고통에 빠져서 생각의 늪에서 벗어나지 못하는 것보다는 그보다 가벼운 근심으로 괴로운 편이 낫지 않을까? 또한 근심스럽고 불안하고 고생스러울 때는 반드시 희망도 따른다. 재미없는 일을 하거나 해야 할 일을 해내거나 더 이상의 화나는 일을 피하는 희망일지라도 말이다.

어떤 면에서는 어머니의 활동적인 성향에 맞게 많은 일들이 생겨서 다행이었다. 따뜻한 이웃사람들은 한때는 돈 많고 지체 높은 집안 여인이 지독하게 슬프고 힘겨운 나날을 보내게 됐다고 안타까워했다. 하지만 물질적으로 풍요롭게 살면서 그 집에 남아 예전의 행복과 최근의 고통스런 시간을 떠올리면서 끊임없이 곱씹어 생각하고 아버지의 죽음을 애도했다면 훨씬 더 고통스러웠을 것이라고 어머니는 나를 납득시켰다.

내가 우리 집에 남겨두고 온 감정을 구구절절이 늘어놓지는 않겠다. 낡은 집과 오래된 정원 그리고 우리 아버지가 30년간 설교하고 기도하다가 이제 그 깃발 아래 잠들어 있어서 내게는 더욱 소중한 작은 마을 예배당.

황량하기 그지없지만 즐거운 추억을 주었던 오래된 벌거숭이 언덕과 좁은 골짜기 사이사이 초록 숲과 반짝이는 계곡. 내가 태어난 그 집과 어린 시절의 기억이 한 켜 한 켜 서린 풍경과, 살아오면서 온갖 세속적인 감정이 고스란히 간직된 곳. 그렇게 나는 다시는 돌아가지 못할 그곳을 떠났다! 이제는 원수들이 사방을 에워싸고 있지만 아직 하나의 기쁨이 남아 있는 곳, 호튼 로지로 돌아가게 되었다. 기쁨과 고통이 뒤섞인 채로 아쉽지만 나는 6주 동안만 호튼에 머물러야 했다.

호튼에서의 소중한 시간이 하루하루 손가락 사이로 빠져나가듯 흘렀지만 그를 만나지 못했다. 예배당을 제외하고는 호튼으로 돌아온 지 2주가 지난 후에도 한 번도 그를 보지 못했다. 내게는 긴 시간처럼 느껴졌다. 선머슴 같은 제자 마틸다와 자주 산책을 나가면서 매번 그를 만날 희망을 품었지만 실망만 뒤따랐다. 나는 마음속으로 이렇게 말했다.

'확실한 증거잖아. 내가 눈치가 있거나 인정하기만 하면 돼. 그분은 나한테 관심이 없어! 내가 그분을 생각하는 것 반만이라도 나를 생각했다면 벌써 여러 번 나를 만나려 했겠지. 내 감정을 잘 들여다보고 인정해야 해. 그러니까 이런 말도 안 되는 감정은 이제 끝내자. 희망을 품을 이유가 없잖아. 이런 상처투성이 생각과 어리석은 소망을 마음속에서 몰아내고 내가 할 일, 내 앞에 놓인 지루하고 공허한 생활로 돌아가야 해. 행복은 내 몫이 아닌 거 알잖아.'

그러다 마침내 그를 만났다. 낸시 아주머니 댁을 방문하고 돌아오던 길에 그가 들판에서 홀연히 나타났다. 나는 그날 마틸다가 짝 없는 암말을 타는 동안 아주머니 댁을 방문할 수 있었다.

그는 내가 중요한 가족을 잃은 슬픔을 겪고 있다는 소식을 들었을 터였다. 하지만 그는 위로의 뜻도 애도의 말도 하지 않고 다짜고짜 "어머니는 어떠세요?"라고 물었다. 이 말은 물론 질문이 아니었다. 내게 어머니가 있다는 말을 그에게 한 적이 없었는데 그가 알고 있다면 분명 다른 사람에게 들었을 것이다. 그런 질문을 하는 목소리와 태도에는 진지한 호의가 담겨 있고 가슴 깊이 울리면서 넘치지 않는 연민이 있었다.

나는 정중하게 예의를 갖춰 고맙다고 말하고 어머니는 괜찮다고 전했다.

"어머님께서는 뭘 하시나요?"

그의 다음 질문이었다. 이것을 무례한 질문이라고 여기고 답변을 회피하는 사람도 있을 것이다. 하지만 내게는 무례하다는 생각이 전혀 들지 않았고 나는 짧지만 명료하게 어머니의 계획과 전망을 말해주었다.

"그럼 머지않아 이곳을 떠나시겠네요?"

"네, 한 달 안에 떠나요."

그는 생각에 잠긴 듯 잠시 말이 없었다. 그가 다시 입을 열었을 때 내가 떠나게 되어서 아쉽다는 말이 나오길 바랐다. 하지만 이런 말이 나왔다.

"많이 떠나고 싶어하시겠군요?"

"네, 어느 정도는요."

"어느 정도라…… 뭣 때문에 머뭇거리시는지 궁금하네요!"

나는 이 말에 몹시 화가 났는데, 내가 당황해서였기 때문인 것도 같다.

내가 머뭇거리는 이유는 단 하나다. 그리고 그건 마음 깊은 곳에 숨겨둔 비밀이라 그에 대해 말할 이유는 없었다.

"왜, 왜 제가 이곳을 싫어한다고 생각하세요?"

그가 단호한 어조로 답했다.

"그렇게 얘기했잖아요. 가족이 없는 곳에서는 마음 편히 살지 못하겠다고 말했잖아요. 여기에는 가족도 없고 친구가 될 만한 사람도 없으니, 이곳을 싫어하신다고 생각했습니다."

"하지만 제대로 기억하신다면 제가 한 말은, 아니 제가 하려던 말은, 이 세상에 가족이 없다면 마음 편히 살 수 없다는 거였어요. 늘 가족 곁에 있고 싶다고 떼를 쓰려는 생각 없는 애는 아니에요. 원수들로 가득 찬 집에서도 행복할 수 있다고 생각해요. 다만……."

그만 여기까지. 나는 다음 말을 하지 말아야 했기에 말을 멈추고 급히 이렇게 덧붙였다.

"게다가 이삼 년 동안 살아온 이곳을 떠나면서 섭섭한 마음이 전혀 없겠어요?"

"마틸다 아가씨와 헤어져서 서운한가요? 하나 남은 제자이자 친구잖아요?"

"조금은 서운해요. 그 애 언니가 떠날 때도 서운했으니까요."

"그랬겠군요."

"어쨌든 마틸다도 마찬가지로, 아니 어떤 면에서는 더 좋은 애예요."

"어떤 면이오?"

"정직해요."

"그럼 그 언니는 정직하지 않나요?"

"정직하지 않은 것은 아니지만, 다만 솔직히 말해서 좀 교활하다고 할까요."

"교활하다고요? 경솔하고 허영심이 많은 것은 알았습니다만……."

그는 잠시 말을 멈추고 덧붙였다.

"교활하기까지 하군요. 그게 너무 지나쳐서 아주 단순하고 개방적이었던 것이고요. 그래요."

그는 생각에 잠긴 듯 말을 이었다.

"그 말을 들으니 예전에 약간 혼란스러웠던 사건이 설명되는군요."

그 후, 그는 대화를 보다 평범한 주제로 돌렸다. 우리가 호튼 로지 대문에 이를 때까지 그는 나와 함께 걸었다. 그곳까지 나와 동행하기 위해 가던 길에서 조금 벗어난 게 분명했다. 되돌아가던 그는 우리가 한참 전에 지났던 모스레인 아래로 사라졌기 때문이다. 나는 분명 이런 상황을 슬퍼하지 않았다. 내 마음 어느 언저리에 슬픔이 있다면, 그것은 그가 결국 가버렸고 더 이상 나와 나란히 걷지 않으며 찰나의 기쁨이 끝나버렸기 때문이었다. 그가 사랑의 말을 속삭이거나 다정한 관심을 보이지는 않았지만 나는 몹시 행복했다. 그의 곁에서 그가 말하는 음성을 들었다. 그가 나를 대화상대로 생각하고 그의 말을 이해하고 합당하게 판단해줄 수 있는 사람이라고 생각한다는 느낌만으로 충분했다.

나는 정원으로 올라가며 마음속으로 이렇게 말했다.

'그래요, 에드워드 웨스턴, 진실로 마음 깊이 충실히 나를 사랑해주는 단 한 사람만 있다면 나는 원수로 가득 찬 집에 살아도 진정 행복할 수 있어요. 그리고 그 사람이 당신이라면, 우리가 아무리 멀리 떨어져 있고 서로의 소식을 듣지 못하고 만나기 힘들어도, 슬픔과 고통과 분노에 휩싸이더라도, 그래도 그런 꿈을 꾸는 것만으로 내게는 이루 말할 수 없이 큰 행복이랍니다!

하지만, 하지만 이달 한 달 동안 무슨 일이 일어날지 누가 알겠어요? 스물세 해 가까이 살면서 참 많이 힘들었고 즐거웠던 시절은 거의 없었는데, 앞으로도 내 삶에 온통 먹구름만 드리워질까요? 하느님이 내 기도를 들어주시고 우울한 먹구름을 거둬주시고 천국의 밝은 빛줄기를 드리워주실 수도 있지 않을까요? 은총을 구하지도 않고 받아도 감사할 줄 모르는 자들에게는 아무렇게나 내려주시면서 제게도 조금은 안 주실 리 없잖아요? 저, 아직 희망을 품거나 믿어도 되지 않을까요?'

나는 희망을 잃지 않고 믿었다. 한동안은 그랬다. 그런데 어쩌란 말인가! 시간이 흘러가버렸다. 한 주가 지나고 또 한 주가 지났건만, 마틸다와 산책을 하는 동안 딱 한 번 먼발치에서 보고 두 번 만나서 별말 없이 헤어졌던 일을 제외하고는 그를 본 적이 없었다. 물론 예배당은 예외였지만.

마침내 마지막 일요일, 마지막 예배가 다가왔다. 나는 설교를 들으며 간간이 눈물을 훔쳤다. 그의 음성을 마지막으로 듣는 것이었다. 어느 누구의 음성보다 훌륭하다고 자신 있게 말할 수 있는 그 음성.

설교가 끝나고 사람들이 자리를 떴다. 나도 사람들을 따라가야 했다. 아마도 이제 정말 끝인가 보다 했다.

예배당 뜰에서 마틸다는 그린 씨 댁 자매들에게 붙들렸다. 그들은 마틸다의 언니 소식을 이것저것 물었고 나는 어찌할 바를 모르는 채 옆에 서 있었다. 그들의 수다가 끝나고 어서 호튼 로지로 돌아갈 수 있기만을 바랐다. 내 방이나 정원의 후미진 구석에 틀어박혀야겠다. 이번 한 번만은 내 감정을 숨김없이 드러내서 마지막 작별의 눈물을 흘리고 거짓된 희망과 헛된 망상을 애도하고, 이루어지지 않을 꿈에도 이별을 고하고, 꿈에서 깨어나 있는 그대로의 슬픈 현실을 맞이하리라. 이런 생각을 하는 사이 곁에서 나지막한 목소리가 들렸다.

"그레이 아가씨, 이번 주에 떠나시죠?"

"네."

나는 아주 깜짝 놀랐다. 내가 잘 흥분하는 성격이었더라면 분명 겉으로 드러났을 것이었다. 다행히 나는 그런 사람이 아니었다.

"저기, 작별인사를 하고 싶어요. 떠나기 전에 뵐 수 있을까요?"

"안녕히 계세요, 웨스턴 씨."

이런, 이 말을 침착하게 하려고 어찌나 애썼던지! 나는 그에게 손을 내밀었다. 그는 몇 초간 내 손을 잡았다.

"아마 다시 만날 수 있을 겁니다. 다시 만나는 일이 아가씨에게 의미 있을까요?"

"그럼요, 다시 만나면 많이 기쁠 거예요."

나는 간신히 그렇게 말할 수 있었다. 그는 내 손을 따뜻하게 잡아주고 가버렸다. 나는 다시 행복해졌지만, 그 어느 때보다 눈물을 터트리고 싶었다. 만약 그 순간 말을 해야 하는 상황이었다면 눈물을 줄줄 흘리고 말았으리라. 하지만 눈물을 보일 수는 없었다. 마틸다와 함께 걷다가 고개를 옆으로 돌리는 바람에 연달아 몇 번 대답을 못 하자, 마틸다는 급기야 귀머거리거나 바보한테 하듯이 내게 소리를 질러댔다. 나는 다시 냉정을 찾고 정신을 차린 후 고개를 쳐들고 마틸다에게 무슨 말을 했는지 물었다.

21
기숙학교

호튼 로지를 떠나서 어머니와 함께 A읍에 있는 새 집으로 들어갔다. 어머니는 몸도 건강하고 슬픔도 가라앉고 전반적인 태도는 차분하고 침착하면서도 명랑해지기까지 했다. 우리는 기숙생 세 명과 주간 학생 여섯 명만 데리고 학교를 열었다. 잘 보살피고 성실하게 가르치면 머지않아 학생 수가 늘어나리라고 믿었다.

나는 새로운 삶의 의무를 다하기 위해 힘을 내기로 마음먹었다. 내가 '새로운 삶' 이라고 부르는 이유는 우리 소유의 학교에서 어머니와 함께 일하는 삶과 고용인으로서 낯선 사람들 속에서 일하면서 윗사람들과 어린아이들에게 멸시당하고 무시당하는 삶은 천양지차였기 때문이다. 처음 몇 주 동안 나는 결코 불행하지 않았다. '아마 다시 만날 수 있을 겁니다.' 라는 말과 '다시 만나는 일이 아가씨에게 의미가 있을까요?' 라는 말은 아직도 귓전에 울리며 내 마음속에 살아 숨쉬고 있었다. 이 말들은 나만의 은밀한 위안이자 버팀목이었다.

'그분을 다시 만나게 될 거야. 널 찾아올 거야. 아니면 편지라도 쓰실 거야.'

사실 희망의 여신이 내 귀에 속삭이는 말만큼 밝거나 허황된 약속도 없었다. 나는 희망의 속삭임에서 반도 믿지 않았다. 전부 비웃는 척했다. 하지만 나는 생각보다 훨씬 귀가 얇은 사람이었다. 그렇지 않았다면 현관문을 두드리는 소리를 듣고 그 문을 열어주고 온 하녀가 어머니에게 어떤 신사 분이 만나 뵙고 싶어한다고 전할 때 왜 그렇게 내 심장이 요동쳤을까? 그리고 그 신사 분은 우리 학교에서 수업을 하려고 온 음악선생님이란 걸 알고 왜 그렇게 하루종일 기분이 상했을까?

우편배달부가 편지 몇 통을 전해주고 어머니가 그중 한 통을 내게 건네며 '아그네스, 네 편지다.' 라고 말할 때 잠시 숨이 멎었던 이유는 무엇이었을까? 그리고 그 편지의 글씨가 남자의 필체인 걸 보고 얼굴은 왜 또 그렇게 빨개졌을까? 아아! 봉투를 뜯어보고 나서 그냥 언니에게서 온 편지이며 어떤 이유에선가 형부가 언니 대신 보냈다는 걸 알고서 왜 그렇게 실망감에 주저앉았을까?

나는 결국 하나뿐인 언니에게서 온 편지를 받고 실망했다는 얘기가 되는 건가? 생판 남인 그 누군가에게서 온 편지가 아니라서 실망했다는 말인가? 사랑하는 언니! 다정하게 편지를 쓰면서 그걸 받고 기뻐하는 내 모습을 떠올렸겠지. 나는 편지를 읽을 자격도 없는 사람이야!

나는 스스로에게 화가 나서 일단 편지를 뜯지 않고, 새로운 마음가짐으로 언니의 편지를 읽을 만한 순수한 마음과 자격을 되찾은 다음에 읽어야 한다고 생각했다. 하지만 옆에서 어머니가 기다리며 어떤 소식이 담겨 있는지 알고 싶어했다. 나는 편지를 읽고 어머니에게 건네주고 교실로 가서 학생들을 가르쳤다. 하지만 아이들의 작문과 산수를 봐주고 실수한 부분을 고쳐주기도 하고 숙제를 해오지 않은 아이를 꾸짖기도 하면서 속으로는 훨씬 가혹하게 나 자신을 질책했다.

내 이성이 감성을, 가혹한 내가 여린 나를 호되게 꾸짖었다.

'넌 참 바보구나. 어떻게 그분이 너 같은 애한테 편지를 쓸 것이라고 꿈꿀 수 있지? 꿈도 야무지시지. 너를 만나러 오거나 네게 관심을 갖거나 적어도 다시 너를 생각하리라고 꿈꾸다니. 도대체가 말이야…….'

그때 희망의 여신이 나타나서 그 사람과 마지막으로 나눴던 짤막한 대화를 들먹이며 내 기억 속에 고이고이 간직한 말들을 정확하게 늘어놓았다.

'흠, 그래서? 그 말들이 무슨 뜻이지? 대체 부러질 듯 여린 나뭇가지에 희망을 거는 사람이 어디 있냔 말이야? 그분의 말 중에서 그냥 알고 지내는 사람들끼리 흔히 할 법한 말 아닌 것이 뭐냔 말이야? 물론 그분 말처럼 다시 만나게 될지도 모르지. 하지만 네가 뉴질랜드로 떠난다 했더라도 그분은 그렇게 말했을 거야. 널 다시 만나겠다는 뜻을 담고 있지도 않고 그런 질문에는 누구라도 그렇게 말했을 거야. 넌 어떻게 대답했지? 어정쩡한 대답이었잖아. 머레이 씨처럼 정중하게 인사를 나눌 정도의 사이라면 누구에게나 했을 법한 그런 대답이었어.'

그때 희망의 여신이 고개를 들었다.

'그렇다면 그분의 목소리와 태도는 어떻게 설명하지?'

'오, 말도 안 돼! 그분의 말투는 항상 감동을 주잖아. 그날은 코앞에 그린 씨 댁 아가씨들도 있었고 마틸다도 있었고 다른 사람들도 지나다녔잖아. 그는 네 옆에 가까이 서서 나지막이 말해야 했어. 남들이 그의 말을 듣지 못하게 하려고. 별말은 아니었어도 남들이 듣는 게 싫었으니까.'

'그래도 따뜻하게 지긋이 내 손을 잡아준 것은, '나를 믿어요.'라는 말과 그 밖에 여러 가지 뭔가를 말하는 듯했어. 너무 기쁘고 너무 간지러워서 혼자서라도 그 일을 떠올리기 힘들 정도야.'

'터무니없이 어리석은 생각이야. 하도 어이가 없으니 반박할 필요도 없군. 다 네 상상으로 지어낸 얘기잖아. 부끄러운 줄 알아야 해. 얼굴도 예쁘지 않고 성격은 무뚝뚝하고 또 바보처럼 수줍음을 타서 차갑고 따분하고 이상하고 성질 고약한 사람으로 비치는 네 모습을 생각해봐. 애초에 네가 이런 면을 잘 파악했다면 그런 주제넘은 생각을 품진 않았을 거야. 네가 그렇게 어리석었으니 유감으로 여기고 고쳐나갈 뿐 아니라 그 일은 이제 더 이상 생각하지 마!'

내가 마음속 깊이 진심으로 이 명령에 복종했는지는 말할 수 없다. 하지만 시간이 흘러도 웨스턴 씨를 보지도 못하고 아무런 소식도 들리지 않다 보니 이와 같은 추론이 설득력을 얻었다. 마지막 순간에 이르기까지 내 마음조차도 다 쓸데없는 희망이라는 것을 인정하고 꿈꾸기를 포기했다. 하지만 여전히 나는 그를 생각할 터였다. 마음속에 그의 모습을 새겨둘 터였다. 내 기억력이 허락하는 한 그의 말 한 마디 한 마디, 그의 모습과 행동 하나 하나까지 소중히 간직할 터였다. 그의 훌륭한 자질과 독특한 성품 그리고 그를 보고, 그에 관해 듣고 그에 관해 상상한 모든 것을 곱씹을 터였다.

"아그네스, 이곳 바닷바람이랑 생활환경이 너한테 좋지 않은 모양이다. 그렇게 기운 없는 모습은 처음이야. 너무 오래 앉아 있고 학생들 걱정으로 많이 힘들어하는 것 같다. 모든 일을 편안하게 받아들이고 밝고 명랑하게 지내야 한다. 그리고 시간 나면 항상 운동을 하고 골치 아픈 문제는 내게 맡기렴. 내게는 인내력을 발휘하고 내 성격을 시험하는 좋은 기회가 될 테니."

부활절 휴가 기간 중 어느 날 아침, 교실에서 어머니가 한 말이다. 나는 일이 전혀 힘들지 않고 잘 지내고 있다고 말했다. 그리고 문제가 있더라도 고단한 봄이 지나고 나면 사라질 것이고 여름이 오면 어머니가 바라는 대로 다시 건강하고 명랑한 나로 돌아갈 것이라는 말로 어머니를 안심시켰다. 하지만 속으로는 어머니의 예리함에 놀랐다. 사실 나는 기운이 없고 입맛도 잃었으며 열정도 잃고 의기소침한 상태였다.

그가 내게 관심을 갖지 않고 다시는 그를 만날 수 없다면, 그리고 내가 그의 행복에 기여하지 못한 채 다시는 사랑의 기쁨을 맛보지 못하고 축복해주고 축복받지 못한다면, 삶의 무게로 짓눌려 하느님께서 불러주신다면 기꺼이 맞이할 생각이었다. 아아! 그래도 내가 죽어 어머니를 홀로 남겨둬선 안 돼. 한순간이라도 어머니를 잊다니 참으로 이기적이고 고약한 딸이로구나! 어머니의 행복은 분명 내게 달렸고, 게다가 어린 학생들을 보살피는 일도 내 몫이 아닌가? 하느님이 내게 주신 일이 입맛에 맞지 않는다고 해서 피하겠는가? 내가 무엇을 하고 어디서 일해야 할지에 대한 것은 하느님께서 가장 잘 알고 있지 않았는가? 할 일을 마치지도 않은 채 그분의 일을 끝내고 열심히 노력해서 얻으려 하지 않고 하느님의 품에 들어가길 바라서야 되겠는가?

'안 된다. 하느님의 도움으로 일어나서 내게 주어진 의무를 성실히 수행해야 한다. 세상의 행복이 내 것이 아니라면 하다못해 주변사람들의 행복을 위해서라도 노력해야 한다. 그러면 나도 보상받는 날이 오겠지.'

나는 마음속 깊이 이렇게 결심하고, 그날 이후로는 에드워드 웨스턴에게 생각이 닿으면 잠시 머무르는 정도만 가끔씩 허용해주었다. 여름이 다가와서인지, 나의 굳은 결심이 효과를 본 것인지, 세월이 흘러서인지, 아니면 모든 요소가 결합된 결과인지는 몰라도 나는 곧 마음의 평정을 찾고 서서히 눈에 띄게 건강도 되찾고 기력도 회복했다.

6월 초에 이제는 애슈비 부인이 된 로잘리에게서 편지 한 통이 날아왔다. 전에도 두세 번 정도 여러 신혼여행지에서 편지를 보냈는데 항상 기분이 좋아 보였고 또 매우 행복하다고 쓰여 있었다. 매번 그렇게 유쾌한 여행과 다채로운 풍경 속에서도 그녀가 나를 잊지 않은 점이 의아했다. 그러다 결국 편지가 뚝 끊겼다. 일곱 달 동안이나 편지가 없기에 나를 잊었나 보다 생각했다. 물론 그 일로 마음이 상하지는 않았지만 가끔씩 그녀가 잘 지내고 있는지 궁금했다. 그래서 뜻밖에 마지막 편지가 왔을 때 나는 편지를 받고 매우 기뻤다.

편지는 애슈비 파크에서 보낸 것이었다. 그녀는 유럽과 런던을 오가며 살다가 마침내 애슈비 파크에 정착했다고 했다. 오랫동안 소식을 전하지 못해 미안하다며 나를 잊은 것이 결코 아니고 여러 번 편지를 쓰려 했지만 항상 사정이 생겨서 보내지 못했다고 했다. 그녀는 자기가 아주 한심하게 살았던 것을 깨달았으며 내가 그녀를 몹시 못되고 인정머리 없는 계집애로 생각했으리라는 생각이 든다고 했다. 그럼에도 불구하고, 깊이 생각해본 결과 나를 정말로 보고 싶다는 걸 깨달았다고 했다.

그녀는 편지에 이렇게 썼다.

'이곳에 온 지도 벌써 며칠이 지났네요. 주변에 친구도 하나 없이 상당히 따분해요. 나는 둥지 속 한 쌍의 호도애(비둘깃과의 새)처럼 남편과 오순도순 살 마음이 없었어요. 세상사람 중에 가장 멋진 남자라 해도요. 그러니 절 불쌍히 여겨 이곳에 와주세요. 선생님, 6월에 여름휴가도 시작될 테니 시간이 없다는 말은 말고 꼭 와주세요. 안 오시면 난 정말 죽을지도 몰라요. '친구'로 찾아오셔서 오래도록 지내세요. 좀 전에도 말했지만 내게는 토머스 경과 늙은 애슈비 부인 말고는 아무도 없어요. 그 사람들 걱정은 안 하셔도 돼요. 우릴 방해할 일은 없을 거예요. 선생님이 원하시면 언제라도 들어가 쉴 수 있는 방도 따로 마련해놨고 책들이 충분히 있으니 나와 있는 시간이 지루해지면 언제라도 책을 읽을 수 있어요. 선생님이 아기를 좋아했었는지 잊었네요. 아기를 좋아하신다면 우리 아기를 보고 기쁘실 거예요. 세상에서 가장 예쁜 아기예요, 틀림없이. 게다가 난 아기 보는 일로 고생하지 않아요. 아기 때문에 귀찮아지고 싶지 않았거든요. 아기는 안타깝게도 딸인데 이 때문에 토머스 경이 날 용서하지 않아요. 하지만 선생님이 원하기만 한다면 아기가 말하는 날부터 가정교사가 되어서 아기를 올바른 길로 인도해주시고 그 애 어머니보다 좋은 여자로 길러주세요. 음, 그리고 파리에서 데려온 매력적인 꼬마 멋쟁이 푸들도 있고, 아주 진귀한 이탈리아 그림 두 점도 있고, 화가 이름은 잊었네요. 선생님이라면 분명 그 그림들에서 놀라운 아름다움을 발견하실 수 있을 거예요. 나는 남들의 평가만 듣고 감상하지만 선생님은 직접 찾아내서 내게 보여줄 게 틀림없어요. 그 밖에도 로마 등지에서 사온 진기한 물건들이 많답니다. 끝으로 내가 사는 새 집도 볼 수 있잖아요. 내가 그토록 바라마지 않던 멋진 집과 정원이에요. 아이 슬퍼라! 실제로 갖는 것보다 꿈꾸는 일이 얼마나 좋은지! 복잡 미묘한 감정이네요! 나는 필시 우울한 부인으로 늙어가고 있어요! 제발 오세요. 그냥 엄청난 변화를 확인하기 위해서라도. 답장을 보내서 휴가가 언제 시작하고 언제부터 언제까지 머무를지 알려주세요.

사랑하는

로잘리로부터'

나는 이 이상한 편지를 어머니에게 보여주고 어떻게 해야 할지 물었다.

어머니는 나에게 가보라고 했다. 그래서 애슈비 부인도 만나고 그녀의 아기도 보고 위로해주거나 조언해주면서 도와줄 일을 하려고 갔다. 나는 그녀가 매우 불행한 상태일 것이라고 생각했다. 그렇지 않았다면 편지에 그렇게 쓰지 않았을 테니까. 하지만 예민한 내 감정을 보면, 그녀의 초대를 받고 그녀를 위해 많은 것을 희생했는데도 여러 가지 면에서 상처를 입은 기분이 들었지, 준남작 부인의 친구로서 방문하는 처우로 인해 명예로운 기쁨을 느끼지는 못했다.

하지만 나는 길어야 며칠이라는 생각으로 그녀를 찾아갔다. 물론 애슈비 파크가 호튼에서 그리 멀지 않으니 혹시라도 웨스턴 씨를 보거나 하다못해 소식을 들을 수 있으리라는 판단도 섞였음은 부인하지 않겠다.

22
방문

애슈비 파크는 살기 좋은 쾌적한 곳이었다. 저택 외부는 장중했고 내부는 널찍하고 품위가 있었다. 탁 트인 정원의 아름다움은 거대한 고목과 넓게 퍼진 사슴 서식지와 넓은 호수와 그 너머로 뻗어 있는 원시림 덕분인 듯했으며, 풍광을 해칠 정도로 울퉁불퉁한 땅은 없었으며 물결이 굽이치는 듯한 기복이 정원 경관에 아름다움을 더해주었다.

바로 그곳이 로잘리 머레이가 그토록 소유하고 싶어했던 곳이었다. 그곳을 얻기 위해 어떤 조건이라도 감수했을 터였고, 안주인이라는 이름을 얻기 위해 어떤 대가라도 치렀을 것이며, 배우자가 누가 되든지 그런 지위가 주는 명예와 기쁨을 누렸을 것이다. 어찌됐든 이제는 그녀를 비난할 생각이 없다.

로잘리는 나를 따뜻하게 맞아주었다. 비록 가난한 성직자의 딸이고 가정교사고 또 학교 선생이지만 격의 없이 나를 맞아주었다. 그리고 알고 보니 놀랍게도 그녀는 나를 기분 좋게 맞이하기 위해 약간의 희생을 치러야 했다. 그런데 그녀는 내가 그곳의 화려한 환경에 감동하기를 기대하는 눈치였다. 솔직히 말해서 나를 지나치게 안심시키고 화려한 환경에 기죽지 않게 배려해주는 태도가 퍽이나 거슬렸다. 그리고 그녀의 남편이나 시어머니와 마주칠까 봐 지나치게 전전긍긍하며 내 초라한 몰골을 부끄러워했다. 물론 나는 전혀 부끄럽지 않았다. 비록 소박하긴 하지만 추레하거나 품위 없이 보이지 않으려고 신경 써서 차려입었다. 나를 초대한 안주인이 드러내놓고 내게 그런 느낌을 주려고 애쓰지만 않았어도 나도 꽤 예뻐 보였을 것이다. 그녀를 둘러싼 화려한 집안 분위기에 관해 말하자면, 내 눈에는 그녀의 변화된 외모보다 충격적이거나 감흥을 주는 것은 없었다.

사교계의 방탕한 생활 탓인지 악마의 소행인지는 몰라도, 열두 달 남짓 지났을 뿐인데 몇 년이나 흐른 것만큼 변했다. 풍만하던 몸매는 살이 빠졌고, 얼굴빛은 생기를 잃었으며, 거동은 활기를 잃었고, 마음은 기쁨에 넘치지 않았다.

나는 그녀가 불행하게 사는지 알고 싶었다. 하지만 이쪽에서 물어볼 말이 아닌 것 같았다. 그녀의 신뢰를 얻어서 털어놓게 할 수는 있었다. 하지만 그녀가 결혼생활의 문제를 털어놓지 않으려 한다면 주제 넘는 질문을 해서는 안 될 것이다.

그래서 우선 몸은 어떤지, 기분은 어떤지 등의 평범한 질문을 하고, 아름다운 애슈비 파크의 경관에 감탄하고, 아들로 태어났어야 할 귀여운 어린 딸아이를 칭찬해주었다. 아기 어머니는 100일도 안 된 부서질 듯 작은 아기에게 대단한 관심이나 애정을 보이지 않았지만 그 정도면 로잘리로서는 최대한 사랑해주는 편이었다.

내가 도착하자마자 그녀는 하녀를 시켜 내 방으로 안내해주고 더 필요한 것은 없는지 알아보게 했다. 방은 아담하고 소박했지만 꽤 아늑한 곳이었다.

나는 여독을 충분히 풀고 나를 초대해준 안주인의 기분을 적절히 배려할 정도로 몸단장을 하고 아래층으로 내려왔다. 이번에는 그녀가 직접 어떤 방으로 나를 데려갔다. 내가 혼자 있고 싶거나, 그녀에게 다른 손님이 있거나, 그녀가 시어머니와 함께 있어야 하거나, 혹은 그녀의 표현에 따르면 나와 함께 있는 즐거움을 누리지 못할 경우에 나 혼자 들어가 있을 수 있는 방이었다. 그곳은 조용하고 아담한 응접실로써 내게 그런 은신처가 생겨서 나쁘지 않았다.

"그리고 언제 서재도 보여드릴게요. 나도 아직 무슨 책이 있는지 꼼꼼히 살펴보지는 않았지만 분명 좋은 책들로 가득 차 있을 테니, 언제라도 찾아가서 책 속에 파묻혀버릴 수 있어요. 이제 차를 좀 드셔야죠? 곧 식사 시간이 되지만 선생님은 1시에 식사하는데 익숙하시니 지금쯤 차 한잔 하시고 우리가 점심 먹을 때 식사를 하세요. 그리고 차는 이 방에서 드셔도 돼요. 그럼 애슈비 부인이나 토머스 경과 같이 있지 않아도 되니까요. 그럼 좀 이상하잖아요. 아니 꼭 이상할 것까지는 없어도, 그러니까 좀…… 내 말

무슨 뜻인지 알죠? 아마 선생님도 별로 좋아하지 않을 거예요. 특히 가끔가다 상류층 사람들이 와서 함께 식사할 때는 불편하실 거예요."

"맞아, 네 말대로 여기서 마시는 편이 나아. 그리고 너만 괜찮다면 식사도 이 방에서 하고 싶은데."

"아니, 왜요?"

"애슈비 부인이나 토머스 경께도 그러는 편이 나을 것 같아."

"그럴 리가요!"

"물론 나도 그러는 게 편하고."

그녀는 조금 반대하는 듯하다가 마지못한 듯이 내 의견에 동의했다. 내가 그렇게 말해줘서 크게 안심하는 듯 보였다.

"그럼 이제 응접실로 가요. 드레싱 벨(만찬을 위해 몸치장할 것을 알리는 종—옮긴이)이 울리네. 일찍 가지 않을래요. 볼 사람도 없는데 잘 차려입는 거 시간낭비 같아요. 그리고 얘기도 좀 나누고 싶어요."

응접실은 상당히 분위기 있는 방으로 품격 있는 가구로 꾸며져 있었다. 방에 들어서자 어린 안주인은 나를 힐끔거리며 내가 그 대단한 광경에 얼마나 감동받는지 보려는 눈치를 보여서 나는 냉담하게 무관심한 척하며 별로 대단할 게 없다는 듯한 표정을 지으려 했지만, 그것도 잠깐, 이내 내면의 목소리가 들려왔다.

'내 자존심 세우겠다고 그녀를 실망시켜 뭐 하겠어? 그냥 자존심을 누르고 순수한 기쁨을 보여주자.'

나는 가식 없이 방을 둘러보며 품위 있는 방이고 가구도 아주 품격 있어 보인다고 말해주었다. 그녀는 별로 말이 없었지만 속으로 매우 기뻐하는 듯했다.

그녀는 비단 방석 위에 몸을 구부린 채 앉아 있던 살찐 프랑스산 푸들과 훌륭한 이탈리아 그림 두 점을 보여주면서 그림을 찬찬히 들여다볼 짬을 주지 않고 그림은 언제 다시 볼 시간이 있을 거라며 제네바에서 산 보석이 박힌 작은 시계를 감상하게 한 다음, 나를 데리고 방을 돌아보며 이탈리아에서 들여온 갖가지 예술품들을 보여주었다. 작고 아름다운 흉상 몇 점과 하얀색 대리석을 아름답게 조각한 화병들이었다. 그녀는 신이 나서 장식품들을 소개했고 내 칭찬에 만족스런 미소를 지었다. 하지만 미소는 이내 사라지고 우울한 한숨이 새어나왔는데, 마치 인간의 진정한 행복에 비하면 이런 잡동사니는 아무 짝에도 쓸모없으며 인간의 탐욕스런 욕구를 채워주기에는 턱없이 부족하다고 생각하는 듯했다.

그런 다음 그녀는 소파에 주저앉으며 나에게는 앞에 놓인 넓고 푹신한 의자에 앉으라는 손짓을 했다. 의자는 벽난로 옆이 아닌 탁 트인 창 옆에 놓여 있었는데 여름철이라 6월 하순의 달콤하고 따뜻한 저녁 바람이 들어왔다. 나는 잠시 말없이 앉아서 잔잔하고 깨끗한 공기를 들이마시며 눈앞에 펼쳐진 정원의 아름다운 경관을 감상했다. 신록이 우거진 정원은 해저물녘 황금빛 햇살을 맞으며 긴 그림자를 드리우고 있었다. 그 시간을 이용해야 했다. 내게는 꼭 물어보고 싶은 말이 있었다. 그녀가 쓴 편지의 추신처럼, 가장 중요한 말은 마지막에 나오기 마련이었다.

그래서 우선 머레이 씨와 머레이 부인, 그리고 마틸다와 그 집 아들들의 안부부터 물었다.

머레이 씨는 통풍에 걸려 성질이 더 고약해졌고 다양한 종류의 술과 풍성한 만찬을 포기하지 않으려 해서 주치의와 말싸움을 하곤 한다고 했다. 주치의는 그가 계속 무절제하게 생활하면 어떤 약으로도 치료가 되지 않는다고 했다. 그녀의 어머니와 다른 식구들은 잘 지낸다고 했다. 마틸다는 여전히 자유분방하고 제멋대로지만 상류층 가정교사를 만나 어느 정도 예의범절을 알게 되었고 머지않아 사교계에 진출할 참이었다. 마침 방학을 맞아 집에 머물고 있던 존과 찰스는 어느 모로 보나 '튼튼하고 버릇없고 걷잡을 수없는 장난꾸러기 녀석들' 이었다.

"그리고 다른 분들은 어떻게 지내시니? 이를 테면, 그린 씨 댁 사람들은?"

그녀는 별 일 아니라는 듯한 미소를 지으며 말했다.

"흠! 그린 씨가 많이 슬퍼하고 있어요. 아직도 실연의 상처에서 벗어나지 못하고 있어요. 영원히 그럴 것 같아요. 노총각으로 늙어 죽을 게 틀림없어요. 그 사람 누이들은 결혼하려고 발버둥을 치고 있지요."

"그리고 멜덤 씨 댁 사람들은 어때?"

"뭐, 늘 그랬듯이 잘 지내겠죠. 그 집안 소식은 잘 몰라요. 해리만 빼고."

그녀의 얼굴이 약간 달아오르며 다시 미소가 비쳤다.

"런던에 있을 때 많이 만났어요. 우리가 런던에 있다는 소식을 듣자마자 자기 형을 방문한다는 명목으로 찾아와서는, 내가 어디를 가든 그림자처럼 쫓아다니고 어디를 돌아봐도 거울에 비친 내 모습처럼 그가 보였어요. 그렇게 놀란 표정 짓지 말아요. 아주 조심성 있게 처신했어요. 정말이에요. 하지만 아시다시피 쳐다볼 수밖에 없는 사람이 있잖아요. 불쌍한 인간들! 해리 말고도 나를 쫓아다닌 사람은 많지만 개중에는 해리가 가장 눈에 띄고 가장 헌신적이었어요. 그런데 그 밉살스런 윽, 토머스 경이 그 사람한테 화를 내는 바람에, 아니 어쩌면 내 씀씀이가 헤퍼서인지 뭔지 정확히는 모르지만, 아무튼 서둘러 여기 시골로 날 데려온 거예요. 여기서는 세상과 등지고 살아야 해요."

그녀는 입술을 깨물더니 한때 그토록 자기 것으로 만들고 싶어 안달을 했던 멋진 영지를 원수 보듯 바라보며 인상을 찌푸렸다.

나는 또 물었다.

"그리고 핫필드 씨는 어떻게 되셨니?"

그녀는 다시 기분이 좋아져 신이 나서 대답했다.

"참! 그 사람은 노처녀 하나 만나서 결혼했어요. 그 여자의 무거운 지갑과 자신의 시들어가는 매력을 저울질해보고 나서 바로 결혼하더라고요. 사랑은 거절당했지만 돈으로는 위로를 받고 싶었나 봐요. 하하!"

"그렇구나. 그 정도면 웬만한 사람들 소식은 다 들은 것 같은데. 웨스턴 씨가 남았네. 그분은 뭐 하시니?"

"나도 잘 몰라요. 그 사람, 호튼을 떠났어요."

"떠난 지 얼마나 됐는데? 어디로 가셨어?"

그녀는 하품을 하며 대답했다.

"그 사람에 대해서는 아는 게 없어요. 한 달 전쯤에 떠났다는 거 말고는. 어디로 가는지 묻지 않았어요."(정식 목사가 된 건지 아니면 다른 목사보 자리로 옮기는 건지 물으려 했지만 그러지 않는 편이 낫겠다는 생각이 들었다.)

"그 사람이 떠나는 문제 때문에 사람들이 들고일어났어요. 핫필드 씨가 기분 나빠했겠지요. 핫필드 씨가 웨스턴 씨를 싫어했던 이유는, 그 사람이 보통사람들에게 미치는 영향력이 너무 컸고 다루기 쉽지 않은 사람이고 자기 말을 잘 듣지 않아서였거든요. 그리고 뭔가 용서받지 못할 죄를 지은 모양인데 무슨 일인지는 나도 몰라요.

어머, 이제 가서 옷을 차려입어야 해요. 금방 두 번째 종이 울릴 텐데, 이런 꼴로 식당에 나타나면 애슈비 부인의 잔소리가 끝없이 이어지거든요. 내 집에서 내가 주인 행세를 못 한다니 이상하지요! 종만 울리세요. 하녀를 보내서 차를 준비해드리라고 할게요. 그 짜증나는 여편네만 생각하면……."

"누구? 하녀?"

"아니, 시어머니요. 바보같이 내가 실수했지 뭐예요! 우리 결혼할 때 자기는 다른 집으로 옮기겠다고 하는 걸 내가 바보같이 여기 남아서 집안일을 대신 돌봐달라고 부탁했거든요. 어차피 1년 중 대부분의 시간을 런던에 머물 테고, 내가 어리고 경험이 없다 보니 집안에 가득한 하인들을 다스리고 식사를 준비하고 파티를 준비하는 일들을 감당해야 한다는 생각에 겁이 났거든요. 아무래도 시어머니가 연륜이 있으시니까 나한테 도움이 될 거라고 생각했죠. 강탈자에, 폭군에, 악마에, 염탐꾼에 그런 역겨운 인간일 줄 꿈에도 몰랐어요. 저 여자, 그냥 죽어버렸으면 좋겠어요!"

그러고 나서 문 앞에 붙박은 듯이 서 있던 하인에게 돌아서서 명령을 내렸다. 그는 조금 전부터 거기 서서 그녀의 험한 말들을 모두 들었고 물론 나름대로 생각했을 텐데도 응접실에서 의당 지어야 하는 변함없는 무표정한 얼굴이었다.

나중에 내가 그 사람이 들었을 거라고 걱정하자 그녀는 이렇게 답했다.

"뭐, 상관없어요! 하인들은 상관없어요. 그냥 기계처럼 움직이는 사람들이에요. 윗사람들이 무슨 말을 하고 뭘 하든지 저 사람들에게는 중요하지 않아요. 어디 가서 감히 떠벌리지도 않을 거예요. 그리고 그들이 무슨 생각을 하든, 혹여 생각이란 걸 한다 해도, 아무도 상관하지 않아요. 하인들 때문에 할 말도 못 하고 산다면 그게 한심한 거지요!"

이런 말을 남기고 그녀는 서둘러 몸치장을 하려고 급히 방을 나섰다. 나는 혼자서 아까 그 방으로 찾아가 제시간에 차를 대접받았다. 그리고 가만히 앉아서 애슈비 부인의 과거의 모습과 현재의 상황에 대해 곰곰이 생각해보았다. 그리고 웨스턴 씨에 관해 얻은 얼마 안 되는 정보와 심심하고 칙칙한 내 인생에서 더 이상 그를 만나거나 그의 소식을 들을 일이 없는 점에 관해서도 찬찬히 생각해보았다. 앞으로 내 인생은 그럭저럭 나쁘지 않은 비 오는 날과, 잿빛 구름이 드리우지만 폭우가 쏟아지지는 않는 그런 지리멸렬한 날들의 연속일 듯 보였다.

그러다 결국 그런 생각마저 지쳐서 로잘리가 말한 서재가 어디에 있는지 알고 싶었고 잠자리에 들기 전까지 아무것도 하지 않고 그곳에 있어도 되는지 알고 싶었다.

나는 시계를 지니고 다닐 만큼 부유하지 않아서 시간이 얼마나 흘렀는지 몰랐지만 창밖으로 서서히 길어지는 그림자를 보고 시간을 가늠할 수 있었다. 창밖으로는 정원 모퉁이도 보이고 꼭대기를 시끄러운 까마귀떼가 차지한 나무숲도 보이고 정원부터 널찍한 마차로가 닦여 있는 것으로 보아 필시 마구간 뜰로 나 있을, 커다란 나무문이 달린 높은 담벼락의 측면 풍경이 보였다. 그러다 금세 담벼락의 그림자가 정원을 뒤덮으면서 황금빛 햇살을 조금씩 나뭇가지 끝으로 밀어냈다. 마침내 마지막 남은 햇살조차도 먼 산의 그림자 그리고 대지의 그림자 속으로 사라져버렸다.

나는 정신없이 움직이는 까마귀떼에게 연민을 느끼며 그렇게 오랫동안 화려한 빛을 받던 그들의 거처가 낮은 세계, 아니 나 자신의 음울하고 지루한 어둠 속으로 사라져가는 모습을 보니 가여운 생각이 들었다. 한동안 남들보다 높이 날아오른 까마귀들은 아직도 날개에 햇살을 받아 검은 깃털에 진한 적금 색(붉은색을 띤 금의 합금 색)을 물들였다. 마침내 그마저도 떠나버렸다. 이윽고 땅거미가 지고 까마귀떼도 잠잠해지니 나는 더욱 지쳐서 당장 다음 날이라도 집으로 돌아가고 싶었다.

마침내 사위가 어두워졌다. 종을 울려 초 한 자루를 얻어서 침실로 들어갈까 생각하던 차에 로잘리가 들어와서 혼자 있게 해서 미안하다 여러 차례 사과하면서 모든 잘못을 시어머니인 '지긋지긋한 할망구' 탓으로 돌렸다.

"토머스 경이 술을 마시는 동안 응접실에서 시어머니 옆에 있지 않으면 날 가만두지 않으려 해요. 두어 번 정도 토머스 경이 들어오자마자 방을 나섰더니 당신의 사랑하는 아들을 욕보이는 짓이라더군요. 자기는 남편을 그런 식으로 무례하게 대한 적이 없었고, 요즘 여자들은 공경할 줄 모른다면서요. 예전에는 달랐대요. 남편이 화가 나서 투덜대고 불평을 터트릴 때나 기분이 좋아서 말도 안 되는 농담을 지껄일 때나 흔히들 그랬듯이 너무 어리석어서 소파에서 잠이 들 때나 술이 떡이 되도록 술이나 마시는 것 말고는 하는 일이 없을 때도 마치 좋은 일이 있다는 듯이 방에 함께 있어야 한다네요."

"그런데 좋은 일로 네 남편 마음을 사로잡아볼 수 있지 않을까? 그분의 그런 나쁜 버릇을 고치려고 해봤니? 너는 사람을 잘 구슬리기도 하고 남자를 즐겁게 해줄 능력이 있잖아. 여자라면 누구나 갖고 싶어하는 그 능력 말이야."

"그럼 선생님 말씀은, 그 사람을 기분 좋게 해주려고 나를 희생하라는 건가요? 싫어요. 내가 생각하는 아내는 그런 사람이 아니에요. 남편이 부인을 기쁘게 해줘야지 부인이 남편 비위를 맞춰주는 법이 어디 있어요? 부인의 있는 그대로의 모습에 만족하고 부인을 얻었다는 사실에 감사하지 않는 남편은 부인을 얻을 자격이 없어요. 당연하죠! 그리고 남을 구슬리는 일도 그래요. 분명히 말씀드리지만 난 골치 아프게 그런 일은 하지 않아요. 힘 빠지게 그를 바꾸려고 하지 않고 그 사람 생긴 대로 참아낼 수 있어요. 그나저나 선생님 혼자 너무 오래 있게 해서 죄송해요. 뭐 하며 있었어요?"

"그냥 까마귀떼를 보고 있었어."

"이런, 얼마나 지루했을까! 정말 서재를 보여드려야겠네. 그리고 필요한 게 있으면 언제나 종을 울리세요. 여관에서 묵는다 생각하고 편안히 보내세요. 선생님이 편하게 지내길 바라는 건 나 때문이에요. 선생님이랑 함께 있고 싶으니까, 하루 이틀 만에 도망가게 만들고 싶지 않거든요."

"그래, 오늘밤엔 응접실에서 물러나야겠구나. 피곤해서 이제 자야겠어."

23
정원

다음날 아침, 아래층으로 내려온 시각은 8시가 조금 못 됐는데, 먼 데서 울리는 시계 종소리를 듣고 알았다. 아침은 아직 준비되지 않았다. 나는 아침식사가 나오기 전까지 1시간 이상 기다리며 막연히 서재에 가볼 수 있기를 바랐다. 혼자서 식사를 마친 후 불안하고 불편한 기분으로 또다시 한 시간 반 정도 기다리는데 뭘 해야 할지 몰랐다.

마침내 로잘리가 찾아와 아침인사를 했다. 그녀는 아침식사를 방금 마쳤으며 나와 함께 정원으로 산책하러 나가고 싶다고 했다. 아침에 일찍 일어났는지 묻고 내 대답을 듣고는 진심으로 미안해하며 다시 한 번 서재를 보여주겠다고 약속했다.

나는 서재에 지금 가보면 어떻겠냐고 물으면서 그러면 나중에 잊어버리지 않지 않겠냐고 말했다. 그녀는 내 말에 동의했지만 당장은 독서를 생각하지 말고 책 생각에 사로잡히지 말아달라고 부탁했다. 금세 날이 뜨거워서 산책하기 힘들어지기 때문에 지금은 내게 정원을 보여주고 함께 거닐고 싶다고 했다. 사실 벌써 날이 덥긴 했다. 물론 나는 순순히 그녀의 의견을 따랐다. 우리는 함께 산책하러 나갔다.

정원을 거닐며 그녀가 여행을 다니면서 보고 들은 얘기들을 들려주는 사이 어떤 남자가 말을 타고 와서 우리를 지나쳤다. 지나치면서 그가 고개를 돌려 내 얼굴을 빤히 쳐다보았기 때문에 그가 어떻게 생겼는지 똑똑히 볼 수 있었다. 그는 키가 크고 비쩍 마르고 쇠약해 보였으며 어깨가 약간 구부정했다. 얼굴은 창백하면서도 눈꺼풀에는 반점이 있고, 안쓰러울 정도로 불그스름했으며, 이목구비에 특징이 없고 전체적인 외모가 기운 없고 특색이 없었다. 입가와 따분한 듯한 퀭한 눈가에는 악의가 서려 있었다.

그가 우리 옆을 천천히 지나가는 사이 로잘리가 신경질적인 목소리로 속삭였다.

"저 인간, 진짜 싫어!"

설마 남편을 두고 그렇게 말하겠냐 싶은 마음으로 내가 물었다.

"누군데?"

그녀는 우울한 표정으로 대답했다.

"토머스 애슈비 경이요."

나는 너무 놀라서 한순간 그녀의 이름조차 헷갈렸다.

"머레이 아가씨, 저분이 남편인데 그렇게 싫다는 거야?"

"그래요, 정말 싫어요. 그리고 저 인간을 경멸해요! 선생님도 저 인간이 어떤 인간인지 알면 나보고 뭐라 하지는 못할 거예요."

"어떤 사람인지는 결혼하기 전에도 알았잖아."

"아니요. 안다고 착각했던 거지요. 실은 절반도 몰랐던 거예요. 선생님이 주의를 줬던 거 알아요. 그 말을 들었더라면 좋았을 텐데. 하지만 이제 와서 후회하기에는 너무 늦었어요. 게다가 어머니는 선생님이나 나보다 더 잘 알았어야 했어요. 어머니는 아무런 걱정을 하지 않았어요. 걱정하기는커녕 오히려 부추겼어요.

그리고 그때는 저 인간이 날 사랑하니까 내 식대로 하게 내버려 둘 줄 알았는데, 알고 보니 처음에만 그런 척했던 거예요. 지금은 나한테 조금도 관심이 없어요. 나도 상관하지 말아야 해요. 내 마음대로 즐기면서 런던에서 지내거나 이곳에서 친구들과 어울릴 수만 있으면 저 인간이 자기 좋을 대로 해도 상관없어요. 그런데 저 인간은 자기 좋은 대로 할 테지만, 나는 여기서 죄수나 노예처럼 지내야 해요.

내가 자기 없이 재미있게 지내고 다른 사람들이 내 가치를 더 잘 알아보니까, 그 순간부터 저 이기적인 인간이 나보고 교태를 부리고 사치한다고 비난하고, 해리 멜덤 신발에 때만도 못한 인간이 해리를 욕하기 시작했어요.

그러더니 나를 이 시골로 끌고 내려와서 수녀처럼 살게 했죠. 내가 자기 명예를 더럽히거나 자기를 파멸의 나락으로 끌어내리지 못하게 한다면서요. 마치 자기는 모든 생활에서 열 배는 더 방탕하게 살지 않았다는 듯이 행세하는 거예요. 도박 장부며 도박판이며 여배우들이며 이 집 부인 저 집 부인 할 것 없었고, 게다가, 와인이며 물을 탄 브랜디는 또 어떻고……. 더러운 짐승 같은 인간! 정말 어떤 희생을 치르고서라도 다시 머레이 아가씨가 되고 싶어요! 저런 짐승 같은 인간 때문에 아무 느낌 없이 즐거움도 모른 채 인생과 건강과 아름다움을 허비한다고 생각하니 정말 비참해요."

그녀는 몹시 괴로워하며 눈물을 쏟았다.

물론 나는 그녀가 몹시 가여웠다. 행복에 대한 그녀의 그릇된 생각과 의무를 저버리는 태도도 그렇고 그녀와 인연이 얽힌 불쌍한 배우자도 안타까웠다.

나는 위로의 말을 해주었지만 그녀에게 상담이 필요할 것 같았다. 그래서 처음에는 조용조용하게 논리를 따져가면서 상냥하게 예를 들어주고 설득하면서 남편을 바꿔나가 보라고 조언해주었다. 최선을 다했는데도 구제할 길이 없는 사람이라는 생각이 들면 그때는 그 사람한테 매달리지 말고 자신의 정체성을 찾고 그 사람 때문에 속 썩이지 말라고 충고했다. 그리고 하느님과 인간에 대한 의무를 다하는 가운데 위안을 찾고 하느님께 신심을 다하고 어린 딸아이를 보호하고 기르면서 위안을 찾으라고 간곡히 타이르면서, 딸아이가 튼튼해지고 똑똑해지는 과정을 지켜보고 아이가 주는 진정한 사랑을 경험하면서 강인함과 지혜가 생기는 걸 느낄 것이고 진정한 사랑을 받으면서 충분한 보상을 받게 된다고 설득했다.

"그래도 아기만 바라보고 살 순 없어요. 아기가 죽을지도 몰라요. 그러지 말라는 법이 없잖아요."

"잘만 보살펴주면 아기들은 튼튼하게 자랄 수 있어."

"하지만 애 아버지처럼 참을 수 없는 인간이 될 테고 그럼 난 애를 미워하겠죠."

"그럴 것 같지 않은데? 작은 공주님이니 분명 어머니를 닮을 거야."

"관심 없어요. 남자아이였다면 더 좋아했을 거예요. 하긴 그랬다면 애 아버지가 흥청망청 쓸 수 있는 유산을 아들한테 남겨주지 않겠죠. 여자아이가 자라면서 내 빛을 잃게 하고 나는 못 누리는 재미를 실컷 즐기는 모습을 보고 어떻게 기쁠 수 있어요? 그래도 내가 아주 관대해서 아기한테서 기쁨을 찾는다 해도 그냥 아기잖아요. 내 꿈을 전부 한낱 아기한테 걸 순 없어요. 자기 자신을 개한테 거는 거나 별반 다르지 않잖아요. 그리고 선생님이 나한테 심어주려는 지혜와 선함도 물론 모두 맞는 말이겠죠. 스무 살 정도 나이를 더 먹으면 그 덕분에 충만해지겠죠. 하지만 사람은 젊을 때 즐겨야 해요. 누가 그걸 못 하게 하면 당연히 그를 미워해야 해요!"

"진정으로 즐기는 제일 좋은 방법은 옳은 일을 하고 아무도 미워하지 않는 거야. 신앙은 우리에게 어떻게 죽는지를 알려주는 게 아니라 어떻게 살아야 하는지를 가르쳐주는 데 그 목적이 있어. 네가 더 빨리 현명하고 착해지면 행복도 더 많이 누릴 수 있어. 그리고 애슈비 부인, 한 가지 더 조언할 말이 있는데, 시어머니를 적으로 삼지 말라는 거야. 그분을 경원시하고 질투하고 불신하는 짓은 그만두어야 해. 그분을 뵌 적은 없지만 들리는 얘기로는 그분한테 좋은 면도 있고 고약한 면도 있는 것 같아. 대체로 차갑고 거만한 분위기에 이것저것 깐깐하게 요구하시지만 당신 슬하에 있는 사람들한텐 강한 애착을 가진 분이라는 생각이 들어. 맹목적으로 아들에게 집착하시긴 하지만 영 도리를 모르는 분이 아니고 알아듣게 설명해드리면 이해하실 거야.

네가 조금이라도 그분의 마음을 누그러뜨리고 친근하고 상냥하게 다가가서 네가 느끼는 고충을 진솔하게 털어놓고 네가 마땅히 불만을 가질 만한 일들을 털어놓으면, 내 생각에는 그분이 조만간 네 충실한 친구가 되어주고 네게 위안을 주고 지지해주시지, 네 말처럼 너를 압박하지는 않을 거야."

하지만 내 충고가 불행에 빠진 어린 귀부인에게는 별로 영향을 주지 못하는 것 같았다. 그녀에게 별 도움이 되지 않는다는 걸 깨닫고 나니 애슈비 파크에 머무는 일이 더욱 불편해졌다. 그래도 약속을 했으니 그날과 그 다음날은 머물러야 했다. 더 있어 달라고 간청하고 설득하는 걸 뿌리치고 다음날 아침 떠난다고 하면서 내가 없으면 우리 어머니가 외로우실 테고 내가 돌아오기만을 고대하고 계신다는 이유를 들었다.

그래도 불쌍한 애슈비 부인에게 작별을 고하고 궁궐 같은 그 큰 집에 홀로 남겨두고 떠나서 마음이 무거웠다. 그녀가 불행한 것은 분명했다. 그렇게 나를 머물게 해서 위로를 얻으려 하고 자기의 취향과 생각에 맞지 않는 사람, 자기가 잘 나가던 시절에는 완전히 잊어버리고, 그녀 가슴에서 솟구치는 욕구의 반만이라도 채울 수 있다면 오히려 기쁨을 주기보다는 귀찮은 존재로 인식했을 나와 함께 있기를 그토록 원하다니.

24
바닷가 모래사장

우리 학교는 읍내 중심부에 자리 잡지 않았다. 북서쪽에서 A읍으로 들어오면 번듯한 집들이 줄지어 있고, 널찍한 하얀 길 양옆에는 집집마다 정원으로 들어가는 좁은 출입구가 나있었다. 창에는 베네치아풍 블라인드가 쳐 있고, 장식된 청동 손잡이가 달린 문 밑에는 층계참이 있었다. 이곳에서 가장 큰 집들 가운데 한 집에서 우리는 친지들과 보통 부모들이 맡긴 어린 여자아이들과 함께 생활했다. 따라서 우리 집은 거리상으로도 바다에서 꽤 멀리 떨어져 있었고 도로와 집들로 이루어진 미로 때문에 바다에서 동떨어진 느낌이었다.

나는 바다를 무척 좋아했다. 그래서 가끔씩 미로처럼 얽힌 읍내를 뚫고 가서 바닷가를 거닐며 기쁨을 만끽하곤 했다. 학생들과 함께 걷기도 하고 혼자 걷기도 하고 방학 중에는 어머니와 함께 걷기도 했다. 바닷가에서 산책하는 시간은 사시사철 언제나 즐거운 시간이지만 거센 바닷바람이 불거나 여름날 아침의 상쾌한 바람이 부는 날엔 더욱 좋았다.

애슈비 파크에서 돌아온 지 사흘이 지난 날 아침 일찍 잠에서 깨 보니, 블라인드 사이로 햇살이 반짝였다. 조용한 읍내를 가로질러 세상 사람들 절반가량은 아직 잠들어 있는 사이 홀로 바닷가 모래사장을 걷고 싶다는 생각이 들었다. 나는 우물쭈물하지 않고 곧바로 마음을 먹고 길을 나섰다. 물론 어머니를 방해하지 않으려고 살금살금 아래층으로 내려와 조용히 문을 열었다. 옷을 챙겨 입고 내려와서 밖으로 나오니 예배당 시계가 6시 15분 전을 가리켰다.

읍내 한복판 거리는 신선하고 활기 차 있었다. 나는 읍내를 빠져나와 모래사장에 들어서서 넓고 반짝이는 바다를 바라보았다. 깊고 청명한 푸른 하늘빛과 바닷물, 초록이 우거진 언덕에 둘러싸인 반원 모양의 울퉁불퉁한 절벽, 부드러운 모래밭과 해초와 이끼가 뒤덮여 풀이 무성한 작은 섬처럼 보이는 아래쪽 바위들, 반짝이며 부서지는 파도에 내리비치는 아침 햇살은 말로 형언하기 어려울 정도로 아름다웠다. 그리고 무척이나 맑고 깨끗한 공기! 공기가 따뜻하게 데워져 불어오는 바람이 기분 좋게 느껴졌고 바람도 알맞게 불어와 바다가 쉬지 않고 움직이면서 해변으로 파도를 밀어 보내서 물보라를 일으키다 부서지는 모습이 기뻐서 날뛰는 듯 보였다. 모래밭에는 그 무엇도 동요하지 않았으며 살아 있는 생명체라고는 나밖에 없었다. 나는 밤새 단단해지고 아무런 흔적도 없는 깨끗한 모래밭에 첫발자국을 남겼다. 간밤에 밀물이 밀려와 그 전날 깊이 팬 흔적들을 모조리 없애버린 뒤 물이 빠지면서 생긴 웅덩이와 물줄기를 제외하고는, 모래사장을 평편하고 깨끗하게 다져놓은 이후로 그 무엇도 흔적을 남기지 않은 상태였다.

상쾌해지고 즐겁고 생기에 넘치는 기분으로 걸으면서 모든 시름을 잊고 발에 날개라도 달린 듯이 가뿐하게 피로도 잊은 채 한 40마일도 가뿐히 걸을 수 있을 것 같았다. 아주 어린 시절 이후로 이처럼 들뜬 기분은 처음이었다. 6시 반쯤 지나자 마부들이 주인의 말을 산책시키러 데리고 나오기 시작했는데, 처음에는 하나둘씩 내려오더니 급기야 십여 마리의 말과 대여섯 명의 마부가 모여 있었다. 하지만 내가 가려던 아래쪽 바위까지는 내려오지 않았기 때문에 내게는 방해가 되지 않았다.

바위에 이르러 물기를 머금은 미끄러운 해초 위를 걸어서(바위 사이 여기저기에 고인 깨끗한 소금물 웅덩이에 빠질 위험을 무릅쓰고) 바닷물이 부딪히는 이끼 낀 작은 곶으로 향하면서 다시 뒤를 돌아보고 새로운 방해꾼이 나타났는지 살펴보았다. 그곳에는 말을 데리고 나온 부지런한 마부들과, 작은 검은 점처럼 보이는 개를 앞세운 남자 하나와, 목욕물을 길러 마을로 내려온 살수차 한 대가 보였다.

얼마 안 있어 멀리서 목욕탕 기계가 돌아가기 시작할 터였다. 그러면 나이가 지긋한 신사들과 착실한 퀘이커교도 여인들이 건강에 좋은 아침 산책을 하러 나올 터였다. 하지만 이런 모습들이 아무리 재미있어도 그걸 보려고 기다릴 수 없었다. 태양과 바다가 그쪽 방향으로 반짝여서 잠깐 동안도 볼 수 없을 정도로 눈이 부셨기 때문이었다. 나는 다시 돌아서서 내가 서 있던, 곶(岬)을 때리는 바다를 보고 파도소리를 들으며 상쾌한 기분을 만끽했다. 부딪히는 파도의 위력은 대단하지 않았다. 바닷물이 밀려오면서 물밑에 뒤엉킨 해초와 보이지 않는 바위가 파도를 가르기 때문이었다. 그렇지 않았다면 나는 곧 물보라에 휩쓸렸을 터였다.

어쨌든 밀물이 들어오고 있었다. 바닷물이 불어나고 있었다. 만과 호수가 채워지고 있었다. 여울이 넓어지고 있었다. 그러니 좀 더 안전하게 서 있을 곳을 찾아야 했다. 그래서 나는 걷고 뛰고 비틀거리면서 넓게 펼쳐진 부드러운 모래밭으로 돌아와서 절벽에 튀어나온 바위로 올라가야겠다고 마음먹고 돌아섰다.

그때 등 뒤에서 코를 킁킁대는 소리가 들려왔고 개 한 마리가 다가와 발치에서 까불며 꼼지락거렸다. 내가 보살펴주던 개 스냅이었다. 까만색의 작고 털이 빳빳한 테리어! 내가 개의 이름을 불러주자 녀석은 내 얼굴 높이까지 뛰어오르며 신이 나서 짖어댔다.

스냅만큼 나도 기뻐하며 개를 안고 키스를 퍼부었다. 아니, 이 녀석이 여기까지, 어떻게 예까지 온 거지? 하늘에서 떨어졌을 리도 없고 혼자서 왔을 리도 만무했다. 녀석의 주인인 쥐잡이꾼이나 다른 누군가가 데리고 왔을 게 분명했다. 그래서 마구 안아주고 뽀뽀해주고 싶은 마음을 억누르고 녀석도 자제시키면서 주위를 둘러보다 누군가의 모습을 발견했다. 웨스턴 씨였다!

"아가씨 개가 아가씨를 많이 닮았어요."

나도 모르게 불쑥 내민 손을 그가 따뜻하게 잡아주었다.

"일찍 일어나시나 봐요."

"오늘처럼 일찍 일어나는 날이 많지는 않아요."

나는 놀란 표정으로 대답하며 도대체 무슨 영문인지 생각해보았다.

"어디까지 걸을 생각이셨나요?"

"이제 돌아가려고 했어요. 시간이 꽤 지났을 거예요."

그는 시계를 보더니(그는 이제 금시계를 차고 있었다.) 7시 5분밖에 되지 않았다고 말해주었다.

"그래도 한참 걸으셨겠네요?"

그는 마을 쪽으로 몸을 돌렸다. 그쪽은 내가 남긴 발자국을 되짚어 가던 방향이었다. 그는 내 옆에서 걸으며 물었다.

"읍내에서 어느 쪽에 사세요? 찾을 수가 없었어요."

찾을 수가 없었다고? 그렇다면 찾으려고 애썼다는 말인가? 나는 우리 집이 있는 위치를 일러주었다.

그는 우리 집 일이 잘되고 있는지 물었다. 나는 꽤 잘하고 있다면서, 크리스마스 휴가가 끝나고 학생들이 많이 늘었고 이달 말쯤에는 더 늘어날 것 같다고 말해주었다.

"훌륭한 선생님이 되셨겠네요."

"아니에요. 다 어머니가 하신 일인데요. 저희 어머니는 학교 일도 잘 꾸려 가시고, 아주 적극적이고 똑똑하고 따뜻한 분이세요."
"어머님을 뵙고 싶군요. 혹시 언제 한번 소개해줄 수 있어요?"
"그럼요, 물론이죠."
"그리고 옛 친구 자격으로 가끔 찾아 뵈어도 될까요?"
"네, 다만……. 그래도 될 것 같네요."

아주 바보 같은 대답이었지만, 솔직히 어머니한테 알리지 않고 어머니 집으로 손님을 초대할 수는 없었다. 만약 '그래요, 어머니가 반대하지 않으신다면요.' 하고 대답했다면 그의 요청을 필요 이상으로 받아들이는 것처럼 보일 것 같았다. 그래서 어머니가 반대하지 않으실 것 같아 '그래도 될 것 같네요.' 라고 말했지만, 물론 내가 재치 있는 사람이었다면 더 합당하고 정중한 대답을 했어야 했다. 한동안 말없이 걷다가 웨스턴 씨가 입을 열었다. 내게는 정말 다행이었다. 웨스턴 씨는 반짝이는 아침햇살과 아름다운 바다와, A읍이 유명한 다른 휴양지에 비해 많이 가지고 있는 장점에 관해 얘기했다. 그러다 그가 물었다.

"제가 왜 A읍으로 왔는지 묻지 않으시네요. 저, 휴양하러 올 만큼 여유 있는 사람은 아닙니다."
"호튼을 떠나셨다는 소식은 들었어요."
"그럼 제가 F마을에 살게 되었다는 소식은 못 들으셨나보군요."

F마을은 A읍에서 2마일 정도 떨어진 마을이었다.

"몰랐어요. 저희는 여기에서도 세상과 동떨어져 살고 있어서 사람들 소식을 접하지 못해요. 신문을 통해서 접하는 게 전부예요. 새로운 교구가 마음에 드셨으면 좋겠네요. 그리고 축하할 일이죠?"

"앞으로 일이 년 동안 이곳 교구가 발전하길 기대하고 있어요. 그때가 되면 제가 마음에 품고 있는 개혁정책도 어느 정도 실천했을 테고, 아니면 적어도 실천하려고 노력할 테니까요. 하지만 저만의 교구를 관리하게 된 것은 좋은 일이고 지금 축하해주셔도 됩니다. 여기선 아무도 간섭하지 못하고 제 계획을 망치거나 제 노력을 방해하지 못하거든요. 게다가 아주 살기 좋은 동네에 괜찮은 집을 갖고 있고 1년에 300파운드를 벌고 있습니다. 외롭다는 거 빼고는 불평할 일이 없어요. 제가 바라는 일이라곤 반려자를 찾는 것뿐입니다."

그는 말을 마치면서 나를 바라보았다. 불꽃처럼 타오르는 그의 검은 눈동자 때문에 나는 얼굴이 화끈거렸다. 그처럼 중요한 순간에 혼란스런 모습이 고스란히 드러나는 걸 어쩌지 못해서 나는 몹시 당황했다.

그래서 나는 고약한 마음을 잠재우고 그의 말을 사적으로 받아들이지 않으려 애쓰며, 성급히 엉뚱한 대답을 하고 말았다. 그 동네에서 유명해지면 F마을 사람들이나 그 근방에 사는 사람들 혹은 A읍에서 찾아온 사람들 중에 그의 요구를 채워줄 기회가 수없이 많이 생길 것이라고 대답했다. 나는 그의 이런 말을 듣기 전까지는 내 말에 담긴 듣기 좋은 소리를 알아채지 못했다.

"그런 말씀을 곧이곧대로 받아들일 만큼 주제넘은 사람은 아닙니다. 제게 그렇게 말해주시지만요. 하지만 설사 아가씨 말씀대로 된다고 하더라도 제가 인생의 반려자를 찾는 일에는 좀 까다로운 편이라 지금 말씀하신 여성들 중에 제게 맞는 분을 찾을 수 있을지 모르겠네요."

"완벽한 분을 바라신다면 결코 짝을 찾지 못해요."

"그런 게 아니에요. 나도 완벽한 사람이 못 되는데 상대방에게 완벽을 바랄 수는 없지요."

때마침 우리 옆을 덜거덕거리며 지나가는 살수차 때문에 대화가 잠시 중단되었다. 우리는 벌써 사람들이 많은 쪽으로 내려와 있었다. 그리고 한 십여 분 정도 살수차와 말과 말똥과 사람들 사이에 섞여 있는 바람에 대화를 할 여지가 거의 없었다. 마침내 우리는 바다를 등지고 읍내로 들어가는 가파른 길로 접어들었다. 거기서 그는 팔을 내밀었고 나는 그의 팔을 잡았지만 애초에 부축을 받을 생각은 없었다.

그가 말했다.

"해변에는 자주 나오지 않나 봐요. 저는 여기서 살게 된 후로 아침저녁으로 자주 와서 산책하는데 지금까지 한 번도 못 봐서요. 몇 번 읍내를 지나가면서 아가씨네 학교를 찾아보기도 했는데, 그 길은 생각하지 못했어요. 한두 번 물어도 보았지만 필요한 정보를 얻지 못했지요."

오르막길을 다 올라서서 나는 팔을 빼려고 했지만, 팔꿈치가 단단히 낀 걸로 보아 그가 팔짱을 풀 생각이 없는 것 같아 나도 그만 두었다.

우리는 이런저런 얘기를 나누면서 읍내로 들어섰고 몇 개의 거리를 지났다. 나와 동행하기 위해 그는 가야 할 길을 벗어났고 앞으로 돌아갈 길이 멀어졌다. 그가 예의를 차리려다 많이 불편해질까 봐 걱정돼서 나는 이렇게 말했다.

"웨스턴 씨, 저 때문에 먼 길을 돌아가는 것 같아 걱정이에요. F 마을로 가는 길은 다른 방향인 것 같은데."

"다음 나오는 길까지 모셔다 드리겠습니다."

"그럼 저희 어머니는 언제 뵈러 오실 건가요?"

"내일이라도, 하느님이 원하신다면."

다음 거리의 끝에서 우리 집에 거의 다 왔다. 하지만 그는 거기에 멈춰서 내게 인사를 하고 스냅을 불렀다. 녀석은 옛 주인을 따라가야 할지 새 주인을 따라가야 할지 잠시 혼동하는 듯하다가 새 주인이 부르자 터벅터벅 걸어갔다.

웨스턴 씨가 미소를 지으며 말했다.

"그레이 아가씨, 녀석을 돌봐달라고 부탁하지 않을게요. 제가 녀석을 좋아하거든요."

"그럼요, 저도 원하지 않아요. 좋은 주인을 만났으니까 그걸로 충분해요."

"그럼 제가 좋은 주인이라고 생각하시는 거네요."

그와 개가 떠나고 나는 집으로 돌아가면서 이처럼 대단한 축복을 내려주신 하느님께 감사를 드리고 다시는 내 소원이 깨지지 않게 도와달라고 기도를 드렸다.

25
맺음말

내가 커피 한 잔을 더 마시고 아무것도 먹지 않으면서, 날씨가 더운데 오래 걸었다는 구실을 대는 걸 보고 어머니가 말했다.

"저런, 아그네스, 아침 먹기 전에는 너무 멀리 나가지 말거라."

나는 열이 나고 피곤하기도 했다.

"너는 뭐든지 너무 심하게 하는구나. 매일 아침 조금씩 걷는 운동을 꾸준히 한다면 너한테 좋을 거야."

"네, 어머니, 그럴게요."

"그냥 자리에 누워 있거나 책만 파고드는 것보다 더 나쁘단다. 벌써 열이 나지 않니?"

"다시는 안 그럴게요."

나는 어머니에게 웨스턴 씨를 어떻게 설명할지 고심했다. 다음 날 그가 집으로 찾아온다는 얘길 해야 했다. 하지만 아침상을 치우고 나서 내가 침착해지고 냉정을 찾을 때까지 기다렸다. 그리고 작업 중이던 그림 앞에 앉아 말문을 열었다.

"어머니, 아까 바닷가에서 산책하다 옛 친구 하나를 만났어요."

"옛 친구라니, 누구 말이냐?"

"사실은 친구가 둘이에요. 하나는 개였어요."

전에 얘기한 적 있는 스냅이라고 알려주고 개가 갑자기 나타나서 기특하게도 날 알아보았다고 말하고 다음 말을 꺼냈다.

"그리고 다른 하나는 호튼의 목사보였던 웨스턴 씨예요."

"웨스턴 씨라, 그런 이름은 들어본 적 없는데."

"들어보셨을 텐데. 몇 번 얘기한 적 있잖아요. 기억 안 나세요?"

"핫필드 씨는 들어봤는데."

"핫필드 씨는 교구 목사였고 웨스턴 씨는 목사보였어요. 핫필드 씨 얘기할 때 성품이 전혀 다른 분이라면서 몇 번 얘기했는데. 훨씬 훌륭한 목사님이거든요. 그런데 그분이 아침에 스냅이랑 함께 바닷가에 오셨더라고요. 스냅은 아마 쥐잡이꾼한테 샀을 거예요. 그분이 스냅처럼 저를 알아보셨어요. 스냅 덕분에 아셨을 거예요. 그분이랑 잠시 얘기를 나눴는데 우리 학교에 대해 물어보셔서 어머니의 뛰어난 능력에 대해 이야기하게 됐어요. 그리고 어머니를 만나 뵙고 싶다며 소개해달라고 부탁하면서 내일 찾아와도 될지 묻기에 그러라고 했어요. 괜찮지요?"

"괜찮지, 어떤 분이냐?"

"아주 훌륭한 분인 것 같아요. 내일 보시게 될 거예요. 지금은 F

마을에 새로 오신 교구 목사이고 그곳으로 옮긴 지 몇 주밖에 되지 않아서 아직 아는 사람이 많지 않아 사람들과 친분을 쌓고 싶으신가 봐요."

이윽고 다음날이 밝았다. 아침부터 그가 도착한 정오까지 어찌나 불안하고 기대감에 들떴던지!

그를 어머니에게 소개하고 나는 소일거리를 들고 창가로 가 앉아서 그들의 이야기가 끝나기를 기다렸다.

그들의 대화가 순조롭게 이어져서 정말 다행이었다. 어머니가 그를 어떻게 생각할지 내심 걱정했었다. 그는 그리 오래 머물지는 않았다. 그가 자리에서 일어나 떠나려 하자, 어머니는 그를 만나게 되어서 기쁘며 언제라도 편할 때 다시 들르라고 말했다. 그가 가고 난 후 어머니의 말을 듣고 안도했다.

"어머나! 정말 좋은 분 같구나. 그런데 넌 왜 거기에 앉아 있었니? 말도 별로 안 하고."

"어머니가 말씀을 잘하시니까 제 도움이 필요하지 않은 것 같아서요. 게다가 어머니 손님이지 제 손님이 아니잖아요."

그 후에 그는 자주 찾아왔다. 일주일에 몇 번씩 들렀다. 그는 주로 어머니와 대화를 나눴다. 어머니가 워낙 달변이니 당연했다. 어머니가 막힘없이 열정적으로 얘기하고 한 마디 한 마디가 나름의 의미를 담고 있어서 하마터면 어머니에게 질투를 느낄 뻔했다. 하지만 질투하지 않았다. 비록 내가 웨스턴 씨에 비해 부족해서 안타깝지만, 이 세상 누구보다도 사랑하고 존경하는 두 사람이 함께 화기애애하게 수준 높은 대화를 나누는 걸 듣고 앉아 있노라니 무척 행복했다.

그렇다고 해서 내가 한 마디의 말도 안 했던 것은 아니었다. 그리고 전혀 무시를 받은 것도 아니었다. 그들은 내가 바라는 만큼 나를 알아주었다. 따뜻한 말도 건네주고 친절한 표정도 지어주었으며 내가 어떤지 세심하게 살펴주었다. 잔잔하고 미묘한 것들이라 말로 설명하기는 힘들지만 가슴으로 느낄 수 있었다.

그와 나 사이에 겉치레의 벽이 급속히 무너졌고 웨스턴 씨는 예정된 손님으로 찾아와 언제나 환영받았으며 우리 집 살림에 부담을 주지 않았다. 그는 나를 '아그네스' 라고 부르기까지 했다. 처음에는 들릴 듯 말 듯 작게 불렀지만 전혀 무례한 행동이 아니라는 걸 알고는 '그레이 아가씨' 라는 호칭보다 '아그네스' 라는 호칭을 더 좋아하는 듯했고 나도 싫지 않았다.

그가 오지 않는 날은 어찌나 따분하고 쓸쓸했던지! 그렇다고 해서 비참할 만큼 쓸쓸하지는 않았다. 지난번에 왔던 때를 기억할 수 있고 다음에 와서 내게 기쁨을 주리란 희망이 있기 때문이었다. 그러다 이삼일이 지나도 그가 나타나지 않으면 안절부절못하고 불안해졌다. 개인적인 용무가 있거나 교구 일 때문에 못 온 것이었으니 참 어리석고 한심한 짓이었다. 방학이 끝나는 게 몹시 싫었다. 개학하면 할 일이 많아져 어떤 날은 그를 보지 못할 테고 또 어떤 날은 어머니가 수업 중이라 그와 단둘이 있어야 할 텐데, 이런 상황을 전혀 원하지 않았다. 집 안에서는 말이다. 밖에서는 그와 단둘이서 그의 곁에 서서 걸어다니는 게 전혀 불편하지 않았다.

그러다 방학 마지막 주의 어느 날 저녁, 그가 불쑥 찾아왔다. 오후에 오래도록 천둥을 동반한 많은 비가 내려서 그날은 그를 볼 수 없으리라 생각했었다. 하지만 폭풍우가 멎고 태양이 다시 빛났다.

그가 들어오면서 어머니에게 인사를 건넸다.

"그레이 부인, 아름다운 저녁이네요. 아그네스, 나와 함께 좀 걸을래요?"(그는 바닷가의 어떤 곳을 지칭했다. 그곳은 육지에서 튀어나온 언덕이며 바다를 향해 있고 가파른 절벽으로 꼭대기에 서면 아름다운 광경이 펼쳐지는 곳이었다.) 비 때문에 먼지가 씻겨 내려서 바람이 시원하고 깨끗해졌어요. 아주 장관일 겁니다. 같이 가실래요?"

"어머니, 가도 돼요?"

"그럼, 그러려무나."

나는 올라가서 채비를 하고 금방 다시 내려왔다. 물론 혼자서 장을 보러 나갈 때보다는 조금 더 옷에 신경을 썼다. 폭풍우가 지나간 뒤라 날씨가 한층 맑았고 공기가 상쾌한 저녁이었다. 웨스턴 씨는 내게 팔을 내주었다. 사람들로 붐비는 거리를 지날 때 그는 말없이 걸음을 빨리했고 심각한 표정으로 마음이 딴 데 가 있는 사람처럼 보였다.

나는 무슨 문제가 생겼는지 걱정하며 그가 뭔가 안 좋은 생각을 하고 있는 건 아닌지 몹시 불안했다. 대체 무슨 생각인지 넘겨짚다가 몹시 걱정이 되어 나까지도 심각하고 말이 없어졌다. 하지만 읍내를 벗어나 주위가 조용해지자 이런 공상도 말끔히 걷혔다. 유서 깊은 낡은 예배당과 언덕이 보이고 그 너머로 짙푸른 바다가 눈에 들어오자 그가 한층 밝아졌기 때문이었다.

마침내 그가 말문을 열었다.

"아그네스, 내 걸음이 너무 빠른가요? 서둘러 읍내를 벗어나고픈 마음에 괜찮은지 묻는 걸 깜빡했어요. 이제 여유 있게 천천히 걸읍시다. 서쪽 하늘에 구름이 환해진 걸 보니 석양이 무척 멋있을 것 같아요. 제시간에 도착해야 해가 바다에 떨어지면서 서서히 들어가는 광경을 볼 수 있겠네요."

언덕을 반쯤 올라갔을 때 다시 침묵이 흘렀고, 언제나처럼 그가 먼저 미소를 지으며 말문을 열었다.

"그레이 아가씨, 우리 집은 아직 적막해요. 그리고 지금은 우리 교구에 사는 아가씨들은 모두 알고 이 읍에 사는 아가씨도 몇 명 알아요. 직접 만나서 아는 분들도 있고 전해들은 얘기로 아는 분들도 있어요. 하지만 단 한 사람도 제 반려자로 적합한 여인이 없더군요. 그런 사람은 이 세상에 단 한 사람밖에 없어요. 바로 당신이에요. 당신의 생각을 듣고 싶어요."

"진심이세요, 웨스턴 씨?"

"진심이에요! 어떻게 이런 문제를 두고 농담을 할 수 있겠어요?"

그의 팔짱을 끼고 있던 내 손에 그의 손이 포개졌다. 내 손의 떨림을 느꼈으리라. 하지만 그런 건 중요한 문제가 아니었다.

그가 진지한 목소리로 말했다.

"제가 너무 서두르는 게 아니었으면 좋겠어요. 제가 이러쿵저러쿵 떠들면서 실없는 소리를 늘어놓거나 제가 느낀 존경의 마음을 겉으로 표현하는 사람이 아니라는 건 아가씨도 눈치 챘을 거예요. 그리고 제 말 한 마디와 눈길 한 번은 보통 남자들의 달콤한 말이나 열렬한 주장보다 더 많은 의미를 담고 있다는 것도 알 거예요."

나는 어머니를 떠나고 싶지 않으며 어머니의 동의 없이는 아무것도 결정짓고 싶지 않다는 뜻을 전했다.

"어머님께는 아까 아가씨가 보닛 쓰러 간 사이에 다 말씀드렸어요. 당신만 받아들인다면 어머님도 찬성이라고 하셨어요. 그리고 우리와 함께 지내시면 좋겠다고 간청했어요. 당신도 그걸 원하실 테니까요. 하지만 어머님께서는 거절하시면서 아직은 보조교사를 구할 여유가 있으니 학교를 계속 운영하면서 불편함 없이 생활할 수 있을 만큼의 수입을 올릴 것이라고 하셨어요. 그동안은 방학이 되면 우리 집에서도 지내고 당신 언니네 집에서도 지내면서 만족스러울 것이라고 하셨어요. 당신만 좋다면요. 그럼 이제 어머님 문제는 해결된 거지요? 다른 문제가 있나요?"

"아니, 없어요."

그가 힘주어 내 손을 잡으며 물었다.

"그럼 저를 사랑하십니까?"

"네."

....

여기서 이야기를 멈추겠다. 이 책의 바탕이 되는 내 일기는 조금 더 진행된다. 몇 년 치 얘길 더 쓸 수도 있다. 하지만 그 여름날의 빛나던 저녁을 결코 잊지 못할 것이며, 가파른 언덕을 기억할 것이며, 절벽 끝에 서서 발아래 펼쳐진 끝없는 대양에 비친 찬란한 석양을 함께 바라보던 일을 기억하고, 하느님에 대한 감사의 마음과 행복감과 사랑으로 말할 수 없이 충만한 마음을 잊지 않겠다는 말로도 충분하리라.

그로부터 몇 주 후, 어머니가 보조교사를 구했을 즈음 나는 에드워드 웨스턴의 아내가 되었고 그 일을 결코 후회한 적이 없으며 앞으로도 그러리라 확신한다. 우리에게도 시련이 찾아왔고 앞으로도 다시 찾아오리라는 사실도 알고 있다. 함께 고난을 이겨내면서, 살아남는 자에게는 그 어떤 고통보다 더 큰 고통의 순간이 될 마지막 죽음의 순간까지 서로에게 힘이 되어 주려고 노력할 것이다. 하지만 저 높은 곳에는 영광스런 하느님이 계시고 그곳에서 우리 두 사람이 다시 만나서 죄와 슬픔을 모른 채 살 수 있다는 생각을 가슴에 품고 있으면 이별도 참을 만할 것이다. 그 순간까지는 우리가 가는 길에 항상 축복을 내려주시는 하느님의 영광을 위해 살아가려 노력한다.

에드워드는 열심히 일해서 교구를 대대적으로 개혁했으며 교구민들로부터 존경과 사랑을 받았다. 충분히 그럴 만한 자격이 있는 사람이다. 그에게 잘못이 있다면 인간으로서 저지를 수 있는 사소한 것들이다.(전혀 죄를 짓지 않고 사는 사람은 아무도 없으니까.) 목사나 남편이나 아버지로서 그를 탓하는 사람이 있다면 누가 됐든 간에 그에게 반박할 것이다.

우리의 아이들, 에드워드, 아그네스와 막내 메리는 잘 자라고 있다. 당분간, 아이들 교육은 주로 내가 맡았다. 어머니로서 해줄 수 있는 일은 부족하지 않게 해준다.

많지 않은 수입이지만 꼭 필요한 정도는 충분히 해결하고 있다. 어려운 시절을 넘기면서 몸에 익은 절약의 습관을 잊지 않고 부유한 사람들을 따라하지 않으면서 편안하고 만족스럽게 살 뿐 아니라 매년 아이들을 위해 저축도 하고 또 얼마간은 필요한 이웃들에게 나눠주고 있다.

이제 할 말은 충분히 한 것 같다.

〈The End〉

역자 후기

앤 브론테의 소설 〈아그네스 그레이〉는 1847년에 샬럿 브론테의 〈제인 에어〉, 에밀리 브론테의 〈폭풍의 언덕〉과 함께 출간되었다. 〈제인 에어〉의 탄탄한 서사구조와 〈폭풍의 언덕〉의 초자연적인 분위기에 압도된 당시 독자들은 앤 브론테의 소박한 자전적 소설 〈아그네스 그레이〉에 그다지 관심을 보이지 않았다.

오랜 세월 동안 독자들의 관심에서 멀어져 있던 앤 브론테의 작품은 1924년 조지 무어(George Moore)에 의해 재조명되었다. 조지 무어는 〈아그네스 그레이〉를 '문체와 등장인물과 주제 면에서 완벽하게 쓰인 영문학 유일한 소설' 이자 '모슬린 드레스처럼 아름답고 수수한 소설' 이라고 평가했다. 비록 이 작품이 조지 무어의 평가만큼 '완벽하게 쓰인 영문학 유일의 소설' 은 아니지만, 일인칭 화자의 목소리를 통해 위선적인 인간군상을 명쾌하면서도 익살스럽게 기록함으로써 빅토리아 시대의 여성과 계층문제를 사실적으로 다룬 점은 높이 평가된다. 앤 브론테는 작품 전체에서 문학적 암시나 상징 없이 사실적 기술로 일관한다. 따라서 짜임새 있고 흥미로운 이야기 전개를 보여주는 〈제인 에어〉나 〈폭풍의 언덕〉에 비해 문학적으로는 낮은 평가를 받았지만, 19세기 가정교사의 삶을 직선적이고 정직하게 묘사하며 당시 사회상을 잘 반영한 역사적 기록으로서 평론가와 독자들로부터 공감과 신뢰를 받았다.

한편 〈아그네스 그레이〉는 〈제인 에어〉나 〈베니티 페어〉와 함께 19세기의 가정교사 소설로 분류되기도 한다. 앤 브론테는 자신의 가정교사 경험을 바탕으로 상류층과 하층민 사이에 낀 중류층 여성의 삶을 과장되지 않은 필체로 담담하게 엮어냈다. 앤 브론테가 살던 19세기 중반에 여성의 삶은 크게 세 부류로 나뉘었다.

우선 가정교사에게 교육을 받아 교양을 갖추고 혼기가 차면 같은 상류층 자제와 결혼을 해서 평생 일하지 않아도 되는 상류층 여성이 있다. 다른 한편에는 남의 집 하녀로 들어가 노동을 하면서 가족의 생계를 책임져야 했던 하층민 여성이 있었다. 두 계층 사이에 낀 중류층 여성은 수준 높은 교육을 받아 상류층 자제 못지않은 교양을 갖추었으나 가정형편이 어려워 가정교사로 들어가곤 했다. 이 작품에는 세 계층의 여성이 모두 등장하며, 특히 교육수준이 높아 자존심이 강하지만 하녀와 다를 바 없는 처우를 받아야 했던 가정교사의 고뇌가 고스란히 담겨 있다.

마지막으로 〈아그네스 그레이〉의 중요한 특징은 독립적인 여성상을 그린다는 점이다. 아그네스는 가정형편이 어려워지자 가족들의 만류에도 불구하고 가정교사가 되기로 결심한다. 기울어가는 가정 경제에 보탬이 되려는 이유도 있었지만, 그보다는 독립적인 한 개인으로서 성장하려는 의지가 더 컸음이 작품 곳곳에 드러난다. 아그네스 그레이의 삶에는 동시대성을 발견된다. 주변 세상을 바라보는 냉철한 시선과 독립적 주체로 살아가고자 발버둥치는 아그네스의 모습은 현대를 살아가는 독자에게도 낯설지 않을 것이다.

앤 브론테(Anne Bronte) 생애와 연보

1820
1월 17일, 잉글랜드 북부 요크셔에서 패트릭 브론테와 마리아 브론테의 딸로 출생. 위로 언니 마리아, 엘리자베스, 샬럿, 에밀리와 오빠 브랜웰이 있었음.

1821
어머니 마리아 브론테 사망. 손위 이모인 엘리자베스 브랜웰이 집안일을 돌봐 줌.

1825
언니 마리아와 엘리자베스 브론테 사망.

1831
샬럿과 브랜웰은 앵그리아, 에밀리와 앤은 곤달(Gondal)이라는 가공의 나라에 관한 이야기를 쓰고 있었음.

1834
언니 에밀리와 함께 첫 번째 자전적인 글을 완성함. 이 글에서 처음으로 곤달이 등장함.

1835
샬럿이 하워스를 떠나 로헤드 학교 교사가 되고, 에밀리는 학생으로 같은 학교에 들어감. 에밀리는 향수병으로 집에 돌아오고, 대신 앤이 로헤드 학교에 들어감.

1837
에밀리와 함께 두 번째 자전적인 글 완성함. 심각한 병으로 로헤드 학교를 떠남.

1839
19세의 나이에 머필드의 블레이크 홀로 이주하여 잉햄 집안에서 가정교사 생활을 시작함. 그해 12월 가정교사 일을 그만두고 하워스로 돌아옴.

1840
요크 근교의 토프 그린 홀에서 다시 가정교사 일을 시작함.

1843
샬럿은 브뤼셀에서 교사 생활을 함.

1843~1845
브랜웰은 가정교사로 일하다가 해고당함.

1844
고향 하워스에 학교를 설립할 계획을 세움.

1845
하워스에서 가족이 재결합함.

1846

샬럿, 에밀리와 함께 쓴 〈커러, 엘리스, 액턴 벨의 시집〉(Poems by Currer, Ellis, Acton Bell)에 21편의 시를 실음.

1847

10월에 샬럿 브론테의 〈제인 에어〉(Jane Eyre) 출간. 이어 12월에 에밀리의 〈폭풍의 언덕〉(Wuthering Heights)과 앤의 〈아그네스 그레이〉(Agnes Grey)가 함께 출간됨.

1848

앤 브론테, 〈와일드펠 홀의 소작인〉(The Tenant of Wildfell Hall) 출간. 9월에 브랜웰, 12월에 에밀리가 폐결핵으로 사망함.

1849

앤 브론테, 29세의 나이에 폐결핵으로 사망함.

아그네스 그레이
Agnes Grey

초판 1쇄 인쇄일 / 2007년 10월 15일
초판 1쇄 발행일 / 2007년 10월 20일

지은이 / 앤 브론테
옮긴이 / 문희경
발행처 / 현대문화센타
발행인 / 양장목
출판등록 / 1992년 11월 19일
등록번호 / 제3-448호
주소 / 서울특별시 은평구 대조동 191-1(122-842)
대표전화 / 384-0690~1 팩시밀리 / 384-0692
이메일 / hdpub@hanmail.net

ISBN 978-89-7428-318-6(03840)

값 10,000원

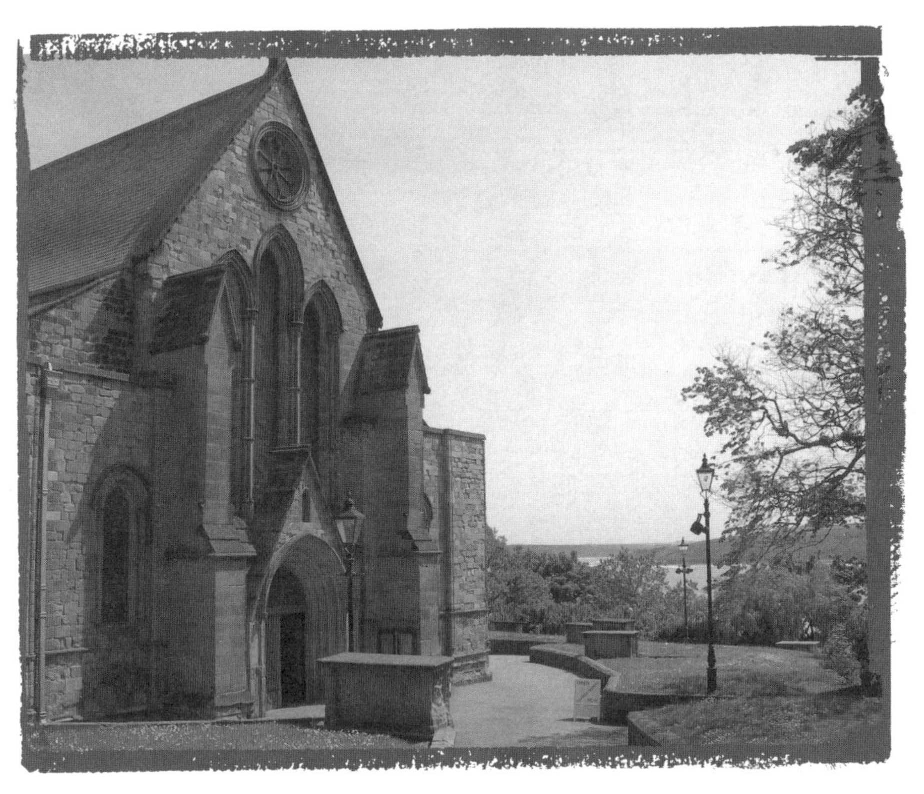

앤 브론테의 시신이 안치된 St. Mary's Church

Anne Bronte | Scarborough (from near York) | May 30 | 28 | J. W. Whiteside Vicar

No. 1885

• Entry taken from —
• Register of Burials •
Parish of Scarborough 1849.

D 146750

CERTIFIED COPY of an ENTRY OF DEATH.
Pursuant to the Births and Deaths Registration Acts, 1836 to 1929.

D. Cert. S.R.

Registration District Scarborough

1849. Death in the Sub-district of Scarborough in the County of York

No.	When and where Died.	Name and Surname	Sex.	Age	Rank or Profession	Cause of Death.	Signature, Description, and Residence of Informant.	When Registered.	Signature of Registrar.
132	Twenty Eighth May 1849 St Nicholas Cliff Scarborough	Anne Bronte	female	28 years	Spinster	Consumption 6 months not certified	Ellen Nussey present at the death Brookroyd Birstal near Leeds	Thirtieth May 1849	Isaac Walshaw Registrar.

I, William Henry Walker, Deputy Superintendent Registrar of the District of Scarborough, in the County of York do hereby certify that this is a true copy of the Entry No. 132 in the Register Book of Deaths No. 8 for the above-named Sub-District, and that such Register Book is now legally in my custody.

WITNESS MY HAND this 13th day of July, 1938.

Dep. Superintendent Registrar.

앤 브론테 사망 관련 기록

교회 묘지와 앤 브론테 비석

브론테 다리와 그 근처